JM019902

荒海の槍騎兵５

奮迅の鹵獲戦艦

横山信義
Nobuyoshi Yokoyama

C★NOVELS

扉　画　高荷義之
地図・図版　安達裕章
編集協力　らいとすたっふ

目次

180°
150°W
アリューシャン列島
30°N
ミッドウェー島
太平洋
ハワイ諸島
オアフ島
マウイ島
真珠湾
ラハイナ
ハワイ島
ウェーク島
ジョンストン島
マーシャル諸島
クェゼリン環礁
メジュロ環礁
パルミラ島
0°
ソロモン諸島
珊瑚海
サモア
フィジー諸島
ニューカレドニア島
ヌーメア

西太平洋要図

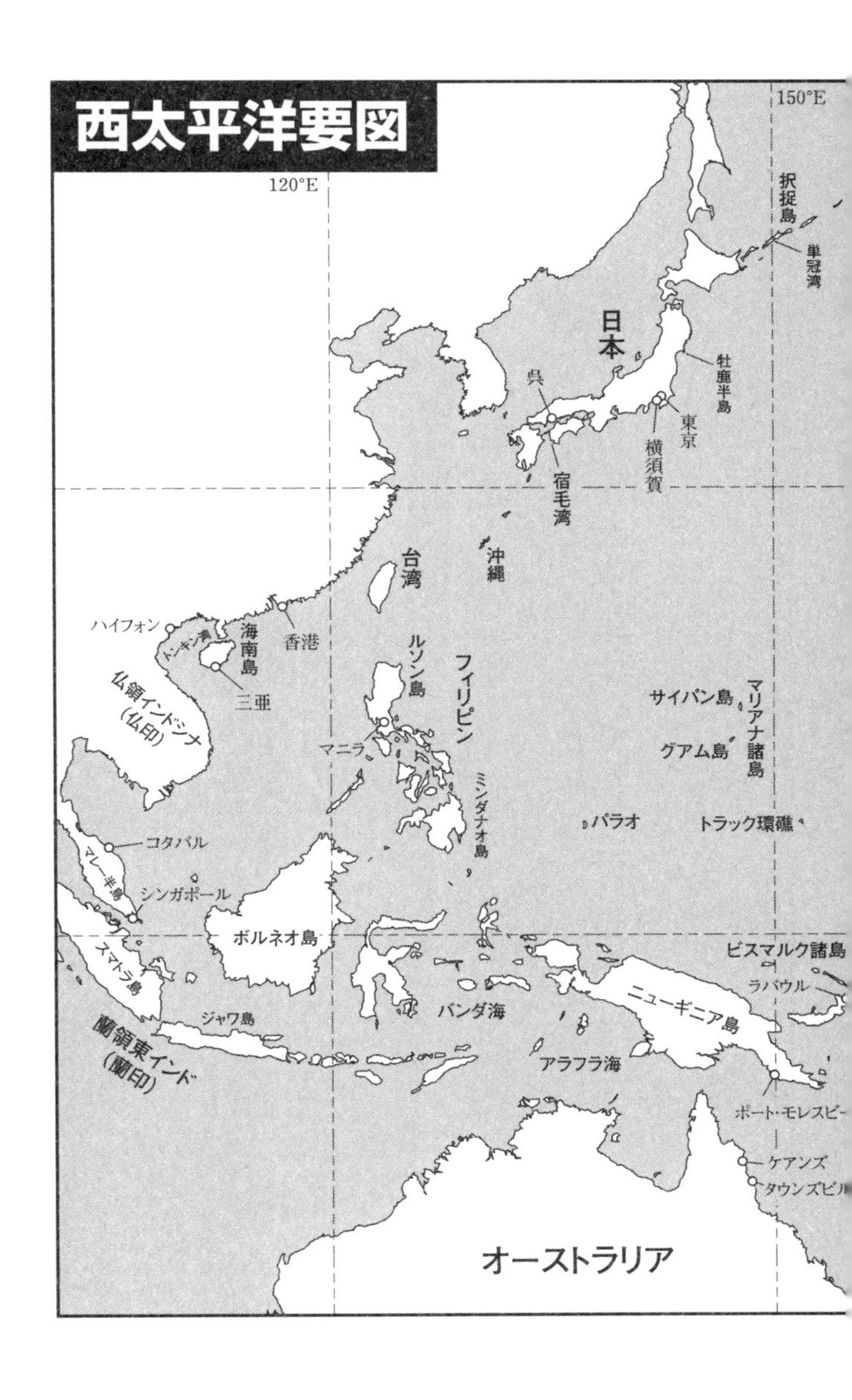

120°E
150°E
択捉島
単冠湾
日本
牡鹿半島
呉
東京
横須賀
宿毛湾
沖縄
台湾
ハイフォン
トンキン湾
海南島
香港
三亜
仏領インドシナ
(仏印)
ルソン島
フィリピン
マニラ
サイパン島
マリアナ諸島
グアム島
ミンダナオ島
パラオ
トラック環礁
コタバル
マレー半島
シンガポール
ボルネオ島
スマトラ島
ビスマルク諸島
ラバウル
ニューギニア島
バンダ海
ジャワ島
蘭領東インド
(蘭印)
アラフラ海
ケアンズ
オーストラリア

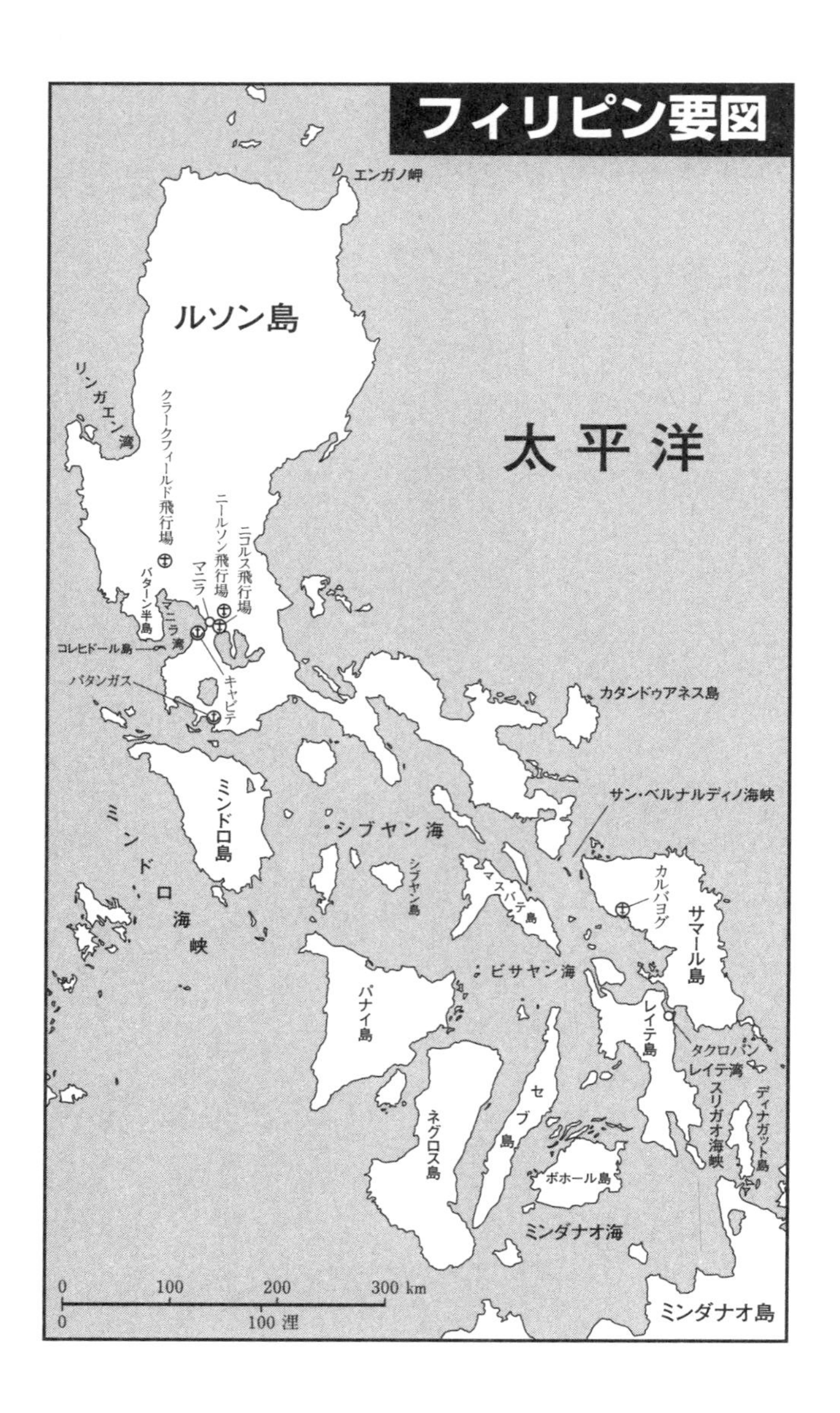
フィリピン要図
エンガノ岬
ルソン島
リンガエン湾
太平洋
クラークフィールド飛行場
ニールソン飛行場
ニコルス飛行場
マニラ
バターン半島
マニラ湾
コレヒドール島
キャビテ
バタンガス
カタンドゥアネス島
サン・ベルナルディノ海峡
ミンドロ島
ミンドロ海峡
シブヤン海
シブヤン島
マスバテ島
カルバヨグ
サマール島
ビサヤン海
パナイ島
レイテ島
タクロバン
レイテ湾
スリガオ海峡
ディナガット島
セブ島
ネグロス島
ボホール島
ミンダナオ海
ミンダナオ島
0
100
200
300 km
0
100 浬

荒海の槍騎兵　奮迅の鹵獲(ろかく)戦艦　5

第一章　合衆国の標的

1

「目標まで一〇〇浬。低空飛行に切り替えろ」

陸上爆撃機「銀河」の偵察員席に座る吉沢修一大尉は、操縦員席の中井五郎上等飛行兵曹に指示を送った。

銀河は、昨年――昭和一八年八月より実戦配備が始まった、新型の双発中型爆撃機だ。

同じ双発の爆撃機でも、一式陸上攻撃機は最低七名の搭乗員を必要としたが、この機体は三座の艦上攻撃機や水上偵察機と同じく、操縦員、偵察員、電信員の三名となっている。

偵察員は、機首の偵察員席に座るのが、艦攻や水偵と異なるところだ。

偵察員席は、半球型の風防ガラスに守られている。視界は、艦攻の偵察員席より遥かに広い。ともすれば、空中にただ一人、放り出されたような孤独感を覚える。

今は夜であり、視界に入るものは無数の星々だけだ。

月齢は二三だが、月の出は二三時四〇分頃であり、まだ二時間ほどの間があった。

「高度〇一（一〇〇メートル）まで下げます」

中井の報告と共に、銀河の機首が大きく下がった。

夜の海面に、光は全くない。闇の直中に飛び込んでゆくようだ。操縦を部下に委ねている身には、特に恐怖感がつのる。

だが、中井の技量は確かだった。

一式陸攻に比べて速度性能が高く、運動性にも癖がある銀河の機体を難なく操り、高度一〇〇メートルで水平飛行に戻した。

「後続機、どうか？」

「全機、我に続行中」

電信員の井上由紀雄一等飛行兵曹が、吉沢の問いに返答した。

吉沢は、航法のチャートに現在までの飛行経路を追記した。

高度を下げる過程で一五浬を飛んだため、現在の位置は、目標――トラック環礁春島の北西八五浬。

速度計は一六〇ノット（時速約三〇〇キロ）を指している。

三〇分ほどで、目標に到達できるはずだ。

「トラックを爆撃することになるとは」

吉沢は、慨嘆した。

トラック環礁は、日本本土以外では最大の規模を持つ艦隊泊地であり、中部太平洋における最重要拠点だったが、去る昭和一九年九月四日に陥落し、米太平洋艦隊の前進基地となった。

トラック環礁各島の飛行場には、グラマンF6F〝ヘルキャット〟やカーチスSB2C〝ヘルダイバー〟といった海軍機だけではなく、四発重爆撃機のボーイングB17〝フライング・フォートレス〟、コンソリデーテッドB24〝リベレーター〟までもが進出していることが、航空偵察により判明している。

いずれ、四発重爆撃機によるマリアナ諸島への大規模爆撃が始まることは間違いない。

大本営は、米軍の侵攻をトラックで食い止めるため、マリアナ諸島の守りを固めた。

トラック陥落の前、敵機動部隊の攻撃を受けたサイパン、テニアン、グアム各島の飛行場を復旧すると共に、基地航空部隊の切り札ともいうべき第一航空艦隊、略称「一航艦」を進出させた。

トラックの敵飛行場を叩き、敵重爆を撃破して、マリアナへの空襲を防ぐのだ。

とはいえ、昼間の強襲は難しい。

マリアナからトラックまでは、最南端のグアム島からでも五五〇浬の距離がある。零戦を護衛に付けても、トラック上空に留まれる時間は少ない。

また、F6Fの性能が零戦を凌駕していることは、ラバウルを巡る航空戦やマリアナ沖海戦、トラック空襲などから、既に判明している。

零戦がＦ６Ｆから陸攻、陸爆を守るのは、至難と言っていい。

このため夜間攻撃が選ばれ、この日——九月一一日は、第五二二航空隊の銀河二八機が、サイパン島のアスリート飛行場よりトラックに向けて飛び立ったのだった。

銀河は、「水平爆撃、雷撃、急降下爆撃の全てが可能であり、かつ戦闘機に匹敵する速度性能を持つ双発爆撃機」として開発が始まったが、戦時とあって開発が急がれたため、「急降下爆撃」が要求項目から外された。

エンジンは中島飛行機の「誉」二一型が予定されていたが、「誉」は整備が難しく、稼働率の低下が懸念されたため、使用実績がある三菱「火星」二五型に変更された。

結果、「一式陸攻よりも高速で稼働率も高く、搭乗員三名で運用できる中型爆撃機」として、前線部隊から好評をもって迎えられたのだ。

その機体が、トラックを襲おうとしている。

「外地における帝国海軍最大の艦隊泊地」だった場所が、攻撃目標になっているという現実を見るにつけ、戦況の逼迫を感じないではいられなかった。

「目標まで二〇浬。二小隊に『前へ』と送信」

吉沢はトラックとの距離を伝えると共に、後続機に信号を送るよう命じた。

第二小隊の銀河四機は、吊光弾を投下する役割を担っている。

その光を頼りに、他の二四機が投弾するのだ。

細川正一中尉が指揮する第二小隊の四機が速力を上げ、攻撃隊の前面に占位する。

二小隊より僅かに遅れ、嚮導機を務める第一小隊の二番機が、吉沢機の前に出る。

機長と偵察員を兼任する樋口八郎飛行兵曹長は、水平爆撃の達人として知られ、特技章も付けている。

五二二空のみならず、上位部隊である第六二航空戦隊、いや第一航空艦隊全体にとっての至宝と呼ぶべきベテランだ。

二小隊一番機のコクピットに、オルジス信号灯の光が点滅した。

「二小隊より報告。『前方ニ島影。春島ト認ム』」

「全機宛発信。『突撃隊形作レ』」

吉沢は、中井に信号の意味を伝え、次いで井上一飛曹に命じた。

第二小隊の四機が吊光弾を投下すべく、上昇に転じた直後、それは起こった。

二小隊の右前方上空に発射炎が閃き、青白い火箭が闇を貫いたのだ。

火箭が二小隊長機を捉えるや、空中に火焔が湧き出し、二小隊の二、三、四番機を照らし出す。

各機が回避行動に移るより早く、新たな火箭が三機の銀河に突き刺さる。

二小隊二番機は、エンジンを撃ち抜かれたのか、炎を引きずりながら海面に突っ込み、三番機は燃料タンクに被弾したのか、火だるまに変わる。四番機は空中をのたうち、海面に突っ込んで姿を消す。

「全機宛発信！『散開。個別ニ突撃セヨ』」

吉沢は伝声管に怒鳴り込むようにして、井上に命じた。

二小隊を襲ったのは、敵の夜間戦闘機だ。

盟邦ドイツは、米英の夜間爆撃に対抗するため、電波探信儀を装備した夜間戦闘機を配備しており、米英もまた同種の機体を戦線に投入した。

この情報は、マリアナの一航艦にも伝えられている。

米軍は欧州で使用実績のある夜戦を、太平洋にも配備したのだ。

吉沢機の前方では、嚮導機が高度を下げている。

中井上飛曹が操縦桿を前方に押し込んだのだろう、吉沢機も降下に入る。

樋口も、中井も、海面に貼り付くことで、電探による探知をかいくぐろうというのだ。

「針路を東にずらせ。竹島の飛行場に投弾する！」

吉沢は、中井に指示を送った。

攻撃目標は春島の飛行場だが、吊光弾がなければ、飛行場は視認できない。

かといって、第二小隊の四機が全て撃墜された以上、吊光弾の投下は望めない。

だが、竹島は小さな島を丸ごと飛行場に仕立て上げたような基地だ。竹島に投弾すれば、敵飛行場に、確実に損害を与えられる。

第二小隊全機を失った今、他の手段は考えられなかった。

先に降下した嚮導機は、吉沢機を先導するように、左旋回をかけている。吉沢機も、嚮導機に続く。

「田代機、西山機、本機に続行して来ます」

井上が報告を送って来た。

第一小隊の三、四番機だ。指揮官機に遅れず、付き従っている。

他の小隊の動きは分からない。

当初の予定通り、春島の飛行場に向かったのか。あるいは吉沢機同様、竹島を目指しているのか。

いずれにしても、二四機の銀河で爆撃を集中し、敵飛行場一箇所を使用不能に陥れることは不可能だ。

各機が思い思いの場所に投弾し、多少なりとも敵に打撃を与える以外にない。

高度一〇〇で飛んでいるときには、ほとんど視認できなかった海面が間近に見える。手を伸ばせば、届きそうなほどの近距離だ。

中井は、海面に接触する寸前まで高度を下げているのだろう。僅かな操縦桿の操作ミスが、死に直結する高度だが、不思議と恐怖は感じない。

海面に衝突する危険はあっても、闇の中から不意打ちを食らう危険はない、との安心感があるためか。

右前方に、おぼろげながら春島の稜線が見える。

米軍のトラック侵攻に際しては、真っ先に爆撃を受けた島だ。

その春島にあった飛行場も、今は米軍の航空基地として整備され、マリアナ諸島を脅かしている。

右前方に、新たな島影が見え始める。

第四艦隊が司令部を置いていた夏島だ。トラックを巡る地上戦闘では最大の激戦地であり、司令長官小林仁中将以下の司令部幕僚も、全員が戦死したという。

(仇は討ちます。必ず!)

胸の内から、その言葉を夏島に投げかけ、吉沢は正面を見据えた。

目指す竹島は、夏島の南東に位置している。目標までは、指呼の間と言っていい。

「小さな島に作られた、大きな飛行場」に投弾する瞬間を、吉沢は思い描いていたが――。

「……!」

吉沢の口から、声にならない叫びが噴出した。

機体の右方――夏島の東岸付近から、全く唐突に、何条もの光芒が延びたのだ。

吉沢機と、前をゆく樋口飛曹長の嚮導機が、照らし出されている。

ほとんど間を置かずに、横殴りの火箭が殺到して来た。

樋口機が、右主翼から火を噴く。

片方の推進力を失った上、炎を噴き出した樋口機は、大きく右に旋回しながら海面に突っ込み、炎と共に飛沫を上げる。

五二二空にとって、いや海軍航空隊にとって、何よりも貴重なベテランは、乗機と共にトラックの礁湖に激突し、散華したのだ。

「田代機、西山機被弾!」

電信員席の井上が、伝声管を通じて悲報を届ける。

吉沢が率いる第一小隊は、瞬く間に一機だけになってしまったのだ。

「くそったれ!」

吉沢は、罵声を放った。

夏島の影に隠れていた敵艦が、第一小隊の横合いから、対空砲火を浴びせて来たのだ。

トラックが陥落する前、帝国海軍は、夏島の東側を小型艦艇用の錨地として使用して来た。

米軍もかつての主に倣い、夏島に駆逐艦以下の艦艇を多数停泊させていたのだ。

それらが、竹島に向かう銀河に対空砲火を放ったのだ。

操縦員席の中井は、回避運動を始めている。

機体が右に、左にと不規則に旋回し、敵弾と光芒を回避している。

右方から噴き延びる火箭が、風防ガラスの真上や真下、あるいは正面を通過し、機体の左方へと抜けてゆく。

衝撃が襲い、銀河の機体が大地震のように揺れた。

「右主翼に被弾！　井上がやられました！」

伝声管から、中井の絶叫が飛び出した。

脱出も、サイパンへの帰還も不可能となったことを、吉沢は悟った。

ここに至っては、やるべきことは一つしかない。

「突っ込め、中井！」

「了解！」

命令を予期していたのだろう、覚悟を決めたような中井の返答が届いた。

銀河が右に傾き、水平旋回をかける。

光芒が正面から浴びせられ、眩い光が偵察員席に満ちる。

その光に導かれるようにして、銀河は敵艦へと突進する。

吉沢は、機首に装備している二〇ミリ旋回機銃を正面に向け、引き金を引いた。

両腕の中で銃把が躍り、視界が上下にぶれる。

吉沢は銃把を放さず、引き金を引く指も緩めない。

機銃を撃ち続けている間は生きていられる、という気がした。

光芒の向こうに、敵艦の姿が見える。クラス名は不明だが、駆逐艦のようだ。

目標が凄まじい勢いで拡大し、視野一杯に広がる。

　吉沢は、なお二〇ミリ機銃を撃ち続けた。

　機体が激突する寸前には、全ての銃弾を撃ち尽くしていたが、吉沢の右手の人差し指は、最後の瞬間まで引き金から離れなかった。

2

「トラックは、完全に米軍の基地になってしまったのだな」

「遺憾ではありますが、そのように考えざるを得ません」

　深々とため息をついた海軍大臣山本五十六大将に、戦時中三代目の連合艦隊司令長官に親補された小沢治三郎中将は言った。

　この日——昭和一九年九月一六日、宮中で連合艦隊司令長官の親補式が執り行われた。

　小沢は親補式の終了後、霞ヶ関の海軍省を回り、山本海相に挨拶すると共に、去る九月一一日に実施したトラック攻撃の結果を報告したのだ。

　マリアナの第一航空艦隊はトラックの敵飛行場に対し、五二二空による夜間長距離攻撃を試みたが、同部隊は夜間戦闘機や対空砲火の迎撃を受け、戦果らしい戦果は上げられなかったのだ。

「トラック環礁は、完全に日本の手から失われた。のみならず、前線基地の建設を妨害することも困難となっている」

　それが、この敗報からはっきり言えることだ。

　帝国海軍が、国防の要と考えて来た中部太平洋最大の要地は、今や日本を脅かす凶々しい存在へと変貌しつつあるのだった。

「連合艦隊長官からの退任に当たり、古賀（古賀峯一大将。先代の連合艦隊司令長官）が言っていた。『自分はつくづく、己の分というものを思い知らされた』と」

　山本は言った。

「古賀は、軍令系統の職を歴任して来た男だ。経歴と序列だけを見れば、確かにGF長官に相応しく見える。だが、如何せん実戦経験が乏しい。戦時のGF長官には実戦を経験した者、特に米軍の恐ろしさを肌で知っている者こそが誰よりも相応しい。古賀はそう言って、貴官を後任に推挙したのだ」

「貴官は実戦を経験しているだけではない。帝国海軍の中でも、知恵者として知られている」

　同席している軍令部総長の吉田善吾大将が微笑した。山本とは江田島の同期生であり、互いに「俺、貴様」で話す仲だ。

「私も山本も、諸手を挙げて賛成したよ。今の時期、貴官以外にGFを委ねられる者はいない、と」

「恐れ入ります」

　小沢は頭を下げた。

「米軍の恐ろしさを肌で知っている」ということは、確かにその通りだ。

　小沢は開戦直後、南遣艦隊の司令長官として、圧倒的多数の米英連合軍と、海南島の沖で戦っている。

　ウェーク沖海戦でも、敵機動部隊の先制攻撃を受けたことに加え、新鋭戦艦を含む水上砲戦部隊の待ち伏せ攻撃を受け、あわやというところまで追い込まれた。

　先のマリアナ沖海戦では、多数の新鋭空母を揃えた米機動部隊と正面から対決し、その実力を思い知らされた。

　小沢ほど窮地に追い込まれた経験を持つ指揮官は、稀であろう。

　今後は連合艦隊司令長官として、その経験を活かすことになる。

「GF長官として、要望はあるかね？　人事に関しては、できる限り希望を容れるつもりだが」

　力のこもった口調で言った山本に、小沢は遠慮なく言った。

「参謀長は、加来少将（加来止男少将。第三艦隊参謀長）を希望します。先のマリアナ沖海戦は、複数の機動部隊を同時に運用するという難しい戦でしたが、加来はよく補佐してくれました。ＧＦの参謀長も、立派に務められます」

「いいだろう。艦隊の指揮官はどうだ？」

「機動部隊の長官に、山口多聞を任じていただけますか？」

小沢は、考えていたことを口にした。

山口多聞中将は、開戦時の第二航空戦隊司令官だ。航空界には少将任官後に転じたが、知識の習得は早く、第二航空戦隊の搭乗員を、機動部隊でも一、二を争う技量に鍛え上げた。

マリアナ沖海戦では第二部隊の指揮官として、四隻の正規空母を率い、敵空母六隻の撃沈に貢献した。

第二部隊の旗艦「翔鶴」は、敵機の猛攻を受けて沈没したが、山口は幕僚共々他艦に移乗し、生還している。

勇敢さと粘り強さを併せ持つ、得難い指揮官だ。

古賀峯一に連合艦隊司令長官への就任を打診されたときから、小沢が考えていた人事だった。

「山口が有能な指揮官であることは認めるが、若すぎないかね？」

懸念を表明した吉田に、小沢は笑って答えた。

「私のＧＦ長官就任の方が、遥かに若すぎます。山口は中将に昇進して一年以上が経過していますから、長官就任の条件は満たしています」

「防御重視の戦略を採るのであれば、山口は不適当ではないか？　勇敢さが災いし、兵力の損耗を招くかもしれぬ」

「山口は柔軟な思考力を持っています。作戦目的を入念に説明すれば、猪突猛進はしないと考えます。何よりも、彼の粘り強さに私は期待しております」

「山口のことは、私もよく知っている。二度に亘る米国滞在の経験を持ち、敵を知る男だ。山口に機動部隊を任せてみよう」

山本の一言に、小沢は深々と頭を下げた。

「感謝いたします」

「山口が有能であることは認めるが、機動部隊の現有兵力で、米艦隊に対抗できるだろうか？」

吉田が顔を曇らせた。

マリアナ沖海戦で対峙した日米の空母は、日本側が一三隻、米側が一四隻だ。

同海戦で、日本軍は空母六隻撃沈、二隻撃破の戦果を上げたが、正規空母の「赤城」「加賀」「翔鶴」、商船改装の中型空母「隼鷹」を失い、正規空母の「大鳳」「瑞鶴」「蒼龍」が損傷した。

搭載機数が多い「赤城」「加賀」「翔鶴」の喪失は、大きな痛手だ。残存空母九隻中、正規空母は四隻だけであり、他の五隻は中小型艦なのだ。

敵にもかなりの損害を与えたものの、米軍の回復力は、日本とは比較にならない。

次の戦いでは、差は更に開くことが予想される。

「現状では、勝利はおろか、五分の戦いも望めぬと考えております」

小沢は、少し考えてから答えた。

もう少し控えめな表現にすることも考えたが、ここは現実を直視すべきだと思い直したのだ。

吉田は、あからさまに不快そうな表情を浮かべたが、小沢は構わずに続けた。

「機動部隊戦の勝敗を左右するのは、空母の数よりも搭載機数です。米軍の正規空母と比較した場合、搭載機数で対抗し得るのは『瑞鶴』のみであり、『大鳳』『蒼龍』『飛龍』は五割乃至六割、他の五隻は半分以下です。この状態で正面から戦っても、勝算はありません」

「『雲龍』と『天城』を編入しても駄目かね？」

吉田が質問を重ねた。

「雲龍」「天城」は、戦時下の量産を図った中型空母雲龍型の一、二番艦で、この八月に竣工している。艦上機の運用能力は「飛龍」と同等だ。

この二艦が加われば、空母は一一隻となり、機動部隊の戦力は大幅に強化される。

「雲龍型の搭載機数は、『赤城』や『加賀』に及びません。また、空母の数よりも、熟練した搭乗員の不足が大きな問題です」

「はっきり言う」

かぶりを振った吉田の肩を、山本が苦笑しながら叩いた。

「小沢は、気休めは口にせぬ男だ。上の者から見れば煙たいところもあるが、難局に当たっては、小沢のような指揮官が望ましい」

「『正面から戦っても』と貴官は言ったな？」

吉田は、まっすぐに小沢の顔を見つめた。

「真っ向勝負ではなく、奇策を考えているのか？　GF長官を引き受けたからには、搦め手から攻めるような策を持っているのだろう？」

小沢は頷いた。

「策はあります。ただし、GFだけでは実行できません。軍令部第一課と航空本部の協力が必要です」

軍令部の第一課は、作戦、編制を担当する。軍令部、いや帝国海軍の花形と言っていい部署だ。

航空本部は海軍省の管轄下にあり、海軍の航空行政全般を担当している。

「いいだろう。何でも協力する」

「航本には、私から話しておこう」

吉田と山本は、任せておけ、と言いたげに頷いた。

山本が、新たな問いを小沢にぶつけた。

「人事に話を戻すが、砲戦部隊について希望はあるかね？」

現在、戦艦、重巡といった火力の大きな戦闘艦艇は、第二艦隊の指揮下に入っている。先のマリアナ沖海戦では、第三部隊の中心となった艦隊だ。

司令長官は、マリアナ沖海戦終了後も、栗田健男中将が引き続き務めていた。

「五藤存知中将を、二艦隊の長官に任じていただけますか」

小沢は、意中の人物の名を上げた。

開戦時は第六戦隊の司令官として、防空巡洋艦四隻を指揮していた人物だ。

開戦二日目の海南島沖海戦、一昨年九月のウェーク沖海戦では、小沢と共に戦っている。

現在は海軍水雷学校長の職にあり、若い士官や下士官に、水雷戦の要領を教えていた。

「栗田では不満かね？」

「現二艦隊長官は、艦隊の指揮能力は非凡なものを持っていますが、勇猛果敢さでは五藤の方が上と見ています。また現在は、制空権の確保が難しくなっています。六戦隊司令官として空母の護衛任務に当たった五藤の経験を活かしたいと考えます」

過去、五藤と共に戦ったときのことを、小沢は思い出している。

海南島沖海戦では、麾下部隊の掌握に精一杯であり、第六戦隊の働きぶりをつぶさに見る機会はなかったが、ウェーク沖海戦における第六戦隊の戦いぶりは見事だった。

対空戦闘では、空母の頭上に高角砲弾の傘を差し掛け、敵の水上部隊に襲われたときには、身を挺して空母を守ろうとした。

勇気と任務に対する忠実さは、並外れたものを持つ指揮官だ。

五藤であれば、我が身に換えても任務の達成に邁進してくれるはずだ、と小沢は睨んでいた。

「五藤の勇敢さは、蛮勇の類いではないかね？　海南島沖海戦における六戦隊の働きは、無謀に見えたが」

山本は僅かに表情を曇らせた。後藤を、猪武者の類いと考えているようだ。

小沢は微笑して答えた。

「水上砲戦部隊の指揮官には、あれぐらいの大胆さが必要です。米軍は、及び腰の戦いで勝てる相手ではありません」

「小沢の鑑定眼に懸けてみてはどうだ？」

吉田も口を添えた。

吉田の専門は水雷だ。水雷屋同士の親近感を、五藤に感じたのかもしれない。

「いいだろう。五藤を二艦隊の長官に任じよう」

山本は頷き、あらたまった口調で小沢に言った。

「人事の希望を容れたところで、こちらの希望も容れて貰いたい」

「なんなりと」

「前線には出るな。自ら機動部隊や砲戦部隊の指揮を執ろうなどと思うな。『山城』の司令部から、GF全体の指揮を執るよう心がけよ」

小沢は両目をしばたたいた。山本の注文に、意表を突かれた気がした。

「私は海相として、和平の実現に全力を挙げるつもりだが、どのような条件で戦争が決着するかは分からない。屈辱的な講和条件を呑まねばならない可能性もある。そのようなとき、海軍内部の不満分子を抑える役割を、君に期待しているのだ」

「戦争が終わるまでは、GFの指揮を執り続けろ、とおっしゃるわけですか」

「君は知略に優れるだけではなく、人望もある。古賀が君を後任に推挙したとき、私が賛成したのも、君の人望故だ」

「高く評価していただけるのは、光栄ですが」

「君は、諸葛孔明のような軍人を志していると聞いたことがある。孔明は、帷幕にあって策を巡らせることは得意でも、自ら剣や矛を振るって戦うようなことはしなかった。そういった点も、孔明に見習ってはどうかね？」

小沢は数秒間の沈黙の後、ゆっくりと答えた。

「大臣の御指示に従います。帝国海軍の諸葛孔明として、鋼鉄製の帷幕から、采配を振るって御覧に入れましょう」

3

「正気で言っているのか、そんなことを⁉」

統合参謀本部の会議室に、陸軍戦略航空軍司令官ヘンリー・アーノルド大将の怒号が響いた。

陸軍参謀総長ジョージ・マーシャル大将、海軍作戦本部長アーネスト・キング大将は何も言わず、表情も変えない。

沈黙したまま、議長であるウィリアム・レーヒ大将の言葉を待っている。

「大統領閣下は、間違いなく正気だろう。少なくとも、私がこの命令を受けた時点では、おかしくなったようには見えなかった」

レーヒは、落ち着いた口調で応えた。

「最短ルートを避け、回り道を選択するのか？」

詰め寄るような口調で聞いたアーノルドに、キングが言った。

「必ずしも回り道とは言えまい。作戦が成功すれば、南シナ海、東シナ海の海上輸送ルートを遮断できる。日本は、戦争遂行に不可欠の資源を入手できなくなり、戦時経済は崩壊する。兵糧攻めという奴だよ、ミスター・アーノルド」

「次期作戦目標は、フィリピンの奪回とする。作戦開始のXデーを、一一月三〇日とする」

これが、アメリカ合衆国大統領フランクリン・デラノ・ルーズベルトから、統合参謀本部に渡された対日戦の指示だ。

トラック環礁の攻略後、統合参謀本部は、次の目標をマリアナ諸島の攻略に定め、準備を進めていたが、大統領がそれを強引にひっくり返したのだ。

アーノルドが怒る理由は、統合参謀本部の誰もが理解している。

戦略航空軍は、マリアナ諸島の占領後、同地に新型重爆撃機ボーイングB29〝スーパー・フォートレス〟で編成された部隊を進出させ、日本本土を直接叩く計画を立てていたのだ。

「日本など、戦略爆撃のみで屈服させて見せる」

と、アーノルドは豪語している。

事実、ヨーロッパ戦線における戦略航空軍の活躍は目覚ましい。

ルールの工業地帯を始めとするドイツの枢要部に対する戦略爆撃は、同国の生産力に甚大な打撃を与え、継戦力を大幅に低下させる効果があったと報告されている。

ドイツ本土爆撃に使用されたのは、ボーイングB17〝フライング・フォートレス〟とコンソリデーテッドB24〝リベレーター〟だが、B29は最高速度、航続性能、爆弾搭載量の全てにおいて、この二機種を上回る。

アーノルドの宣言を、ただの大言壮語に終わらせないだけの性能を持つ機体なのだ。

そのB29も、マリアナ諸島を陥落させない限り、日本本土は叩けない。

マリアナ攻略が後回しになれば、日本本土攻撃もそれだけ遅れる道理だ。

「兵糧攻めでは、時間がかかる。日本の生産力がゼロになるまで待つつもりなのか？」

「フィリピンを占領し、日本と資源地帯の海上連絡線を切断したら、予定通りマリアナの攻略に向かう。兵糧攻めと戦略爆撃を併用すれば、一層効果が上がるはずだ」

アーノルドの不満に、レーヒが応えた。

「マリアナ攻略を先にし、日本本土攻撃を早期に開始すれば、効果はより大きなものになる。東京を直接叩けば、日本人の戦意を根こそぎ奪い取ることも不可能ではない」

「これは大統領閣下の御命令なのだ、ミスター・アーノルド。最高司令官には、従わざるを得ない」

「海軍はどうなのだ？」

アーノルドは、矛先をキングに向けた。

「海軍も、マリアナ攻略の予定で作戦準備を進めていたはずだ。今の時点で、それをひっくり返されれば、現場は混乱するのではないか？」

「海軍としては異論はない」

ごくあっさりと、キングは答えた。

作戦本部はこのような事態を想定し、

「次の作戦目標は未定。マリアナとフィリピンの各々について、作戦計画を定めよ」

と、太平洋艦隊司令部に指示している。

七月のサイパン沖海戦（マリアナ沖海戦の米側公称）は、戦術的には痛み分けとなったが、戦略的には合衆国側の勝利だった。

フランク・J・フレッチャー中将の第五艦隊は、敵空母四隻撃沈の戦果を上げ、トラック環礁の攻略にも成功した。

合衆国海軍と日本海軍の戦力差は、サイパン沖海戦以前よりも開いている。

戦場がマリアナであろうと、フィリピンであろうと、太平洋艦隊は連合艦隊（コンバインド・フリート）を圧倒できる。

戦場がどこであれ、結果は同じだ、とキングは考えていた。

「実のところ、太平洋艦隊としては、戦場がフィリピンになった方が都合（つごう）がよい。日本軍は次の戦場がマリアナになると睨み、サイパン、テニアン、グアムの三島に、基地航空兵力を集結させている。攻略目標がマリアナとなった場合、我が軍は、日本艦隊と基地航空隊の両方を相手取らねばならないが、フィリピンであれば、相手は日本艦隊だけとなる。各個撃破が可能となるのだ」

「現地のスパイからの情報では、フィリピンには日本陸軍の航空部隊が多数展開していると聞くぞ」

黙って聞いていたマーシャル陸軍参謀総長が口を挟（はさ）んだ。

「日本陸軍の航空部隊は、艦船への攻撃に不慣れだ。また、日本の陸海軍は互いに不仲（ふなか）であり、連携（れんけい）も取れないと聞いている。太平洋艦隊にとっては、恐れるに足りない存在だ」

キングの答（こたえ）を聞き、マーシャルとレーヒが小さく笑った。

陸海軍が不仲なのは、合衆国も含め、どこの国でも同じだ、日本も例外ではなかったか、と言いたげだった。

「貴官はどうなのだ、ミスター・マーシャル？」

アーノルドは、陸軍の最高責任者に矛先を向けた。

「参謀本部としては、むしろ歓迎している」

「マッカーサーがフィリピンに帰りたがっているから、かね？」

かつての在フィリピン軍総司令官で、現在は南西太平洋軍総司令官の職にあるダグラス・マッカーサー大将は、フィリピンの奪還を悲願としている。ルーズベルトの下を訪れ、直訴したという話も伝わっている。

陸軍のみならず、海軍でも、一定以上の地位にある者は、誰もが知っている事実だ。

「フィリピンは、開戦以前からの合衆国領だ。民間人も大勢住んでいる。彼らを、いつまでも日本の支配下で苦しめることはできぬ」

マッカーサーのことは関係ない――そう言いたげに、マーシャルはかぶりを振った。

（陸軍の失地回復をしたいというのが本音だろう）

腹の底で、キングは呟いた。

参謀総長の立場としては、ノルマンディー上陸作戦の失敗で失墜した陸軍の名誉を回復する機会が欲しいのだ。

幸い合衆国陸軍は、太平洋の戦場では日本軍を駆逐しつつある。

ニューギニアの日本軍を壊滅寸前に追い込んでおり、フィリピンにはもう少しで手が届きそうだ。

緒戦で日本に奪われたフィリピンの奪回に成功すれば、陸軍は大いに面目を施せるのだ。

合衆国陸軍という組織の利益を考えれば、ルーズベルトの命令は、大いに歓迎したいところであろう。

アーノルドは、いかにも口惜しい、と言いたげな様子でため息をついた。

フィリピン攻略を優先するという方針には納得していないが、マーシャルとキングが賛同している以上、どうにもならないと悟った様子だった。

「一つだけ、知りたいことがある」

アーノルドは、レーヒに聞いた。

「何だね？」

「ルーズベルト大統領が、マリアナよりもフィリピンを優先した理由だ。参謀総長は、フィリピン在住の国民を救出すると言ったが、それは大統領の考えとも一致しているのか？」

「私も、それを知りたいと考えていた」

キングが言った。

ルーズベルトは当初、マリアナ優先の方針を指示していた。

それが一昨日、フィリピン優先に変わった。

その裏にあるものは、キングも気にかかっていた。

「他言はしないと確約して貰わねばならぬが」

「無論」

レーヒの一言にキングが同意し、マーシャルとアーノルドが頷いて賛意を表明した。

「大統領がこう呟くのを、私は耳にしている。『奴の手柄にしてたまるか』と」

その言葉で、キングはルーズベルトの動機を悟った。

「奴」とはルーズベルトの後任、第三三代アメリカ合衆国大統領となるトーマス・E・デューイを指している。

一一月七日に投票が行われた大統領選挙で、デューイは現職のルーズベルトを破り、新たなホワイトハウスの主となることが決まったのだ。

ルーズベルトの敗因について、何が決定的なものとなったのかは分からない。

選挙運動の際、デューイがルーズベルトに対し、

「緒戦の南シナ海における敗北は、ルーズベルト大統領のごり押しによるものだった」

「キンメル提督（ハズバンド・E・キンメル大将。開戦時の太平洋艦隊司令長官）やパイ提督（ウィリアム・パイ中将。開戦時の太平洋艦隊次席指揮官）は英雄ではない。大統領の無理押しによる犠牲者なのだ」

「あの大統領の下で戦い続ければ、犠牲が増えるばかりだ」

と攻撃し、出征している兵士の家族や戦死者の

遺族がデューイ支持に回ったことが大きかったのかもしれず、六月のノルマンディー上陸作戦失敗が響いたという説もある。

いずれにせよ、ルーズベルトの四選の夢は破れた。一九三三年三月四日から一一年以上に亘って合衆国の最高権力者だった男は、その地位から降りることになったのだ。

ルーズベルトの任期は、一九四五年一月二〇日で切れる。

それまでに戦争が終われば、ルーズベルトは連合国を勝利に導いた偉大な大統領として名を残すことができる。

だが、現実にはまず不可能だ。

連合国は、ドイツと日本に対して圧倒的な優位に立っているが、両国の抵抗は頑強であり、来年一月二〇日までに屈服するとは思えない。

戦争の終結がルーズベルトの退任後となれば、手柄は新大統領のものとなる。

ルーズベルトは、デューイの栄光のためにお膳立てを整えてやったことになるのだ。

落選に対する怒りと落胆、新大統領に対する嫉妬から、ルーズベルトは故意に戦争を長期化させる方向へと動いたのだ。

「マリアナを先に攻略し、日本本土爆撃を開始すれば、戦争は短期間で決着する」

というアーノルドの主張を、ルーズベルトは理解していた。

だからこそ、次の作戦目標に、マリアナではなくフィリピンを選んだのだ。

「それが分かっていて、議長は大統領の指示を容れたのか？　大統領の個人的な感情に基づく命令に従えと？」

アーノルドの問いに、レーヒは肩を竦めた。

「来年一月二〇日までは、あの御仁が我々のボスだ。任期中は、従わねばなるまい」

4

スウェーデンの首都ストックホルムは、白一色に染まっていた。

旧市街にある王宮も、大聖堂も、一四の島を結ぶ橋も、厚い雪に覆われている。

昼間であっても、空は黄昏時のように暗い。

バルト海に面した北欧の街は冬を迎えており、日射量は僅かなのだ。

在スウェーデン日本公使館の湯島敏明一等書記官は、コートにまつわりついた雪を払い落とし、旧市街地区にあるホテル・ガムラスタンに入った。

会見相手は、指定された部屋で待っていた。

湯島より頭一つ高い白人だ。口ひげは、いかにも英国政府に仕える高官らしく、丁寧に刈り揃えられている。

立場は、湯島と同じだ。

在スウェーデン英国大使館の一等書記官エドワード・ロビンスだった。

「珍しいですな、貴国の方から接触を申し出られるとは」

ロビンスと向かい合って腰を下ろすなり、湯島は言った。

中立国における米英両国の外交官との接触は、日本側から求めるのが常だった。

講和の条件を提示するものの、米英側の峻拒という形で終わることの繰り返しであり、接触そのものを拒否されることすら珍しくなかった。

今年——昭和一九年に入ってからは、接触の呼びかけさえ稀になっていたのだ。

ところが今回に限っては、英側から接触を求めて来た。

日本側は公使同士の接触を望んだが、英側は、

「公使の会談は、対外的に目立つ。今回は書記官レベルでの話し合いを持ちたい」

と希望したため、湯島が派遣されたのだ。

英国としては、ドイツは無論のこと、盟邦である米国にも、日本との接触を悟られたくないと考えたのであろう。

「我が国が望んでのことではありませんが」

ロビンスは、無愛想な口調で言った。

貴国は、敵国だ。その立場を忘れて貰っては困る――そのような意が込められていた。

「望みはしないが、貴国の側から接触せざるを得ない情勢になった。そういうことですね?」

「婉曲な言い方は止めましょう、ミスター・ユシマ。我々は、有意義な意見交換を望んでいる。言葉を使っての駆け引きなど、意味のないことです」

「いいでしょう。まず、貴国の用件から先にお伺いしたい」

「結論から申し上げます。大英帝国政府は、条件次第では貴国との講和に応じてもよい。貴国が望むなら、対米講和についても仲介の労を執ることを考えている、ということです」

湯島は、一瞬で目の前が明るくなったような気がした。

講和の申し入れに対し、峻拒の姿勢を崩さなかった英国が、初めて軟化したのだ。

(いや、喜ぶのは早い)

ロビンスの言葉に飛びつきそうになった自分を抑え、顔を引き締めた。

「条件次第では」の一言が曲者だ。途轍もなく厳しい条件を突きつけられる可能性もある。

英国は、決して甘い相手ではないのだ。

「これまで貴国は、『単独講和には応じられない』との姿勢を貫いて来られました。『米国が講和に応じるなら考えてもよい』と。それを覆されたということは、連合国の盟約そのものが変わったと解釈してよろしいですか?」

「率直に申し上げましょう。連合国は、と言うより我が国は、深刻なジレンマを抱えております」

ロビンスは一枚の地図を取り出し、湯島の前に広げて見せた。

ヨーロッパ全体の広域図だが、西と東で大きく色分けされている。

ドイツの勢力圏は青で、ソ連の勢力圏が赤で、それぞれ示されている。

ソ連の勢力圏は、本来の領土よりも西方に拡大しているようだ。

ポーランドは七割以上がソ連に呑み込まれている他、ルーマニア、ハンガリーといったドイツの盟邦も侵攻を受けている。

「本年一一月一〇日の時点における、ドイツとソ連の勢力図です。ソ連軍は今年六月より始まった大規模攻勢を境に、ドイツ軍を一方的に押し戻しており、ソ連領からの駆逐に、ほぼ成功しております。一方、我が国とアメリカは、ヨーロッパの大西洋岸に橋頭堡を確保しておりません」

「このまま進展すれば、ドイツ打倒の功績は、全てソ連のものになってしまうことを危惧しておられるのですね？」

「それだけではありません。我々は、ソ連が全ヨーロッパを併呑する可能性を憂慮しているのです」

米英両国は今年六月、大陸反攻を実施し、フランスの大西洋岸に橋頭堡を確保するつもりだった。

成功すれば、ソ連と共にドイツを東西から挟撃し、ソ連よりも先にドイツを占領下に置くことも可能との目算を立てていた。

ところが大陸反攻に失敗したため、その計画は大きく狂った。

米英は、西方からドイツに進攻するための足がかりを確保できなかったのだ。

一方ソ連は、全戦線でドイツ軍を打ち破り、着実に占領地を拡大している。

「早ければ、来年五月にはソ連軍がベルリンに到達する可能性有り」

というのが、連合軍総司令部の見積もりだ。

仮にベルリンが陥落しても、ナチス・ドイツ総統アドルフ・ヒトラーは西部ドイツに退いて抵抗を続けるであろうが、ソ連軍が勢いに乗って、全ドイツを制圧する可能性は高い。

米英両国が恐れているのは、ソ連軍の進撃がドイツだけでは留まらない場合だ。

ソ連軍はドイツの占領後、更に西へと進み、オランダ、ベルギー、フランスといった国々までも占領する可能性がある。

四年以上もドイツの占領下に置かれ、疲弊した国々には、自力でソ連軍を撃退する力はない。

全欧州がソ連に併呑されるのは、時間の問題となろう。

「大陸反攻はドイツの打倒だけではなく、ソ連の西進を防ぐ目的もあった、ということですか」

湯島の問いに、ロビンスは憂悶の表情を浮かべて答えた。

「おっしゃる通りです。ただ……アメリカにはどうもその危機感が薄いのです。我が国としては、すぐにでも大陸反攻を行いたい。にも関わらず、あの国は対独戦よりも、貴国との戦争を重視しています」

(そういうことか)

湯島は、英国政府の苦衷を理解した。

米英は大陸反攻を実施したくとも、ノルマンディー上陸作戦に失敗した直後であるだけに、すぐには必要な戦力を揃えられない。

打開策は、太平洋からの兵力転用だ。

対日戦用に準備した部隊を欧州に移動すれば、再度の大陸反攻を実施できる。

だが米国は、その策を拒否している。

「太平洋から兵力を引き上げれば、日本軍の反撃を招く」

「日本はドイツの同盟国であり、いかなる犠牲を払っても叩き潰さねばならない敵だ」

米国の代表が、そのようなことを英国政府に伝えたであろうことは想像がつく。

　そこで、英国が米国を説得して対日講和を、と考えたのだろう。

「米国では新政権が発足すると聞いております。政権が交代しても、方針に変更はないのでしょうか？」

　湯島は疑問を投げかけた。

　一一月七日に行われた米大統領選の結果は、スウェーデンでも大々的に報じられている。

「新大統領が決まったと言いましても、現大統領の任期は、来年一月二〇日までですからな。それまでは、従来の方針が貫かれるでしょう」

　苦々しげに、ロビンスは言った。さっさと退陣すればいいものを、と言いたげだった。

「貴国の立場については理解しました。本国政府に諮り、検討しなければなりませんが、貴国の申し入れを歓迎したいと考える者は多いと思います」

　慎重に言葉を選びながら言った湯島に、ロビンスは試すような口調で聞いた。

「問題は、その条件です。以前に貴国が提示された、『開戦後に占領した地域からの全面的な撤兵』『ドイツとの同盟破棄』『満州国の門戸開放』といった諸条件は、今なお有効ですかな？」

「本国から、条件変更の訓令は届いておりません。有効であると考えます」

「我が大英帝国が何より望んでいるのは、ナチス・ドイツの打倒とヨーロッパにおける秩序の回復です。また、ソ連がドイツに代わってヨーロッパの覇者となることも、避けたいと考えております。貴国は、ヨーロッパの秩序回復に協力できますか？」

「それは、ドイツとの同盟を破棄するだけではなく、対独宣戦を布告せよということですか？　イタリアのバドリオ政権と同じように？」

　湯島は眉をひそめた。

　昨年八月、イタリアが連合国に降伏した後、さほど日を置かずにドイツに宣戦を布告したピエトロ・

バドリオ政権の振る舞いには、日本でも「唾棄すべき裏切り者」「あまりにも節操がない」と非難する者が多い。

陸海軍にも親独派が多いこと、日本も米英との戦争で国力の消耗が激しいことを考えれば、イタリアのような振る舞いはできない。

中立化までが限界でしょう――と、湯島はロビンスに語った。

「対独戦への参加は望みません。貴国に望みたいのは、ソ連に対する牽制です」

（そう来たか）

腹の底で、湯島は呟いた。

日本は、満州を介してソ連と勢力圏を接している。

その満州には、精強を謳われた関東軍が駐留し、国境で睨みを利かせている。

関東軍が、満ソ国境で軍事行動を起こせば、ソ連は東に軍を返さざるを得なくなり、西方への進撃は困難になる。

「御存知と思いますが、我が国はソ連と中立条約を結んでおります」

湯島の言葉に、ロビンスは皮肉げな笑いを浮かべた。

「貴国は、条約を破る気満々だったではありませんか。三年前、ドイツがソ連に侵攻したとき、貴国が満州とソ連の国境付近で大規模な軍事演習を行ったことは、我が国もアメリカも知っておりますぞ」

「現状では、ソ連と事を構えるだけの余裕は、我が国にはありません。貴国や米国との講和が成立した後でなら、検討の余地はあると考えますが」

「日本の国力を考えれば、無理からぬ話ですな」

ロビンスは、思案顔で頷いた。

（国力の問題だけではない）

湯島は、五年前に満ソ国境のノモンハンで起きた軍事衝突を思い起こしている。

あの事件で、関東軍は近代化が進んだソ連軍に叩きのめされ、多数の戦死傷者を出して敗退したのだ。

関東軍も含め、帝国陸軍は諸外国に比べ、近代化が著しく立ち後れている。特に、機械化率は極めて低く、歩兵による肉弾戦が頼りなのだ。

ノモンハン事件の後、ソ連軍はドイツとの戦争を通じて鍛えられ、機械化率を更に高めたが、帝国陸軍の近代化は停滞している。

次にソ連軍と激突するようなことがあれば、ノモンハン以上の惨敗を喫する。

それもまた、英国の要求を簡単には容れられない理由だった。

「もっとも、貴国や米国が――」

言いかけて、湯島は口をつぐんだ。

「我が国やアメリカが何と？」

「いえ、何でもありません」

訝しげに問いかけたロビンスに、湯島はかぶりを振った。

「貴国や米国が直接ソ連軍と戦うなら、我が国はその後押しができる」

と言いかけたのだ。

だが、米英とソ連は今なお連合国として、同盟関係にある。

ドイツは敗勢に立たされながらも、欧州の強国として健在だ。

この状況下で、米英とソ連が干戈を交えられる道理がなかった。

「貴国からの御提案につきましては、公使館に戻り次第、本国に伝えます」

「結構。貴国の政府首脳が最善の選択をするよう祈っています」

立ち上がった湯島に、ロビンスは右手を差し出した。

湯島は困惑を覚えた。過去の交渉では、米英の代表が握手を求めて来ることなどなかったのだ。

それでも、右手を差し出してロビンスの手を取った。

ロビンスは湯島の手を軽く握り、微笑した。

「単なる儀礼(ぎれい)ではなく、心から手を握り合える日が来るよう祈っていますよ、ミスター・ユシマ」

第二章　捷号作戦

1

「呉が引っ越して来た。いや、かつてのトラック環礁が復活したと言うべきか」

　スマトラ島のリンガ泊地に集結した艦艇群を見て、第六戦隊首席参謀桃園幹夫中佐は、そんな感想を抱いた。

　二〇年以上に亘って、連合艦隊の旗艦を交代で務め、国民に最も親しまれている二隻の戦艦「長門」と「陸奥」がいる。

　その両艦が竣工する前は、帝国海軍の象徴として君臨していた「伊勢」と「日向」もいる。

　開戦以来、一貫して空母の護衛を務め、一昨年のウェーク沖海戦では米軍の新鋭戦艦とも撃ち合った高速戦艦「霧島」「比叡」もいる。

　どの艦も、すぐにでも戦闘を開始できると言わんばかりに、主砲の砲身に仰角をかけている。

　一際目立つのは「大和」と「武蔵」だ。

　艦橋の形状は、長門型以前の戦艦に比べるとすっきりして見える。

　全長二六三メートル、全幅三九メートル、基準排水量六万四〇〇〇トンの艦体は、この場にあるどの艦よりも大きい。

　上空から、「大和」と「長門」が並んで航行しているところを見た水偵の搭乗員が、

「『長門』が巡洋艦のように見えた」

と語った例もあるほどだ。

　海上の城を通り越し、ちょっとした山のように感じられた。

「たいしたものだな、ええ?」

　第六戦隊司令官の高間完少将が、目を細めて言った。

　リンガに集まっているのは、戦艦だけではない。

　第四、第五、第八戦隊の重巡洋艦八隻と、第一、第二の二個水雷戦隊――防空巡洋艦二隻、駆逐艦二

六隻が集結している。

　これに第六戦隊の「青葉」と「加古」――海南島沖海戦を皮切りに、幾多の海戦に参加し、艦隊の頭上を守ると共に、水上砲戦でも威力を発揮して来た二隻の防巡が加わるのだ。

「呉が引っ越して来た」という感想は、決して大げさなものではない。

　空母こそいないものの、帝国海軍の戦闘艦艇のほとんどが、赤道直下の泊地に集結した感があった。

　高間は、「大和」「武蔵」よりも、第三戦隊の高速戦艦二隻を見て、目を細めている。

　開戦時に高間が艦長を務めていた高速戦艦「榛名」は、「霧島」「比叡」の姉妹艦なのだ。

「榛名」と、もう一隻の姉妹艦「金剛」は、海南島沖海戦で失われたが、「霧島」「比叡」は姉妹艦二隻の役割まで背負ったかのように活躍している。

　いつかまた、金剛型の指揮を執りたいものだ――そんな内心の声が、聞こえたような気がした。

「『大和』と『武蔵』なら、米軍の新鋭戦艦を向こうに回しても、余裕で叩きのめしそうですね」

「同感だな。トラック沖の再現は、二度と御免だ」

　砲術参謀穴水豊少佐の感心したような一言に、高間が苦笑しながら頷いた。

　米軍がトラック環礁に侵攻して来る直前に生起した夜戦――大本営の公称「トラック沖海戦」で、第六戦隊の「加古」「古鷹」「衣笠」は、新鋭戦艦二隻を含む敵艦隊に追い回された。

　六戦隊を含む日本艦隊は、快速を活かして米艦隊を引っ張り回し、水上艦艇、潜水艦、基地航空隊の雷撃によって、敵の新鋭戦艦一隻を沈める大戦果を上げたが、砲撃を受けている間は、生きた心地がしなかった。

　当時の旗艦だった「加古」も、敵弾一発を被弾したが、あれが不発弾でなかったら、艦は消し飛んでいたはずだ。

　新鋭戦艦の四〇センチ砲弾には、そう思わせるだけの破壊力があった。

「大和」と「武蔵」なら、あの新鋭戦艦と正面から撃ち合っても勝てる。

四六センチ砲弾なら、数発の直撃で敵戦艦を沈黙させることが可能なはずだ。

巡洋艦以下の中小型艦だけで、新鋭戦艦を相手取るような戦闘は、二度としなくて済む。

「その前に、『大和』と『武蔵』を敵機から守らねばなりません。マリアナ沖で、『赤城』や『加賀』に貼り付いたように」

六戦隊の本来の役目を思い出して下さい——その意を込め、桃園は言った。

マリアナ沖海戦では、第二、第三両艦隊を「第一機動艦隊」としてまとめ、「大和」以下の戦艦群も、空母の護衛役を務めた。

同海戦は航空戦に終始(しゅうし)したため、戦艦部隊は対空・対地射撃用の三式弾(さんしきだん)と高角砲、機銃で、対空戦闘を行っただけに終わった。

だが、小沢治三郎中将が連合艦隊司令長官に就任した後、第二艦隊は燃料の豊富なスマトラに移動し、第三艦隊は航空隊の再編成と錬成(れんせい)のため、内地に留まっている。

小沢長官の作戦構想は不明だが、第二艦隊が単独で行動しなければならない可能性も考えられる。

空襲を受けたときには、防空艦が頭上の脅威(きょうい)から戦艦を守るのだ。

決戦前に、「大和」「武蔵」が空襲によって傷つく事態は、断じて避けねばならない。

「できることなら、防空艦四隻を二艦隊に集中して欲しかったところだが」

高間は、不満そうに言った。

新しい連合艦隊司令部の発足後、第六戦隊は二隊に分割され、「青葉」「加古」の第一小隊は第二艦隊に、「古鷹」「衣笠」の第二小隊は第三艦隊に、それぞれ配属された。

米軍の航空兵力が、開戦当時とは比べものにならないほど強化された今、「大和」「武蔵」の頭上を守るのに、「青葉」「加古」だけではやや心許ない。

　第六戦隊の四隻全てで「大和」「武蔵」を守れないものか、と高間は考えたようだ。

「防空艦は、元々空母を敵機から守るために設計・建造された艦です。それを考えれば、四隻全てを三艦隊に配属するのが本筋です」

　桃園の言葉に、高間は応えた。

「三艦隊には『大淀』も『大雪』もいる。秋月型も、全艦が三艦隊に配属されている。二小隊をこちらに寄越してくれても、と思うが」

「大淀」は昨年二月に竣工した防巡、「大雪」はシンガポールで鹵獲した英巡洋戦艦「リパルス」に対空火器を満載し、防空艦に手直しした艦だ。

　秋月型は、青葉型、古鷹型を縮小したような防空駆逐艦で、現在までに八隻が竣工している。

　それだけあれば、空母の直衛に充分ではないか、と高間は思ったようだ。

（防空艦はどの艦隊も欲しいし、幾らあっても足りないでしょう）

　腹の底で、桃園は呟いた。

　マリアナ沖海戦を境に、機動部隊は大幅に弱体化した。

　空母の喪失以上に、艦上機の六割が未帰還となったのは大打撃だ。

　小沢治三郎中将の後を受けて、第三艦隊司令長官に任じられた山口多聞中将は、航空兵力の立て直しを図っているものの、搭乗員の不足が響き、思うに任せないと聞く。

　このような状況下では、防空艦の存在が、今まで以上に重要となる。

　航空機をあてにできなければ、各艦の対空火器で頭上を守る以外にないからだ。

　問題は、その防空艦も弱体化していることだ。

　マリアナ沖海戦で、「青葉」は高角砲五基を、「加古」は一基を、それぞれ失った。

高角砲の喪失は、砲員の戦死を意味する。

猛訓練によって、自らを砲と一体化するまでに鍛え上げ、実戦経験も積んだ砲員は、航空機の搭乗員と同じぐらい貴重な存在なのだ。

「青葉」「加古」の修理が完了したとき、新しい砲員も配属されたが、技量は以前より劣っている。

「加古」はまだしも、「青葉」の命中率は、修理前の四割にも及んでいない。

米軍の新たな攻勢が始まるまでに、「青葉」の砲員の技量を、少しでも高めなくてはならない。

ただ、手持ちの戦力を有効に活用し、勝利の策を練るのも、帝国海軍軍人の使命だ。

現在の「青葉」「加古」を使いこなし、「大和」「武蔵」を守ることが、第六戦隊の役割だった。

言葉を交わしている間に、二隻の防巡は、ゆっくりと泊地の奥に進んでゆく。

季節は一一月だが、内地の真夏を上回る暑さだ。

リンガは、泊地の真ん中を赤道が通っているため、完全な熱帯圏に属するのだ。

暑熱では、トラック環礁よりも上だった。

その熱が、いずれ太平洋で燃え上がるであろう炎を象徴しているように、桃園には感じられた。

2

「米軍は、何のためにトラックを占領したのだ？」

連合艦隊参謀長加来止男少将は、机上に並べられた航空偵察写真を前に、首を傾げた。

旗艦「山城」の長官公室だ。

首席参謀以下の幕僚たちも、机上の写真を注視している。

司令長官小沢治三郎中将は、長官席に腰を下ろし、両手を組み合わせたまま、沈黙を保っていた。

「トラックが敵の手に落ちてから、二ヶ月余りが経過している。米国の工業力をもってすれば、トラックを前線基地に作り替えるには充分な時間だ。にも関わらず、敵の主力艦が進出した様子はない」

机上に並べられている写真は、マリアナ諸島に展開している第一航空艦隊隷下の偵察機が、トラック上空に飛び、撮影して来たものだ。

かつての春島や夏島、竹島の飛行場が、米軍の飛行場として整備・拡張されている様子や、同地に進出している米軍機の姿を克明に捉えている。

加来が注目しているのは、泊地の偵察写真だ。

日本がトラックを使用していた当時は、春島西側の春島錨地、夏島の東側にある夏島錨地と西側にある潜水艦用錨地、修理錨地、松島の南側にある松島錨地があった。

春島錨地は、もっぱら空母、戦艦といった大型艦が使用し、夏島錨地は主として駆逐艦以下の小型艦艇が使っていた。

日本側では、米軍もこれらの錨地を利用し、太平洋艦隊の主力を展開させるものと睨んでいた。

ところが、トラックに敵の有力艦が進出した様子は全くない。

駆逐艦以下の小型艦艇は多数が入泊しているものの、空母、戦艦といった大型艦は、どの錨地にも見当たらない。

日本側としては、理解に苦しむ動きだ。

艦隊泊地として使わないのであれば、何のために犠牲を払ってトラックを攻略したのか。

「敵の立場で考えますと、現時点ではトラックの安全が確保されていないため、艦隊を進出させることができない、ということではないでしょうか?」

首席参謀の宮崎俊男大佐が発言した。

米国人の思考法や米海軍の戦術に詳しく、海軍大学校の図上演習で赤軍（米側）を担当したときには、米国式の戦術を駆使して、青軍（日本側）を叩きのめしたこともある。

敵をよく知る人物だった。

「悔しい話ではありますが、我が方の航空攻撃は、敵にほとんど打撃を与えられていません。トラックは米側にとり、さほど危険とは言えないのでは？」

航空参謀内藤雄中佐が反論した。

トラックの陥落後、マリアナ諸島に進出した第一航空艦隊は、陸攻隊による長距離攻撃を繰り返したが、目立った戦果は上がっていない。

昼間攻撃は、トラックの手前で敵戦闘機の迎撃を受け、目標に近づくことすらできない。

夜間攻撃も、電探装備の夜間戦闘機や対空射撃に阻まれている。

トラックは、難攻不落の航空要塞へと変貌しつつある。

太平洋艦隊の主力が進出しても、おかしくないと思われた。

「トラックが、マリアナ諸島からの攻撃圏内に入っていること自体が問題なのです。可能性は小さくとも、空母や戦艦を泊地内で撃破される危険は冒したくないというのが、米軍の思考法です。米軍がマーシャル諸島を占領したときも、トラックから最も遠いメジュロ環礁を前進基地に選んでいます」

「米軍であれば、そのように考えるだろうな」

小沢が沈黙を破り、口を開いた。

「米軍はルソン島沖海戦で、多数の戦艦が航空機によって為す術もなく撃沈される光景を目の当たりにしている。ルソン島沖海戦の折り、ラガイ湾で待機していた米太平洋艦隊が打って出てきたのは、台湾にいた基地航空隊による攻撃を恐れたからだという捕虜の供述もある。太平洋艦隊の主力が、決戦前に失われたり、傷ついたりするような事態は、彼らも避けたいだろう」

「米軍は、トラックを艦隊の泊地として使うつもりがないのでは？」

作戦参謀の樋端久利雄中佐が発言した。

山本海軍大臣が、「俺が連合艦隊長官を務めていたとき、司令部に迎えたいと思っていた男だ。使ってみろ」と推薦してくれた幕僚だ。

「では、彼らがトラックを占領した目的は？」

「航空基地とするだけでも、充分使い出があります」

加来の問いに、樋端は答えた。

陥落前、トラックには六箇所の飛行場があった。

これらを拡張すれば、Ｂ17、Ｂ24といった四発重爆撃機数百機を進出させることができる。

数百機の四発重爆撃機が長距離爆撃をかけて来れば、サイパン、テニアン、グアムの飛行場は、数日で使用不能に追い込まれる。

制空権を握ったところで、上陸部隊を進出させれば、マリアナは短期間で陥落する——と、樋端は説明した。

長官公室に、しばし冷え冷えとした空気が流れた。

トラック環礁の陥落後、米軍の機動部隊は前線に姿を見せていないが、米国は基地航空隊だけでもマリアナ諸島を奪取できる力を持つことを、樋端は示唆したのだ。

「多数の重爆を投入したマリアナ攻撃は、確かに可能性があります。軍令部からの情報によれば、七月以降、欧州戦線では米英重爆部隊の活動が不活発になっているとか。米軍が、欧州から太平洋にＢ17、Ｂ24を移動させる可能性はあると見なければなりません」

戦務参謀土肥一夫中佐の発言を受け、宮崎が言った。

「米軍が多数の重爆を投入する可能性は否定しませんが、マリアナに上陸する場合には、機動部隊を先鋒とするはずです。重爆、もしくは空母の艦上機による飛行場攻撃、次いで海岸陣地に対する艦砲射撃、攻略部隊の上陸、という手順を踏むでしょう」

「機動部隊の所在が分かれば、米軍の意図を特定できる、ということだな？」

確認を求めた小沢に、宮崎が「はい」と頷いた。

「トラックにいない以上、敵艦隊はメジュロに集結していると考えられます」

加来が、机上に広げられている南方要域図に指示棒を伸ばし、マーシャル諸島東端のメジュロ環礁を指した。

「ただ、トラックを失った我々には、メジュロの敵情を探る手段がありません。潜水艦による偵察は実施していますが、得られる情報は限定されます」

「通信量の変化はどうだ？」

小沢が、通信参謀和田雄四郎中佐に顔を向けた。

開戦前から、一貫して連合艦隊の通信参謀を務めている人物だ。山本、古賀、小沢と、三人の長官に仕えたことになる。

「サイパンからは、九月以降、トラック方面における敵の通信量が増大する傾向にあるとの報告が届いております」

和田は、机上に一枚のグラフを置いた。

トラック方面における通信量の変化をまとめたものだ。

九月から一〇月にかけては漸増しているが、一一月からは急増している。

「ラバウルから、報告は届いていないか？」

小沢は、質問を重ねた。

トラック環礁の陥落に伴い、ニューブリテン島ラバウルを守っていた第八艦隊と第八方面軍は、完全に孤立した。

第八方面軍は、ラバウルを中心に要塞の築城を進め、敵の上陸に備えているが、米軍にラバウルを攻略する意図はないらしく、ソロモン、ニューギニア方面から爆撃を加えるだけに留めている。

第八艦隊は、周辺海域の偵察や敵信の傍受に努め、定期的に情報を届けて来る。

その中に、敵の新たな攻勢を示唆するものはないか、と小沢は考えたのだ。

「八艦隊司令部からはありませんが、第八方面軍から、ニューギニア方面における敵の通信量が増大している旨、報告が届いております」

和田は言った。

第八方面軍と連合艦隊は命令系統が異なるが、軍司令官の今村均大将は、小沢とは懇意な間柄だ。

今村はその縁で、貴重な情報を直接連合艦隊に届けたのだ。

「ニューギニアのどこだ？　東部か、西部か？」

「中部から西部にかけてです。ホーランディアからサルミにかけての通信量が、特に多いとのことです」

「敵がマリアナに来ると判断するのは、早計かもしれぬな」

小沢は、南方要域図を見つめながら言った。

ニューギニアの米軍は、同島の北岸に沿って西進している。その先には、フィリピンや蘭印がある。

「開戦前、米太平洋艦隊は我が軍に気づかれぬよう、密かにフィリピンに移動した。トラックが米軍の占領下に入った今、我が軍に気づかれることなくフィリピンに移動するのは、更に容易になっている」

トラック陥落後、大本営は米軍の来寇場所に応じた邀撃作戦の計画を作成し、「捷号作戦」と称している。

マリアナ諸島は「捷一号作戦」、フィリピンは「捷二号作戦」だ。敵が台湾や沖縄に来寇した場合や、一気に日本本土を突いてきた場合についても想定しているが、可能性は少ないと見られている。

マリアナ防衛を目的とする「捷一号作戦」では、第二、第三両艦隊を同地に進出させ、第一航空艦隊と共に、迎撃に当たらせるつもりだった。

フィリピンにも第二航空艦隊がいるが、同部隊はトラックから脱出した第一一、一二両航空艦隊の生き残りと、内地で錬成中だった部隊を合わせて編成したもので、一航艦に比べれば遥かに弱体だ。

敵の攻略目標がフィリピンであれば、一航艦を同地に移動させる必要があるが——。

「一航艦を、マリアナから動かすことはできぬ。トラックに敵の重爆部隊が進出している状況下で、マリアナから航空兵力を引き抜くわけにはいかない」

小沢の言葉を受け、加来が聞いた。

「敵がフィリピンに来た場合には、いかがなさいますか？」

「その場合は、第二、第三両艦隊と二航艦で迎え撃つ以外にあるまい」

止むを得ぬ——その意を込め、小沢は答えた。

「敵がマリアナとフィリピン、どちらに来ても邀撃できるよう、準備を進めておく、ということでよろしいですね？」

「うむ」

確認を求めた加来に、小沢は頷いた。

「第二艦隊を、ボルネオのブルネイに前進させておこう。敵の来寇に、即応できるようにな」

3

「我が隊の現在位置は、パラオ諸島の南東海上だ。同諸島の主島、バベルダオブ島よりの方位一三五度、一二〇浬に位置している」

空母「サラトガ」の飛行長ジェフリー・ローレンス中佐は、ブリーフィング・ルームに参集した艦上機クルーたちの前で、地図の一点を指した。

合衆国の占領下に入ったトラック環礁よりも、西に大きく隔たった海域だ。

艦隊の北西には、日本の委任統治領となっているパラオ諸島の島々が横たわり、その向こうにはフィリピンがある。

（フィリピンに戻って来た）

「サラトガ」爆撃機隊の隊長マーチン・ベルナップ少佐は、感慨を覚えた。

開戦時のフィリピン遠征のとき、ベルナップは先代の「サラトガ」に乗って参加した。

この戦いは惨敗に終わり、乗艦の「サラトガ」も敵艦上機の攻撃を受けて沈没した。

ベルナップも、零戦との空中戦や敵艦の激しい対空砲火によって、多くの部下を失った。

太平洋艦隊と在フィリピン軍は、合衆国領フィリピンを死守しようとして果たせず、同地は一九四二年三月に陥落した。

以来、二年九ヶ月近く。

フィリピンは依然日本軍の占領下に置かれているが、太平洋艦隊の主力部隊は遥かに強力になって戻って来た。

フィリピン奪回作戦の主役は、ダグラス・マッカーサー大将麾下の南西太平洋軍だが、先鋒を務める第三艦隊は、合衆国海軍史上最強と言っていい。

同部隊は、トラック攻略作戦の支援に当たった第五艦隊を再編成し、司令部を入れ替えたもので、フィリピン遠征時の第二任務部隊司令官だったウィリアム・ハルゼーが大将に昇進し、指揮を執っている。

主力は、空母機動部隊の第三八任務部隊だ。サイパン沖海戦で第五八任務部隊を率いたマーク・ミッチャー中将が、引き続き司令官を務めている。

空母兵力は一〇隻。

サイパン沖海戦に参加した空母は、エセックス級正規空母六隻、インデペンデンス級軽空母八隻だから、戦力面では減少したように見えるが、今回は一〇隻全てをエセックス級で固めているため、搭載機の総数では同等だ。

これは、サイパン沖海戦でインデペンデンス級六隻が失われ、軽空母の脆弱性が明らかになったこと、エセックス級は被弾損傷したものの、沈没に至った艦はなく、抗堪性の高さが証明されたことが理由だった。

「本国では、パラオ諸島は占領せず、無力化に留めるとの方針が、既に決定されている」

ローレンスは言葉を続けた。艦上機のクルーたちは、無言で聞いていた。

「パラオ攻撃には、第三八・二、三任務群より二隻ずつが当たる。ＴＧ38・2から出撃するのは、本艦と『タイコンデロガ』の航空隊だ。ＴＧ38・3からは、『バンカー・ヒル』と『フランクリン』のエア・グループが出る。偵察機の報告によれば、パラオにジークはおらず、水上機がほとんどだ。TF38司令部は、四隻分の艦上機で充分と判断した」

(新人に経験を積ませたいということか)

ベルナップは、司令官の意図を理解した。

TF38の空母一〇隻のうち、「タイコンディロガ」と「フランクリン」は今回が初陣であり、艦上機のクルーには、実戦未経験の者が多い。

彼らに経験を積ませ、次に控えるフィリピン奪回作戦の予行演習にしたい。そのためには、たいした航空兵力が配備されていないパラオは手頃な目標だ、とミッチャーは考えたのだろう。

パラオの無力化は、フィリピン奪回のためには不可欠であり、戦略上非常に重要な任務だ。

その任務を、新人クルーの演習代わりにできるということが、一九四四年一二月の時点における、合衆国海軍と日本海軍の実力差を物語っていた。

――一時間半後、ベルナップはVB12の爆撃機クルーと共に、パラオの日本軍基地を見下ろしていた。

パラオ諸島は、主島であるバベルダオブ島の南南西に、小さな島々が連なっている。

基地施設は、バベルダオブ島の南部、及びその南側に位置するアラカベサン島、コロール島、マラカル島に集中している他、諸島の南端に近いペリリュー島にも飛行場の存在が確認されている。

VB12には、マラカル港の在泊艦船と港湾施設が攻撃目標に指定されていた。

「飛行長が言った通りだ」

マラカル島の上空を見渡し、ベルナップは呟いた。

開戦以来、合衆国の艦上機クルーをさんざん悩ませ、多くの戦友たちを斃してきたジークのほっそりした機体は見当たらない。

「『ペドロ1』より『ジェイク1』。目標を指示されたし」

第三小隊長を務めるバリー・ブライトン大尉の声が、レシーバーに響いた。指揮官からの指示がないため、催促して来たのだ。

ベルナップは、マラカル港を見渡した。

細長い半島に囲われた海面が天然の港になっており、北側に位置するマラカル島に、港湾施設が集中している。

港内には、十数隻の船が見えるが、いずれも駆逐艦以下の小型艦艇と推測される。哨戒艇、駆潜艇、掃海艇といった、泊地警備用の軽艦艇であろう。

「『ジェイク1』より『チーム・ヘミングウェイ』。目標、港湾施設。繰り返す。『チーム・ヘミングウェイ』全機で、港湾施設を叩く」

ベルナップは咄嗟に判断し、麾下全機に下令した。

作戦目的はパラオの無力化だ。哨戒艇や駆潜艇のような小物よりも港湾施設を叩いて、使用不能に陥れるべきだ。

右の水平旋回をかけ、VB12のカーチスSB2C〝ヘルダイバー〟をマラカル島の上空に誘導する。

地上に複数の発射炎が閃き、ヘルダイバー群の前方に、黒い爆煙が湧き出した。

ジークはいなくても、抵抗の意志は残っているようだ。地上の対空砲陣地が、ヘルダイバーの投弾を阻止すべく、一万フィート上空まで、多数の射弾を撃ち上げて来る。

「サラトガ」VF12戦闘機隊のF6Fが、いち早く機体を翻した。

ヘルダイバーの急降下に劣らぬ勢いで、対空砲陣地目がけて舞い降りてゆく。

対空砲が目標を変更したのか、F6Fの周囲で続けざまに爆発光が閃き、黒煙が湧き出す。

「全機、突撃せよ！」

ベルナップは、すかさず下令した。

自身は、港よりもやや内陸に位置する鉄塔群に狙いを定め、操縦桿を左に倒した。

おそらく、通信用のアンテナだ。

これを潰せば、パラオの日本軍基地は、入手した情報を本土に送ることも、本土からの命令を受信することもできなくなる。

　降下しつつ周囲を見渡し、VB12のヘルダイバーが小隊毎に散開し、降下してゆく様を確認する。

「『ジェイク2、3、4』、本機に後続します！」

　一貫してベルナップの偵察員を務めているジェシー・オーエンス大尉が、第一小隊の動きを報告する。

　ヘルダイバーはファストバック式のコクピットを採用したため、後方の視界が悪い。後続機の把握は、偵察員が頼りだ。

　直進時の安定性の悪さと共に、ヘルダイバーの欠点の一つと言える。

　それでも、ベルナップはヘルダイバーを高く評価している。

　防弾装備が充実している分、開戦時の主力だったダグラスSBD〝ドーントレス〟に比べて、クルーの生存率が高いためだ。

「ヘルダイバーは悍馬だが、そいつは生存率の高さと引き換えだと思え。開拓時代だって、いい馬を乗りこなせる奴の方が、生き残れる確率は高かったんだ。VB12の全員が、ヘルダイバーを自在に操れるようになれば、戦死者は以前の半分、いや四分の一以下に減る」

　ベルナップは、部下たちにそう繰り返し言い聞かせていた。

　第一小隊の目標を見抜いたのか、ベルナップ機の周囲で、対空砲弾が炸裂し始めた。

　射撃精度は、良好とは言えない。

　一度ならず、近くで炸裂する砲弾があり、機体が横殴りの爆風に煽られるが、すぐに機位を修正する。

　弾片が何発か命中し、ハンマーで打たれるような音が響くが、コクピットまで貫通されることはない。計器の針も正常だ。

　カーチス社が製造した頑丈な機体は、ベルナップとオーエンスを守っている。

「甘いな、ジャップ」

　ベルナップは敵の対空砲員に嘲笑を浴びせた。

　照準の正確さも、弾量も、青葉型、古鷹型の対空砲火とは比較にならない。

　アオバ・タイプ、フルタカ・タイプの砲術長に射撃術を教わってきたらどうだ、と勧めてやりたいほどだった。

「七〇〇〇（フィート）！　六五〇〇！　六〇〇〇！」

　オーエンスが、高度計の数値を読み上げる。

　数字が小さくなるにつれ、照準器が捉えた鉄塔が拡大する。鉄塔だけではなく、空中線までが視界に入って来る。

　オーエンスが「二〇〇〇！」と告げたところで、ベルナップは投下レバーを引いた。

　同時に操縦桿を目一杯手前に引いた。

　引き起こし時の強烈な遠心力が襲って来る。全身の筋肉や骨が、鉛に置き換わったかと思うほどだ。

　何度経験しても、慣れることはない。海軍の飛行機乗りになったとき、数ある機種の中から、急降下爆撃機を選んだ者の宿命だ。

機体が上昇に転じ、身体が軽くなると同時に、

「鉄塔の先端に命中！」

　オーエンスが報告した。

（外れか）

　ベルナップは苦笑した。

　鉄塔の根元に命中させ、倒壊させることを狙ったが、爆弾が僅かに逸れ、鉄塔の真上から直撃したようだ。

　パラオの通信機能を奪うという目的は、達成できたと言えるが。

「『ジェイク2、3』命中！　『ジェイク4』続けて命中！」

「当然だ」

　ベルナップはほくそ笑んだ。

　VB12に限らず、急降下爆撃機のクルーは、高速で回避運動を行う空母や戦艦に命中させられるよう、激しい訓練を積んで来たのだ。

　地上の静止目標に命中させるなど、児戯に等しい

と言えた。

マラカル島では、爆発が続いている。

ＶＢ12のヘルダイバーが投下した一〇〇〇ポンド爆弾が、港湾施設を破壊しているのだ。

爆炎が躍り、炸裂音が轟く度、立ち上る黒煙の量が増えてゆく。

不吉な報せを告げる狼煙が、何十条も上がっているようだった。

投弾を終えたヘルダイバーが、第一小隊の周囲に集まって来る。

今回の作戦で、「サラトガ」が搭載するヘルダイバーは四八機。うち一二機は偵察爆撃隊（VS12）に所属するため、ベルナップが率いたのは、自機も含めて三六機だ。

合計三六発の一〇〇〇ポンド爆弾は、マラカル島の港湾施設を完全破壊するのに充分と思われた。

「隊長、北で大爆発です！」

不意に、オーエンスが大声を上げた。

ベルナップは、北に視線を転じた。

空中に、大量の黒煙が湧き出している。マラカル島の火災煙など、比較にならない。巨大な黒雲が、地上付近まで降りて来たと思わされる眺めだ。

若干の間を置いて、おどろおどろしい炸裂音が伝わって来る。

一〇〇〇ポンド爆弾の炸裂音などではない。遥かに大規模な爆発だ。

「バベルダオブ島だと思われます」

「弾火薬庫か、航空燃料のタンクをやったな」

ベルナップは、そのように推察した。

バベルダオブ島の飛行場攻撃を担当したのは、「フランクリン」爆撃機隊（VB13）だ。彼らは初陣にして、巨大な獲物を仕留めたようだ。

「再攻撃の必要はなさそうだな」

ベルナップはひとりごちた
マラカル島の港湾施設は完全に破壊し、バベルダオブ島の飛行場は、誘爆によって壊滅したと推察される。

「バンカー・ヒル」と「タイコンディロガ」の戦果も加えれば、パラオには甚大な打撃を与えたはずだ。

ＴＦ38司令部が作戦成功と判断することは、間違いないと思われた。

「こいつは、まだ前哨戦だ。勝負はこれからだ」

機首を一三五度、すなわち南東に向けながら、ベルナップは呟いた。

来たるべき日本艦隊との決戦で遭遇するであろう宿敵――アオバ・タイプ、フルタカ・タイプの姿が脳裏に浮かんだ。

4

「敵の攻略目標は、フィリピンである可能性が濃厚となった」

小沢治三郎連合艦隊司令長官は、口を開くと同時に言った。

広島県呉の柱島泊地に在泊している、第三艦隊旗艦「大鳳」の作戦室だ。

小沢の前には、第三艦隊司令長官山口多聞中将と参謀長大林末雄少将、首席参謀大前敏一大佐が腰を下ろしている。

連合艦隊から各艦隊への命令伝達は、参謀長か首席参謀が行うところだが、小沢は自ら呉に足を運んだのだ。

連合艦隊司令長官に任じられたとき、山本五十六海軍大臣から、

「帷幕にあって策を巡らした諸葛孔明を見習ってはどうかね」

と言われた小沢だったが、自ら各地の鎮守府や航空基地を訪れることが多い。

「横須賀の『山城』にこもるだけが能ではない。自分のいる場所が連合艦隊の帷幕なのだ」

と、小沢は公言していた。

「当司令部にも、情報は届いております」

大林参謀長が言った。

「『パラオ』空襲サル」の第一報が内地に届けられたのは、一二月一日の九時二四分だ。

パラオにあった通信所は、空襲によって破壊されたが、敵に見逃(みのが)された駆潜艇や哨戒艇が報告電を打っている。

電文は、サイパンの中部太平洋方面艦隊やフィリピン・ダバオの第三二特別根拠地(こんきょち)隊で受信され、内地に転電(てんでん)された。

その後に届いた続報から、パラオ諸島の飛行場、水上機基地、港湾施設は、ほとんどが使用不能となっていることが明らかとなった。

連合艦隊司令部では、米軍の次期作戦目標はマリアナ諸島にあると考えていたが、パラオが大規模攻撃を受けたことから、

「敵の目標は、フィリピンの可能性大」

と判断したのだ。

「パラオ攻撃が陽動(ようどう)である可能性はないでしょうか？　先のマリアナ沖海戦で、我が軍は米軍の陽動作戦にかかってトラックから誘(おび)き出されました。結果として、機動部隊と基地航空隊は各個に撃破され、トラックを失うに至ったのです。米軍がこの成功に気を良くし、同じ策を用いたとは考えられないでしょうか？」

山口が疑問を提起した。

マリアナ沖海戦当時、山口は小沢の下で、第一機動艦隊の第二部隊を率いている。

同じ手にかかったのでは、帝国海軍は世界に恥(はじ)をさらすことになる、と言いたげだった。

「米軍は、各個撃破を狙うからこそフィリピンを標的にしたのではないか、と私は考えている」

小沢が言い、同行している樋端久利雄作戦参謀が後を引き取った。

「フィリピンの守りに就(つ)いている二航艦は、マリアナの一航艦よりも弱体であり、強大な敵機動部隊と正面から戦う力は持ちません。米軍の立場で見た場

合、制空権、制海権の確保は、フィリピンの方が遥かに容易なのです」

「基地航空兵力の配備状況を、米軍が摑んでいるということですか？」

　大前敏一首席参謀の問いに、樋端は頷いた。

「フィリピンは開戦前から米国領だった場所であり、現地住民には、米軍に通じている者が少なからずいます。陸軍の憲兵隊も間諜の取り締まりに力を入れていますが、全ての摘発はできないのが現状です。我が軍の兵力配置につきましては、敵にある程度知られていると考えるべきでしょう」

「フィリピンを奪回されたら、我が国は戦争遂行能力を事実上喪失する。そのことは、諸官も理解していよう」

　小沢の言葉に、山口は頷いた。

「実際、開戦の時点でそうなりかけましたからね。当時、南方作戦に従事しておられた長官には、誰よりもことの重大さが分かっておられると思います」


　フィリピンを米軍に奪い返されたら、日本は南方資源地帯との航路を断ち切られ、石油、鉄鉱石、ボーキサイト、生ゴム等の資源を入手できなくなる。

　後は、日本本土を直接爆撃や艦砲射撃で叩くか、あるいは日本経済が枯死するまで待つか。米軍にとっては、好きな方を選択できる。

　いずれにしても、日本を待つものは破滅しかない。

　帝国陸海軍が為すべきことは、ただ一つ。

　全力で、米軍を撃退することだ。

「二、三艦隊が合流しての作戦行動は、難しいかもしれません」

　樋端が、深刻そうな口調で言った。

　第二艦隊は、連合艦隊の新体制発足後、燃料の入手が容易なスマトラのリンガ泊地で訓練を行っていたが、一一月半ばより、米軍の新たな攻勢に即応できるよう、ボルネオのブルネイ泊地に移動していた。

　第三艦隊も、ブルネイで第二艦隊に合流し、全艦隊が一体となって、米軍に立ち向かう予定だった。

だが、米軍のフィリピン侵攻が早ければ、第二、第三両艦隊の合流は難しくなる。

「その場合は、第二案ということになりますか」

山口は、こともなげに言った。

連合艦隊司令部では、第二、第三両艦隊が合流して戦う場合と、別個に戦わざるを得ない場合の両方について、作戦計画を立てている。

開戦前、米太平洋艦隊のフィリピン回航によって、連合艦隊が分断されるという苦い経験があったため、同様の事態が生じた場合に備えたのだ。

「機動部隊には、過酷な戦いとなる」

小沢は、山口以下三人の顔を見渡して言った。

第二艦隊と第三艦隊が別個に戦う場合、第三艦隊に求められる役割は、敵機動部隊の牽制だ。

敵の注意を第三艦隊に引きつけている間に、第二艦隊が輸送船団に突撃し、敵の上陸部隊を一掃するのだ。

「言葉を飾っても仕方がない。三艦隊には、囮の役を務めて貰う。敵機動部隊の攻撃を一手に引き受ける以上、損害は先のマリアナ沖海戦を上回るものとなろう。開戦以来、第一線で活躍して来た機動部隊にこのような役回りを演じさせるのは、ＧＦ長官としても断腸の思いだ」

小沢は、絞り出すような声で言った。

山口は動揺を見せなかったが、大林と大前の顔色は青ざめている。

敵の猛攻を受け、次々と沈んでゆく空母の姿を想像したのかもしれない。

「二艦隊と共に戦っても、過酷な戦いとなることに変わりはありません。現有兵力では、止むを得ないと考えます」

山口は、落ち着いた口調で応えた。

現時点における第三艦隊の空母戦力は、第一航空戦隊の「大鳳」「瑞鶴」、第二航空戦隊の「飛龍」「蒼龍」、第三航空戦隊の「瑞鳳」「龍鳳」、第四航空戦隊の「千歳」「千代田」だ。

正規空母と小型空母が四隻ずつ、合計八隻となる。

他に、商船改装の中型空母「飛鷹（ひよう）」と、戦時急増計画で建造された「雲龍」「天城」があるが、現在は編成から外されている。

「飛鷹」は本土近海で敵潜水艦の雷撃を受けたが、空いているドックがないため、修理待ちの状態だ。

「雲龍」「天城」は、配属される第六〇三航空隊の訓練が終わっていない。

マリアナ沖海戦では、正規空母と小型空母合計一三隻を揃えて米軍の機動部隊に立ち向かった第三艦隊だが、現状では八隻の運用が精一杯なのだ。

対する米艦隊の戦力は、今のところ情報が入っていないが、マリアナ沖海戦の例から考えて、艦上機の総数は九〇〇機以上と推定される。

弱体化した第三艦隊が、正面から立ち向かって勝てる相手ではない。

奇策に頼らざるを得ないのが現状だった。

「すまぬな、山口君」

小沢が頭を下げた。

公式の場では「三艦隊長官」と呼ぶ小沢が、直接山口の名を口にするのは珍しいことだった。

「GF長官として、というより、君の前任者として、マリアナ沖で空母と艦上機を消耗したのは、まことに申し訳ないと思っている」

「謝罪していただく必要はありません。戦って損害が生じるのは、当然のことです。むしろ、強大な米艦隊を相手に、空母の喪失が四隻で留まったことの方が奇跡的な出来事です」

「私は、君を最良の機動部隊指揮官だと考えている。私以上に、機動部隊を使いこなせる指揮官だと。君を三艦隊長官に任じるよう大臣に掛け合ったのも、君の積極果敢な闘志や艦隊の指揮能力を評価したが故だ。その君に、このような任務を引き受けさせるのは、GF長官としては、まことに不本意（ふほんい）だよ」

「いかなる戦いでも、受け身で戦わねばならないときは存在するものです。今は、日本全体が受け身に回っている状況ですから」

　山口は言い切り、思い出したように付け加えた。

「現在の各航空隊の編成を考えれば、守り一辺倒の方が戦い易いと考えております。六〇一空には、F6Fに対抗し得る新型機も配備されており、敵に一泡吹かせることも期待できます。私は機動部隊の指揮官として、本分を尽くします」

5

　ニューギニア北西岸沖の海面は、上陸作戦用の艦艇とその護衛艦によって埋め尽くされた感があった。

　繭を前後に引き延ばしたような形状の艦体に、中戦車M4〝シャーマン〟やM3ハーフトラックを満載した戦車揚陸艦（LST）。

　ごつごつと角張った長大な艦体に、歩兵や砲兵、火砲、トラック等を搭載した中型揚陸艦（LSM）。

　LSTやLSMに比べると、柔らかなラインを持ち、民間用の船舶を改装した艦であることが分かる攻撃貨物輸送艦。

　長大な艦体の上に、箱形のブリッジやクレーンを何基も装備した攻撃輸送艦。

　それらが艦種ごとに分かれ、複縦陣を作っている。

　上陸作戦用の艦艇の周りには、エドソル級、バックレイ級といった護衛駆逐艦が展開し、空中と海中に目を光らせている。

　輸送用艦艇から少し離れた海面には、空母の姿も見える。主力空母のエセックス級に比べれば遥かに小さく、空母らしいスマートさにも欠ける。

　商船をベースとして設計・建造された護衛空母で、輸送船団の護衛、対潜哨戒、航空機の輸送、前線部隊への航空機の補充等の任務に当たる。

　現在は護衛駆逐艦と共に、輸送用艦艇の護衛に当たっていた。

「壮観だな、ええ？」

第三艦隊旗艦「ニュージャージー」の艦橋で、多数の輸送用艦艇を眺め、第三艦隊司令長官ウィリアム・ハルゼー大将は目を細めた。

ハルゼーの専門は航空であり、空母を旗艦とすべき立場だが、複数の任務部隊を指揮下に置く第三艦隊には、通信能力が何より重要になる。

「ニュージャージー」は最新の通信機器を装備していることに加え、艦橋が高い分、他艦よりも送受信の能力が優れているため、旗艦に最適と判断されていた。

「ノルマンディー上陸作戦は、揚陸用の艦艇だけで四〇〇〇隻を投入したそうだが、目の前の船団は、そいつに次ぐぐらいの規模があるんじゃないのか？」

「フィリピン全土を合計すると、アリゾナ州に匹敵する面積がありますからね。アリゾナを占領するとなれば、大兵力が必要になるのは当然かと」

参謀長のロバート・カーニー少将が言った。

カーニーの言葉は、必ずしも事実を表していない。

フィリピン奪回作戦は、全ての島に陸軍部隊を上陸させるわけではなく、フィリピン中部のレイテ島、行政の中心地であるルソン島等、重要な場所だけに限られる。

それでも、フィリピン奪回作戦のために準備された兵力は巨大だ。

第一陣だけで、六個師団約二〇万名の兵力が投入され、レイテ島の占領を目指す。

情報によれば、日本軍は陸軍部隊をフィリピン各島に分散配置しており、レイテ島を守っているのは一個師団のみだという。

しかも日本陸軍の一個師団は、合衆国陸軍の一個師団に比べて兵力が少ないことに加え、機械化率も遥かに劣る。

上陸しさえすれば、レイテ島を短期間で制圧できることは明らかだ。

その前にハルゼー麾下の第三艦隊が、レイテ島周辺の制空権、制海権を奪取する必要があった。

「長官、キンケード提督よりお電話が入っております」

海上を眺めていたハルゼーに、副官のリチャード・ホーソン少佐が声をかけた。

「ハルゼーだ」

「こちらキンケード」

第七七任務部隊司令官トーマス・キンケード中将の声が、受話器の向こうから伝わった。

合衆国の反攻が始まって以来、一貫して、ダグラス・マッカーサー大将が率いる南西太平洋軍の支援に当たって来た指揮官だ。

協調性に富み、陸軍部隊をよく支援し、対地射撃や船団護衛といった地味な任務をこなして来た。

ハルゼーほどには目立たないものの、太平洋艦隊司令部、作戦本部共に、評価の高い人物だった。

「こちらは、全て予定通りだ。一二月九日には、レイテ島に上陸を開始できる」

キンケードは言った。

ハルゼーの方が一階級上だが、命令系統が異なることに加え、少し前までは同じ階級だったこともあって、対等の話し方になっている。

ハルゼーも、階級でキンケードと向き合う気はなく、「二人だけのときは同格で話してくれ」と伝えていた。

「もう一日早ければよかったな」

ハルゼーは、笑いを含んだ声で言った。

合衆国軍のフィリピン奪回は、日本にとっては破滅の始まりとなる。

米日が開戦してから丁度三年目に、フィリピンへの第一歩を印すことができれば、痛快なことこの上ないが、そううまくは行かないようだ。

「上陸前日までにはフィリピンの敵航空兵力を撃滅しなければならぬな」

「可能か?」

「無論だ。TF38の指揮は、マーク・ミッチャーが執っている。マーシャル攻略を皮切りに、機動部隊戦のほとんどを指揮し、勝利を収めてきた男だ。ミッチャーに任せておけば問題はない」

「貴官が言うなら間違いはあるまい。マッカーサー大将も、大いに期待している」

「マッカーサー大将と彼の幕僚は、TF77と行動を共にしているのか？」

「『ナッシュビル』に乗艦している」

ハルゼーの問いに、キンケードは指揮下にある艦の名を答えた。ブルックリン級軽巡洋艦の一隻だ。

「橋頭堡を確保するまでは、ニューギニアで待機して貰った方がいいんじゃないのか？」

ハルゼーは、眉をひそめた。

マッカーサーは南西太平洋軍の司令官であり、対日戦における陸軍作戦の総責任者だ。

その身に万一のことがあれば、作戦が著しい混乱を来す(きたす)のは目に見えている。

「私もそう言ったのだが、将軍は先遣隊(せんけんたい)と共にフィリピン上陸の一番乗りをしたいと御所望(ごしょもう)でね」

受話器の向こうから、苦笑交じりの声が伝わった。

マッカーサーは陥落寸前のフィリピンからオーストラリアに脱出したとき、

「私は帰る(アイ・シャル・リターン)」

との声明を発表している。

その立場上、フィリピンに最初の一歩を降ろし、

「私は帰って来た(アイ・ハヴ・リターンド)！」

と宣言したいのかもしれない。

「橋頭堡を確保した後でも、フィリピン帰還の声明は発表できると思うがな。司令官の立場上、身の安全を第一に考えて欲しいものだが」

「同感だが、将軍はあれで結構、子供みたいなところがあるのさ」

「致し方(いたしかた)なし、か」

ハルゼーは呟いた。

マッカーサーの選択は気がかりだが、命令系統が異なる以上、指示を出せる立場ではない。

「我がＴＦ77には、手持ちの航空兵力が少ない。レイテに上陸し、飛行場を確保するまでは、護衛空母だけが頼りだ。貴隊には、敵航空兵力の撃滅に全力を挙げて貰いたい。――フィリピンの基地航空部隊だけではなく、機動部隊も含めて」

「了解した。ミッチャーに念を押しておく」

ハルゼーは、小さく笑って答えた。

日本軍の航空部隊のことは、あまり心配せずともよいだろう、とハルゼーは考えている。

爆撃機や雷撃機のクルーには、大物を狙いたがる傾向がある。

機動部隊であれば空母、砲戦部隊であれば戦艦が最優先の攻撃目標となる。日本軍の艦上機クルーには、特にその性癖が強い。

ＴＦ77が空襲を受けたとしても、その矛先は、戦艦に向かう可能性が大であり、「ナッシュビル」が被弾する危険は小さい。

とはいえ、戦場では何が起こるか分からないし、万一ということもある。

「ＴＦ77には一機の日本機も近寄らせるな」と指示しておく必要があるだろう。

「どのみち、ジャップの機動部隊とは決着を付けねばならんのだ。サイパン沖で、フレッチャーの第五艦隊が奴らを痛めつけはしたが、壊滅までは行っていない。今度の作戦は、ジャップの機動部隊を殲滅する好機だと、俺は考えている」

「殲滅とは大きく出たな」

キンケードは、笑い声を漏らした。

猛将の渾名をほしいままにしたハルゼーらしい物言いだ、と言いたげだった。

ハルゼーは、自信を込めて言った。

「マッカーサー将軍に、伝えておいてくれ。『レイテでは、ミートボール・マークの機体を見る機会はないでしょう。ジャップの空母は、一隻残らず水葬にしますから』とな」

第三章　待ち受けるもの

1

「輸送船を叩けと言われるのですか？　『大和』や『武蔵』の巨砲で？」

　第二艦隊参謀長岩淵三次少将が頓狂な声を上げた。

　司令長官五藤存知中将以下の幕僚や各戦隊の司令官、主だった艦の艦長も、しばし石化したように動かず、声も発しなかった。

「おっしゃる通りです。フィリピンが陥落すれば、我が国は継戦能力を喪失し、敗戦は必至となります。それを防ぐためには、上陸部隊を運ぶ輸送船団を撃滅するのが最善です。本件につきましては、ＧＦ司令部と軍令部の考えは、完全に一致しております」

　第二艦隊旗艦「大和」を訪れた連合艦隊参謀長加来止男少将は、趣旨を全員に印象づけようと考えてか、殊更ゆっくりと話した。

「戦艦や重巡で叩くような目標ではない」

　第二戦隊司令官宇垣纏中将が呻くように言った。

　山本五十六海相が連合艦隊司令長官を務めていたときの参謀長だ。現在は、「長門」「陸奥」「伊勢」「日向」の四隻を指揮下に収めている。

　長年帝国海軍の象徴として君臨して来た「長門」「陸奥」を率いる身だ。「輸送船を叩け」という命令は、我慢できなかったのかもしれない。

「賛成です。二艦隊は、あくまで敵の主力と戦うための部隊です」

　第三戦隊司令官の鈴木義尾中将も宇垣に賛成し、重巡部隊である第四、第五、第八戦隊の司令官らも、「賛成です」「同感です」と口々に述べた。

「待て、諸君」

　五藤司令長官が右手を上げて制した。

「ＧＦ参謀長は、目標は輸送船だと言ったが、輸送船団が単独で動くことはあり得ない。必ず、強力な護衛が付いて来る。実際の戦闘になれば、まず護衛を叩き、しかるのちに輸送船を、という手順になる。敵の主力と決戦をする機会は、必ずある」

「長官のおっしゃる通りです。事実、マーシャル諸島やトラック環礁が敵の手に落ちたときには、上陸前に戦艦や重巡が艦砲射撃をかけていきます。フィリピンでも、船団には戦艦を含む護衛部隊が随伴することは間違いないと考えられます」

　加来の言葉を受け、宇垣が苦笑した。

「それを先に言ってくれ。敵の戦艦とやり合えるなら、願ってもないことだ」

「作戦目的は、敵上陸部隊の撃滅です。それをはっきりさせるため、最初に申し上げました」

「フィリピン死守の重要性は理解している。そのためには、敵の上陸部隊を叩く必要があることも」

　五藤が言った。

「しかし、上陸部隊を最優先で叩けという指示には、他にも狙いがあるのではないかね？　小沢長官は思慮深い方だ。深謀遠慮をお持ちだと考えるが」

「米国の国民性、並びに現在の政治状況を、長官は考慮されました」

　加来と共に「大和」を訪れた、連合艦隊首席参謀宮崎俊男大佐が言った。

「米国は、国民の世論が政策に大きな影響を及ぼす国です。上陸部隊が輸送船団もろとも壊滅し、万単位の戦死者が生じたとなれば、国民の間に厭戦気分が芽生えると共に、政権に対する国民の非難が集中すると予測されます。また、一一月の大統領選挙では、現職のルーズベルトが落選し、トーマス・E・デューイという人物が新しい大統領に選ばれました。大統領就任後、間もない時期に多数の戦死者が生じたとなれば、デューイの大きな失点となります。米国の新政権が、より以上の犠牲を避けるため、講和に応じる可能性があるというのが、長官のお考えです」

「失礼な物言いになることは承知の上で申し上げますが、少し見通しが甘いのではありませんか？　六月に、連合軍のノルマンディー上陸作戦が失敗したとき、戦死者と捕虜を合わせ、一〇万を超える将兵が未帰還になったと聞いております。それだけの犠牲を払ったにも関わらず、米国は講和に踏み切っていません」

岩淵の発言に、加来が反論した。

「六月と現在では、状況が異なります。六月は大統領選まで日があり、ルーズベルト政権も盤石(ばんじゃく)に見えていました。しかし、ルーズベルトの退陣が決まり、新政権がまだ発足していない現在、米国の政府は不安定な状態にあります。そこが付け目だと、長官は考えておいでです」

「ですが――」

「まあ、よいだろう」

なおも言葉を続けようとした岩淵を、五藤が制した。

「どのみち、敵の上陸部隊は撃滅しなければならんのだ。その結果が持つ政治的な意味や、講和に結びつける手段は、政府が考えればいいことだ。我々が、そこまで心配することはない」

五藤は江田島卒業後、海軍生活のほとんどを艦船勤務で過ごして来た身だ。政治には関与したことも、今後関与するつもりもない。

余計なことは考えず、任務に邁進するだけだ。

「お願いします、長官」

加来が、深々と頭を下げた。

「問題は、敵がどこに来るか、です。米軍の来寇場所によって、我が方の戦術や目的地までの航路が大きく違って来ます」

第二艦隊の首席参謀山本祐二(やまもとゆうじ)大佐が起立し、机上に広げられているフィリピンの地図に指示棒を伸ばした。

宮崎が、山本の問いに答えた。

「最終的にはルソン島、特にマニラの攻略を目指すことは明らかですが、最初からルソン島に上陸して来るという手順は採らないでしょう。守りが手薄(てうす)な場所で、かつ飛行場の適地がある場所を狙うと考えられます」

「ミンダナオ島はどうだ？　米陸軍は、ニューギニアの北岸を西進し、陸伝いにフィリピンを目指している。ミンダナオ島への上陸が自然ではないか？」

　五藤の意見を受け、宮崎が言った。

「ミンダナオ島には、陸軍が二個師団、及び一個独立混成旅団を配備しており、守りが強固です。また、フィリピンでも最南部に位置し、ルソン島との間には距離があります。米軍としては、ミンダナオ島よりもルソン島に近く、守りも手薄なサマール島、レイテ島あたりを狙うのではないか、と考えます」

「サマール島かレイテ島か」

　五藤は、フィリピンの地図を注視した。

　フィリピンの太平洋側、ルソン島とミンダナオ島の間に位置する島だ。

「米軍は、彼らが不要と判断した拠点は敢えて放置し、先に進むという特徴を有しております。そのいい例が、ウェークであり、ラバウルです。ウェークは本来米国領であり、一昨年は乏しい兵力で奪回作戦を試みた場所ですが、そのような拠点でさえ飛ばしております」

　宮崎の言葉を聞いて、五藤は太平洋の地図を思い浮かべた。

　宮崎参謀の言う通りだ、と腹の底で呟いた。

　マーシャル、トラックの陥落により、ウェーク、ラバウルの守備隊は、完全に孤立している。

　撤収も救援も望めず、補給もできない状態だ。大本営は、守備隊に現地自活を命じている。

　後方に取り残された守備隊には、米軍の背後を脅かすこともできない。せいぜい敵の通信を傍受し、内地に連絡する程度だ。

　米軍は、自分たちには不要と判断した拠点を敢えて飛ばすことで、兵力の損耗を避けると共に、侵攻速度を高めている。

　五藤は、航海参謀を務める吉松公夫中佐に声をかけた。

「航海参謀、サマール島、レイテ島、ミンダナオ島の各々について、航路計画を作っておいてくれ。敵がどこに来るか分からぬ以上、あらゆる可能性を想定しておきたい」

「ミンダナオ島もですか？」

「そうだ。米軍がミンダナオ島に来る可能性は小さいが、ゼロではない」

「分かりました。サマール島、レイテ島、ミンダナオ島の各々について、航路計画を作成します」

吉松が復唱（ふくしょう）を返した。

加来と宮崎が顔を見合わせ、頷き合った。

伝えるべきことは全て伝えた、と言いたげだった。

二人の参謀に、五藤は言った。

「後は、山口長官の三艦隊といかにして呼吸を合わせるか、だ」

2

フィリピン上陸前の準備攻撃は、一二月六日より始まった。

「妙な気分だな」

「サラトガ」爆撃機隊（VB12）の先頭に立つマーチン・ベルナップ少佐は、前下方の広大な飛行場を見下ろしながら呟いた。

眼下（がんか）の飛行場——マニラの北方に位置するクラークフィールドは開戦時、フィリピンに展開する極東航空軍の中核となる基地だった。

地上には、カーチスP40〝ウォーホーク〟やボーイングB17〝フライング・フォートレス〟が展開しており、司令部には星条旗（せいじょうき）が翻っていた。

ベルナップ自身も、先代の「サラトガ」に乗艦し、フィリピンを守るため、日本軍の空母と戦った。

にも関わらず、クラークフィールドを目の当たりにするのは、これが初めてだ。

　陸軍と海軍という所属の違いはあるにせよ、極東における合衆国の最も重要な航空基地を、開戦後三年も経ってから初めて目撃するというのは、何ともおかしな気分だ。

　しかも自分たちは、そのクラークフィールドを攻撃しようとしている。

「『ハック1』より全機へ」

「イントレピッド」爆撃機隊（ＶＢ11）隊長エリオット・ストレイカー中佐の声が、レシーバーに響いた。

「各隊は司令部の指示に従い、所定の目標を叩け。ジーク以外に、隼（オスカー）、鍾馗（トージョー）といった陸軍戦闘機の出現が予想される。厳重に注意せよ」

「『チーム・メルヴィル』了解」

「『チーム・ロンドン』了解」

「『チーム・スタインベック』了解」

　各空母の航空隊（エア・グループ）を率いる指揮官から、ストレイカーに応答が返される。

「『チーム・ヘミングウェイ』了解」

　ベルナップも、ストレイカーに答を返した。

　今日の作戦目的は、ルソン島の敵飛行場を叩いて、使用不能に追い込むことだ。

　フィリピンにおける日本軍の航空兵力はルソン島、それもマニラ近郊の飛行場に集中しているため、これらを破壊すれば、フィリピン周辺の制空権は手に入る。

　各隊が、大きく散開した。

　第三八・一任務群（ＴＧ38・1）の空母四隻から発進した攻撃隊は、左に旋回して南に向かい、ベルナップのＶＢ12を含む第三八・二任務群（ＴＧ38・2）の攻撃隊は正面の飛行場に向かう。

　ＴＧ38・1は、マニラ湾の東岸に位置するニコルス、ニールソン飛行場を目標とし、ＴＧ38・2は、クラークフィールドに攻撃を集中するのだ。

　ＴＧ38・2の攻撃隊は、Ｆ６Ｆが七二機、ヘルダイバーが一〇八機。

有効弾が半分としても、一〇〇〇ポンド爆弾五〇発以上になる。

クラークフィールドは、フィリピンにおける最大の飛行場だが、それだけの爆弾を叩きつければ、使用不能に追い込めるはずだ。

「『ジョード1』より各隊――」

「正面上方、敵機！」

TG38・2の攻撃隊指揮官ウィルソン・ウッドロウ中佐の呼びかけに、緊張した叫び声が割り込んだ。

ベルナップは、顔を上げた。

攻撃隊の前上方から、一群の敵機が向かって来る。どの機体も、昇る朝日を反射し、銀色に照り輝いている。

「ジークか？　オスカーか？」

ベルナップが呟いたとき、

「『セドリック1』より全機へ。敵機は飛燕(トニー)！」

「タイコンディロガ(VF14)」戦闘機隊隊長ケリー・マティスン少佐の声が届いた。

日本軍の航空機には珍しい、液冷エンジン装備の戦闘機だ。ニューギニアでは、南西太平洋軍隷下の陸軍航空隊と何度も戦ったと聞いている。

同じ陸軍の戦闘機でも、オスカー、トージョーは火力が小さいが、トニーは別だ。両翼に一二・七ミリ機銃二丁、機首に二〇ミリ機銃二丁を装備しており、中型爆撃機のノースアメリカンB25〝ミッチェル〟やダグラスA20〝ハボック〟が何機も墜とされたという。

「『ヘミングウェイ』、間隔を詰めろ」

ベルナップが麾下全機に指示を送ったとき、F6F群が動いた。

次々と機首を上向け、二〇〇〇馬力のエンジン音を轟かせながら上昇を開始する。

トニーの群れが増速し、距離を詰めて来る。速度性能は高い。特に降下速度はジークより上だ。

上昇するF6Fと降下するトニーが、ほとんど同時に射弾を放った。

Ｆ６Ｆの両翼から、ぶち撒けるような勢いで、無数の曳痕がほとばしり、トニーの機首からは、真っ赤な太い火箭が噴き延びた。

Ｆ６Ｆとトニーの編隊が猛速ですれ違ったとき、空中の複数箇所で爆発が起き、引きちぎられた主翼や引き裂かれた胴体が、白煙を引きずりながら、地上に落下し始めた。

一二・七ミリ弾の火網がトニーを捉え、瞬時にばらばらにしたのだ。

Ｆ６Ｆも無事ではすまない。

機首から白煙を噴き出す機体や、片方の主翼を吹き飛ばされ、錐揉み状に回転しながら墜落する機体が続出する。

正面攻撃を生き延びたトニーは、ヘルダイバー群に向かって来る。

液冷エンジン機特有の尖った機首はスマートだが、狙われる側にとっては、人喰い鮫の頭を思わせる。

ベルナップは操縦桿を手前に引き、機首を上向かせた。発射ボタンを押すと同時に、機首から二条の火箭が噴き延びた。

ほとんど同時に、トニーの一番機が機首から射弾を放つ。

ほぼ同じ太さを持つ火箭が、切り結ぶように交錯し、各々の目標に殺到する。

ベルナップの射弾は、トニーを捉える直前、下向きの軌道を描いて虚空に消えるが、トニーの射弾もベルナップ機のコクピット脇をかすめただけだ。

一連射を放ったトニーが、素早く機体を横転させ、下方へと離脱する。後続するヘルダイバーが射弾を浴びせるが、目標を捉えたものはない。

トニーの二、三、四番機が突っ込んで来る。一番機同様、機首に発射炎を閃かせ、二〇ミリ弾の太い火箭を突き込む。

ほとんど同時に、ベルナップも、後続する各機も、二〇ミリ固定機銃を放つ。

重々しい連射音と共に、目の前の照準器が上下左右に激しくぶれる。操縦桿を握る掌にも、振動が伝わる。

二〇ミリ機銃は破壊力が大きい代わり、発射の反動も大きいのだ。

無数の青白い曳痕が、トニー目がけて殺到する。弾量はヘルダイバー群の方が多いが、狙いは不正確だ。無数の射弾は、ことごとく空を切っている。

三機のトニーが、ベルナップ機の頭上を通過した。

「『ジェイク3』『ブレット1』被弾！」

偵察員席のジェシー・オーエンス大尉が、悲痛な声で報告する。

ベルナップが直率する第一小隊の三番機と、第二小隊長の機体だ。

先のパラオ攻撃では、一機も失わなかったVB12だが、今度は投弾前に二機を失ったのだ。

「『リナルディ4』より『ヘミングウェイ』、後方より トニー！」

「弾幕で防げ！」

第七小隊四番機の偵察員から飛び込んだ報告に、ベルナップは即答する。

ヘルダイバーは後方視界が悪く、後続機の動きは目視できない。指揮官としては、第七小隊が相互支援によって、危機を乗り切るよう祈るだけだ。

「『リナルディ3、4』被弾！」

第七小隊長のアラン・モートン大尉から、被害状況報告が飛び込む。

七小隊三、四番機のクルーは、先のパラオ攻撃で初陣を飾ったばかりだ。戦闘機と交戦した経験を持たぬクルーは、かくも容易く墜とされるものか。

新たなトニーが二機、左前方から向かって来る。

ベルナップ機が、指揮官機だと見抜いたのかもしれない。

「F6Fは何やってやがる！」

オーエンスの罵声が、レシーバーに飛び込んだ。冷静沈着なオーエンスには、珍しい振る舞いだ。彼にとっても、余裕がないのかもしれない。

日本陸軍 三式戦闘機「飛燕」

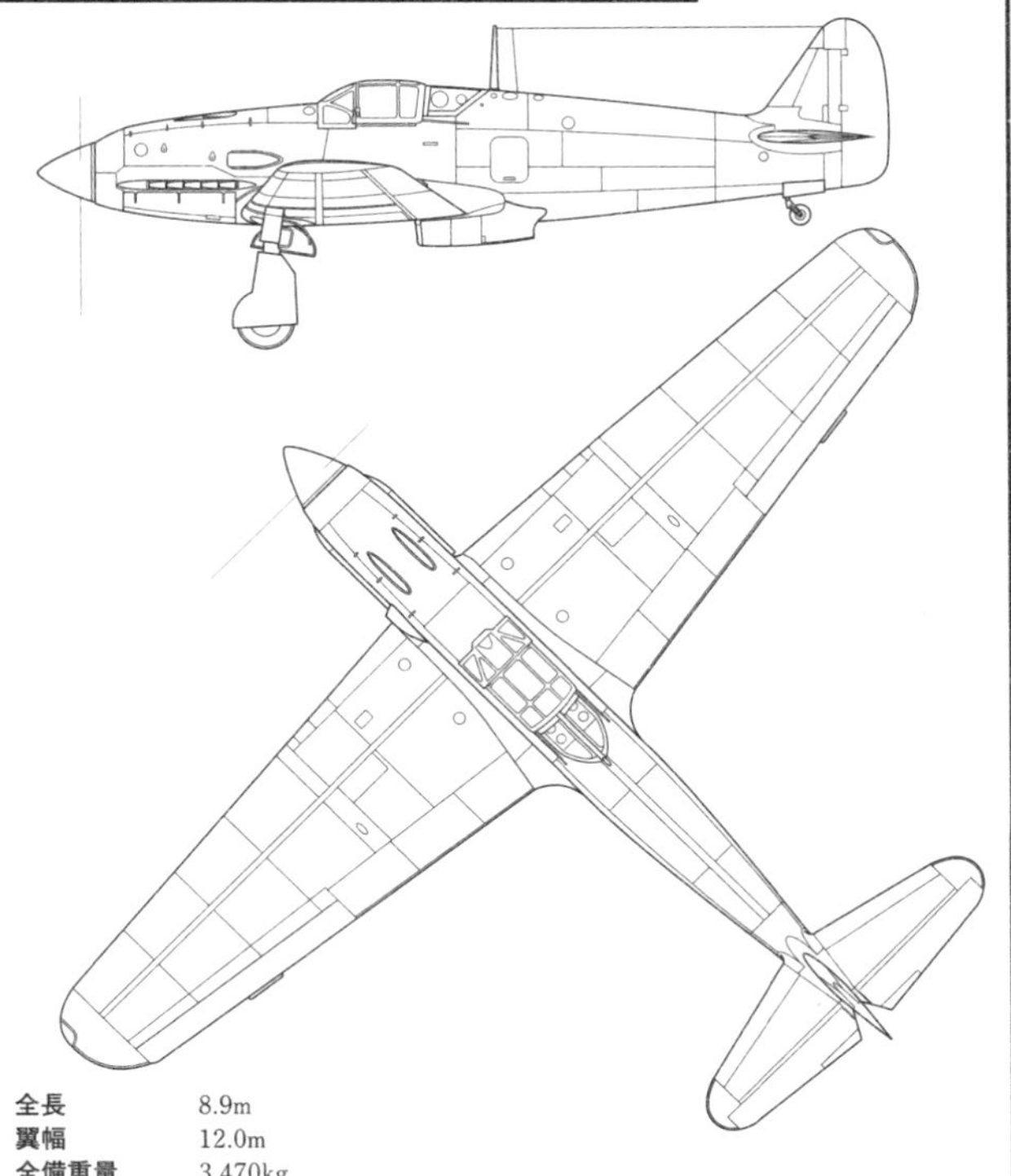

全長	8.9m
翼幅	12.0m
全備重量	3,470kg
発動機	ハー40型　1,100馬力
最大速度	580km/時
兵装	20mm機関砲×2丁(機首固定)／12.7mm機銃×2丁(翼内) 爆弾 250kg(最大)
乗員数	1名

現在、日本陸軍が運用する戦闘機のなかで唯一、液冷発動機を搭載した機体である。空冷発動機に比べ前面投影面積が2割近く減少し、速度性能が向上した。一方で構造が複雑な液冷発動機は製造も整備も難しく、前線の整備兵からは不満も聞かれる。運動性能は優れているが上昇性能はいまひとつで、米軍機相手の格闘戦では苦戦したが、強力な武装と卓越した急降下性能を生かした一撃離脱戦法を導入して以来、互角以上の戦いを繰り広げている。米軍でのコードネームは「トニー」である。

「相棒は死なせぬ。俺も死なぬ」

口中で呟きながら、ベルナップはトニーに機首を向けた。

照準器の白い環が、目標を捉えたとみるや、発射ボタンを押した。

トニー一番機の機首から、真っ赤な火箭が噴き延びる。双方共に機首から発射した二条ずつの火箭が、槍のように交錯する。

トニーの射弾がコクピットの左脇をかすめ、風防ガラスが不気味に振動する。弾道が僅かでも右寄りだったら、ベルナップの顔面に命中し、頭部を打ち砕いていたところだ。

ベルナップの射弾も空を切っている。二〇ミリ弾は、トニーの機首をかすめたようだ。

ジークに比べると、投影面積が小さいため、狙いが外れたのだろう。

トニー一番機がベルナップ機とすれ違うや、二番機が眼前に迫っている。

再び二〇ミリ弾の火箭が交錯し、空振りに終わる。トニー二番機は、速力を緩めることなく、ベルナップ機の後方へと抜ける。

ジークとは、戦い方が異なるようだ。

ジークには、一旦狙った目標は何が何でも墜とさんとする執念が感じられたが、トニーにはそれがない。一連射を放った後は、即座に離脱している。

撃墜できるかどうかは、問題にしていないように見受けられる。合衆国の戦闘機の戦い方に倣い、一撃離脱に徹しているのかもしれない。

（ジークより強敵かもしれん）

腹の底でベルナップが呟いたとき、

「『ジョード1』より命令。『スタインベック』『ヘミングウェイ』『バーネット』突撃せよ！」

ウッドロウの命令がレシーバーに響いた。

先のパラオ攻撃に比べ、落ち着きが失われているように感じられる。

ウッドロウが直率する「エセックス」爆撃機隊も

トニーの攻撃を受け、被撃墜機を出しているのかもしれない。

「『ジェイク1』より『ヘミングウェイ』、続け！」

ベルナップは、麾下全機に下令した。

トニーの攻撃で四機を墜とされたが、ベルナップ自身の機体を含め、三二機が健在だ。

これだけあれば、かなりの打撃を与えられる。

VB9のヘルダイバーが、真っ先に速力を上げ、突撃を開始する。

クラークフィールド飛行場のうち、最も規模の大きい滑走路を目標としているようだ。

極東航空軍が、B17の離着陸に使っていた滑走路であろう。長さは一万二五五〇フィートに達する旨、飛行長から知らされている。

ベルナップは麾下のヘルダイバーを率い、地上建造物を目指す。

目標は、整備場や燃料庫、油脂庫等の設備だ。滑走路の破孔は比較的短時間で埋め戻せるが、支援設備の復旧には時間がかかる。

飛行場を長期に亘って使用不能に追い込むには、付帯設備を狙う方が効果的だ。

対空砲陣地が射撃を開始したのだろう、地上に発射炎が閃き、空中に爆煙が湧き出す。

その直中に、三隻のエセックス級空母から放たれたヘルダイバー群が突っ込んでゆく。

「ここで死ぬわけにはいかん」

部下の機体を誘導しつつ、ベルナップはひとりごちた。

アオバ・タイプ、フルタカ・タイプとの決着は、まだ付いていない。

七月のサイパン沖海戦で、直撃弾を与えはしたが、撃沈には至っていないのだ。

次こそは、あの防空艦を撃沈し、南シナ海で戦死した部下の仇を討つ。

それまでは、ジークにも、トニーにも、地上の対空砲火にも、墜とされるわけにはいかないのだ。

ほどなく、目標とした飛行場の付帯設備が、翼の下に入って来た。

それらに狙いを定め、ベルナップは操縦桿を左に倒した。

視界の中で、空が大きく回転し、ヘルダイバーが急降下を開始した。

3

一二月九日早朝、ウィリアム・ハルゼー第三艦隊司令長官は旗艦「ニュージャージー」に座乗し、レイテ湾口(わんこう)の沖にいた。

「ニュージャージー」と共に、姉妹艦の「ミズーリ」と四隻のサウスダコタ級戦艦、六隻の巡洋艦、二八隻の駆逐艦が展開している。

第三艦隊隷下の水上砲戦部隊、第三四任務部隊(TF34)だ。

マーク・ミッチャー中将のTF38は、レイテ湾口から八〇浬ほど離れた海面におり、「ニュージャージー」の艦橋からは見えないが、戦艦群の周囲には、TF38から派遣されたヘルダイバーが低空で旋回し、潜水艦に目を光らせていた。

「キンケード提督より、お電話が入っております」

一〇時二四分、「ニュージャージー」の通信室よりハルゼーの下に報告が届いた。

「南西太平洋軍は、タクロバンの東海岸上陸に成功した。現在は、第一〇軍団が揚陸中だ」

受話器の向こうから、TF77司令官トーマス・キンケード中将の声が流れ出した。

タクロバンは、レイテ湾の最奥部(さいおうぶ)に位置する港町だ。港湾施設が整っており、飛行場もある。

フィリピン奪回作戦では、最初に上陸、占領が予定されていた拠点だった。

「ジャップの抵抗は?」

「微弱だった。上陸時の戦闘では戦死者はなく、被害は負傷者二七名だったと、第一〇軍団から報告が届いている。敵の守備隊は海岸での抵抗を断念し、内陸に逃げ込んだそうだ。第一〇軍団は敵の掃討よりも、橋頭堡の確保を優先している」

「戦死者ゼロ、負傷者のみとは圧倒的だな。マーシャルを制圧したとき以来だ」

ハルゼーは満足感を覚えた。

統合参謀本部が睨んだ通りだったか——と、口中で呟いた。

フィリピン奪回作戦に当たり、レイテ島を最初の上陸地点に選んだのは、ルソン攻略の足場とするには格好の位置にあることと、敵の守りが手薄であることの二つが理由だ。

案の定、日本軍はタクロバンに守備兵力をほとんど配置しておらず、先遣隊となった第一〇軍団は、容易くフィリピンへの第一歩を印したのだ。

「念のために聞くが、上陸時に空襲を受けることはなかっただろうな?」

「ジークも、他の日本機も、一機も見なかった。TF38の準備攻撃はパーフェクトだった。貴艦隊の支援に感謝している」

ハルゼーの問いに、キンケードは喜びのこもった声で答えた。

ハルゼーはTF38のマーク・ミッチャー司令官に命じ、一二月六日から八日までの三日間、フィリピンの敵飛行場を徹底的に叩かせたのだ。

攻撃は、マニラ近郊の敵飛行場に集中したが、他にも上陸地点のタクロバン、レイテ島の西方に位置するセブ島のセブ、ミンダナオ島のダバオ等を攻撃し、敵航空兵力の掃討に努めた。

三日間の延べ出撃機数は、二〇〇〇機に及ぶ。

「マニラ近郊の飛行場五箇所、レイテ島、セブ島、ミンダナオ島の飛行場各一箇所を完全に破壊。撃墜、または地上撃破した日本機の数は四〇〇機以上」

との報告が、TF38司令部より届いている。

合衆国側の損害は、未帰還九九機、被弾損傷後に破棄された機体六五機。空母二隻分近くの搭載機を失った計算になるが、フィリピンの制空権奪取という作戦目的は達成されたのだ。

　飛行場のほとんどを使用不能に陥れた以上、台湾（タイワン）や日本本土から増援が来ることもない。

　仮に、日本軍が飛行場を復旧し、航空部隊の増援を送り込んだとしても、その頃には南西太平洋軍隷下の陸軍航空隊がフィリピンに進出している。

　フィリピン奪回の第一段階は、予想以上に順調に運んでいた。

「気がかりなのは、日本艦隊の動きだ。七月のサイパン沖海戦で、第五艦隊が敵の機動部隊に大打撃を与えたということだが、連合艦隊（コンバインド・フリート）にはまだ有力な艦が残っている」

　キンケードは、あらたまった口調で言った。

　TF77の指揮下にある第七七・二任務群（TG77・2）は、戦艦三隻、巡洋艦七隻、駆逐艦二五隻を擁（よう）している。

　戦艦は旧式のニューメキシコ級で、日本軍の戦艦部隊と正面から戦うには力不足だ。

　他に、護衛空母一六隻を擁する第七七・四任務群（TG77・4）があるが、これらは対潜哨戒、船団護衛、航空機輸送を主任務とする部隊で、最前線で戦うには無理がある。

　しかもTG77・4は、フィリピン攻撃で兵力を消耗したTF38に艦上機とクルーを補充しており、航空兵力が減少している。

　キンケードが不安を抱くのも無理はないが――。

「ジャップの主力は、第三艦隊が引き受ける。奴らは、一隻たりともレイテ湾には踏み込ませません。貴官は安心して、南西太平洋軍の支援に専念してくれ」

　そう言って、ハルゼーは受話器を置いた。

「ジャップの戦艦ごとき、一方的に叩き沈めてやるさ。野球ならコールドゲームだ」

と、ひとりごちた。

　情報によれば、日本軍はボルネオ北部に、戦艦を中心とした水上砲戦部隊を集結させているが、空母は一隻も付いていないということだ。

　空母のいない艦隊など、TF38が擁する空母一〇隻の艦上機で撃滅できる。

忘れもしない三年前、太平洋艦隊隷下の戦艦部隊が、日本軍の空母艦上機に一方的に撃沈された屈辱を晴らしてやるのだ。

敵艦の何隻かが、空襲を凌いでレイテ湾への突入を図ったとしても、ＴＦ34が待ち構えている。

四〇センチ砲装備の新鋭戦艦六隻、巡洋艦六隻、駆逐艦二八隻から成る強力な部隊だ。

日本艦隊は、ことごとくレイテ湾に侵入することなく潰え、湾口付近は日本軍艦の墓場になるはずだ。

「日本軍は、本当に空母なしで戦うつもりでしょうか？　戦艦に対する航空機の優位性を、世界で最初に実証したのは彼らです。その彼らが、飛行機のない艦隊を無理矢理突入させて来るとは、小官には信じ難いのですが」

作戦参謀ラルフ・ウィルソン大佐が顔を曇らせた。

日本艦隊が空母を伴っていないというのは、誤情報ではないのか。偵察に不備があり、空母を見落としているのではないか。

そんな不安があるようだ。

「太平洋艦隊情報部や潜水艦の偵察情報から判断して、日本軍の空母は、全て日本本土にいるようです。サイパン沖海戦終了後、航空兵力の再建に当たっていたと考えられます」

情報参謀マリオン・チーク大佐の言葉に、ロバート・カーニー参謀長が首を傾げた。

「サイパン沖海戦から、五ヶ月近くが経過している。航空兵力の再建に、そこまで時間がかかるかな？」

「日本であれば、それぐらいはかかるでしょう」

航空参謀ホレス・モルトン大佐が答えた。

「日本は我が国に比べ、自動車も、航空機も、普及が遥かに遅れています。クルーの養成にしても、自動車のハンドルを握ったこともない若者を、全くのゼロから教えなければならないのです。多数の民間航空会社があり、そのパイロットを軍に徴用できる合衆国とは、条件が大きく異なります」

「我が軍のフィリピン奪回までに、機動部隊の再建が間に合わなかったのかもしれぬな」

ハルゼーは小さく笑った。

空母機動部隊など、奴らには贅沢すぎたのだ。分不相応な軍備など持つものではない、と腹の底で呟いた。

「長官が推測された通りなら、我々は水上砲戦部隊だけを相手取ればよいことになりますが」

カーニーの言葉を受け、ハルゼーはかぶりを振った。

「ジャップの目論見はまだ分からん。奴らが、砲戦部隊と機動部隊の両方を繰り出して来る可能性もある。フィリピンの西方と北方を共に警戒するよう、TF38に指示を出しておこう」

4

「第一〇戦隊、出港します！」

巡洋戦艦「大雪」の艦橋に、報告が上げられた。

砲術長桂木光中佐は、右前方の海面を見た。

軽巡「長良」「阿武隈」と駆逐艦八隻が、艦尾を白く泡立たせ、ゆっくりと動き出している。

開戦時から一貫して、機動部隊の護衛に当たって来た部隊だ。空母の護衛に加え、不時着機の搭乗員救助も重要な任務となっている。

直衛戦闘で撃墜された戦闘機搭乗員や、着艦前に燃料切れとなり、海面に不時着水した機体の搭乗員には、第一〇戦隊に救われた者が多い。艦上機乗りにとっては、命綱とも呼ぶべき部隊だ。

編成替えによって艦が入れ替わり、現在は陽炎型駆逐艦と秋月型駆逐艦が主力となっていた。

第七戦隊第一小隊の重巡洋艦「最上」「三隈」が、第一〇戦隊に続いて動き出す。開戦直後の海南島沖海戦や、その後の南方進攻作戦で、武勲を立てた艦だ。高雄型、妙高型などに比べると、艦橋が細く、すっきりした外観を持つ。

開戦当時に比べ、対空火器が大幅に増備され、針鼠(はりねずみ)を思わせる外観となっていた。

第七戦隊に続いて、第三艦隊の中核となる空母が動き出した。

第一航空戦隊の「大鳳」「瑞鶴」、第三航空戦隊の「瑞鳳」「龍鳳」だ。

マリアナ沖海戦で四隻もの空母を失った現在、一航戦の正規空母二隻は、帝国海軍で最も貴重な存在と言っていい。

わけても、今年三月に竣工した「大鳳」には、大きな期待がかけられている。

帝国海軍の空母で、初めて採用されたエンクローズド・バウや鈍色(にびいろ)の艦体は、鋼鉄の塊(かたまり)のようであり、見るからに頑丈そうだ。

事実、「大鳳」は戦艦に匹敵する重装甲を誇(ほこ)っており、その防御力は七月のマリアナ沖海戦で遺憾なく発揮された。

「瑞鶴」は、「赤城」「加賀」「翔鶴」なき今、帝国海軍の中で最も搭載機数の多い空母となっている。

開戦時は、帝国海軍の空母の中で最も新しかったが、今や歴戦の強者(つわもの)となっていた。

後方に付き従う「瑞鳳」「龍鳳」は、他艦種からの改装艦だ。排水量は「大鳳」「瑞鶴」の半分以下であり、搭載機数も少ない。

それでもこの両艦は、直衛専任艦として、機動部隊の頭上を守ると共に、潜水艦にも目を光らせる役割を担ってきた。

「錨(いかり)上げ。両舷前進微速」

「大雪」艦長沢正雄(さわまさお)大佐が、重々しい声で下令した。

鎖が巻き取られる不協和音が響き、艦底部からの鼓動(こどう)が高まった。

元は、英国のジョン・ブラウン造船所で生(せい)を受け、現在は日本帝国海軍の軍艦となっている巨体が、「龍鳳」に続く形で、ゆっくりと動き始めた。

「後部見張(みは)りより艦橋。『大淀』出港します」

また、新たな報告が上げられた。

「『大淀』が出たか」

口中で、桂木は呟いた。

同艦には、戦友が乗っている。

桂木が「古鷹」の砲術長を務めていたとき、「青葉」の砲術長だった岬恵介少佐が乗り組んでいるのだ。

「古鷹」は第六戦隊の第二小隊、「青葉」は第一小隊に所属しており、別個の作戦行動を取ることが多かったが、昭和一七年九月のウェーク沖海戦では、共に空母を守り、敵機や敵艦と戦っている。

その後、桂木は「大雪」に、岬は「大淀」に、それぞれ異動となったが、七月のマリアナ沖海戦では、共に第一機動艦隊の第一部隊に所属し、空母の護衛に就いた。

このときは「赤城」「加賀」の二空母を守り切れず、桂木にとっても、岬にとっても、痛恨の結果に終わっている。

今回は、マリアナ沖海戦以上の苦戦が予想される。「大淀」も、この「大雪」も危ないかもしれない。

防空艦の砲術長としては、死力を振り絞って戦う以外にないが——。

「艦長より後部見張り。桜島の様子はどうだ?」

「噴煙は見えません。静かなものです」

沢の問いに、後部見張員が返答した。

第三艦隊の第一部隊は、一二月六日の時点で、柱島泊地から鹿児島湾に移動している。

「ルソン島、空襲さる」の報を受けるや、米軍の上陸必至と見て、可及的速やかに出撃できるよう、準備を整えたのだ。

空母と巡洋戦艦、巡洋艦、駆逐艦を合わせ、合計一八隻の第一部隊は、桜島を背に、外海へと向かってゆく。

第一〇戦隊が先行し、傘型の陣形を作って、後続艦を先導する。

鹿児島湾の湾口は、最狭部で五・四浬の幅しかなく、潜水艦の雷撃を受けたら、回避運動を行う余裕がない。

湾口とその周辺は水深が浅く、潜水艦が潜むには適さないが、第一〇戦隊の司令官は、万一の事態に備えたのだ。

――幸い、湾口部では何も起こらなかった。

四隻の空母も、「大雪」も、最後尾に位置する「大淀」も、全て無事に湾外へと躍り出した。

大隅半島の南端沖を通過したところで、第二部隊が合流して来た。

中核兵力は、第二航空戦隊の正規空母「飛龍」「蒼龍」と第四航空戦隊の小型空母「千歳」「千代田」。

護衛は、第六戦隊第二小隊の「古鷹」「衣笠」、第七戦隊第二小隊の「鈴谷」「熊野」、第一二戦隊の軽巡「鬼怒」「五十鈴」と駆逐艦一〇隻だ。

「古鷹」は、以前の桂木の乗艦だ。桂木が「大雪」に異動した後、第三分隊長だった南虎鉄大尉が少佐に昇進し、新しい砲術長に任じられている。

かつての桂木の乗艦は、僚艦「衣笠」と共に、空母の後方に付き従っていた。

（これが、内地の見納めになる者がいるだろうな。特に、空母の乗員や搭乗員には）

桂木は、腹の底で呟いた。

第三艦隊の任務については、沢艦長から、あらましを聞かされている。

敵機動部隊をフィリピンの北から誘き出し、レイテから引き離すのだ。

その隙に、第二艦隊がレイテ湾に突入し、敵上陸部隊を撃滅する。

作戦命令では「牽制」という言葉が使われていたが、実質的には「囮」だ。

第三艦隊はマリアナ沖海戦で著しく弱体化し、敵機動部隊との戦力差は大きく開いている。

圧倒的に強力な敵機動部隊に襲われれば、どのようなことになるかは、考えずとも分かる。八隻の空母のうち、生き延びられる艦が一隻でもあるだろうかと思わずにはいられない。

それでも、一部を犠牲とする作戦を採らざるを得ないのが、帝国海軍の現状だった。

「通信より艦橋。不審な電波を探知。発信源は右前方に二箇所」

第二部隊と合流してから間もなく、通信長の遠藤哲夫中佐が報告を上げた。

シンガポールで鹵獲された後、対空火器を始めとする多くの兵装を換装した「大雪」だが、通信機は英国製のものをそのまま使っている。

帝国海軍のどの艦が装備する通信機よりも、性能がよいためだ。

その英国製通信機が、敵のものとおぼしき電波を捉えたのだ。

「旗艦に信号。『我、不審ナ電波ヲ探知セリ。発信源ハ右前方ニ二』」

沢が、信号長の高見五郎兵曹長に命じた。

「潜水艦でしょうか？」

「間違いあるまい」

航海長星野寛平中佐の問いに、沢は答えた。

第一部隊が柱島から鹿児島湾に移動したときにも、豊後水道で敵潜水艦らしきものが発見されている。

敵潜水艦は、本土近海の至るところに身を潜めており、日本艦隊の動静を逐一、フィリピンの敵艦隊に報告しているのだ。

「大鳳」から信号が送られ、各艦が取舵を切る。

第一〇戦隊隷下の第一五駆逐隊は、敵潜水艦の動きを抑えるべく、主隊とは逆に、右に回頭する。

状況の深刻さにも関わらず、沢がニヤリと笑った。

「敵潜水艦には、派手に騒ぎ立てて貰った方がありがたい。敵に発見されなければ、任務を果たせんからな」

5

一二月一〇日午後、ボルネオ北部とパラワン島、パナイ島、ネグロス島、スル諸島に囲まれたスル海を、北東に向かって航行する一群の艦があった。

戦艦四隻を中心に据えた輪型陣が二組だ。巡洋艦、駆逐艦が周囲を囲み、予想される空襲や潜水艦の襲撃から守っている。

後方の輪型陣の方が、前方のそれより目立つ。

中央の戦艦四隻のうち、二隻は際だった大きさだ。艦の全幅は異様なまでに大きい。凹凸が少ないすっきりした形状の艦橋が中央にそびえ、煙突、後部指揮所の間隔も狭い。艦橋を天守閣に見立てた城塞といった趣だ。

主砲は三連装三基九門。二基を前部に、背負い式に配置している。

艦橋や煙突の周囲では、高角砲、機銃が、僅かな隙間すら惜しむように配置され、砲身、銃身が天を睨んでいる。

戦艦「大和」と「武蔵」。帝国海軍が誇る、史上最大最強の戦艦だ。

「大和」のマストには、第二艦隊司令長官五藤存知中将の旗艦であることを示す中将旗が翻り、海を渡る風を受けて、はためている。

「大和」「武蔵」の後方に位置するのは、第三戦隊の高速戦艦「霧島」「比叡」だ。

開戦以来、機動部隊で空母の護衛任務に当たることが多かった両艦だが、今回の作戦では第二艦隊に配属されている。

この四隻を中心に据えた部隊が五藤司令長官の直率下にあり、「第一部隊」と呼称される。

その前方をゆく「第二部隊」は、第二戦隊の「長門」「陸奥」「伊勢」「日向」を中核としている。

「長門」「陸奥」は、「大和」「武蔵」に比べれば、やや色あせた感があるとはいえ、日本に二隻しかない四〇センチ砲搭載艦として、二〇年以上に亘って国民に親しまれた戦艦だ。

いや、「大和」「武蔵」の存在が軍機によって秘匿され、その存在が公にされていない現在、大多数の国民にとって、今なお「長門」「陸奥」は連合艦隊の象徴であり、帝国海軍最強の戦艦なのだ。

「長門」「陸奥」の後方を進む「伊勢」「日向」は、主砲の口径が三五・六センチとやや小さいものの、装備数は連装六基一二門と多い。

「日向」は、第五砲塔が爆発事故を起こしたため、主砲塔の数が一基少ないが、空いた場所には高角砲、機銃が多数装備され、対空火力を高めている。

　第二部隊が前方に位置しているのは、第二戦隊司令官宇垣纏中将の申し出によるものだ。

「敵機動部隊がフィリピンの東側海面に位置している以上、敵機は第二艦隊の前方から攻撃して来る。その際、敵機により近い場所にある部隊が、攻撃を受け易くなると考えられる。『長門』『陸奥』の二艦は、世界でも知られた存在であるだけに、敵にとっては格好の獲物になるはずだ。『長門』『陸奥』が敵機を引きつければ、『大和』『武蔵』の両艦が、決戦場に到達できる可能性が高くなる」

　作戦会議の席上、宇垣はこのように主張し、第二部隊が先行したいと希望した。

　連合艦隊司令部が、第三艦隊を囮に使ったのと同じように、宇垣もまた、第二戦隊の戦艦四隻を、「大和」「武蔵」を守るための楯にしようと考えたのだ。

　五藤司令長官は、強く反対した。

「帝国海軍の伝統は、指揮官先頭だ。旗艦、それも世界最強の戦艦が後方に引っ込んでいたのでは、将兵の士気に関わる」

　というのが表向きの理由だが、実際のところは、味方を楯にして自身の安全を図るという発想が、五藤の指揮官としての姿勢に馴染まなかったのだ。

　最終的には五藤が折れ、宇垣の主張を容れた。

「『大和』『武蔵』は、世界最強です。米軍の護衛部隊を撃滅し、レイテ湾に突入するためには、両艦が不可欠です。万一『大和』『武蔵』が空襲で撃沈されるか、沈まないまでも戦列から失われた場合、残存艦ではレイテ湾に突入できるかどうか分かりません。作戦を成功させるためにも、第二部隊の先行を認めていただきたいのです」

この主張が正しいことを、五藤も認めぬわけにはいかなかったのだ。

　交換条件として、五藤は、第六戦隊第一小隊を第二部隊に配属した。

「『長門』と『陸奥』は、機銃は増備されたが、高角砲の数が少ない。敵機から両艦を守るには、二隻の防巡が有効だ。六戦隊であれば、『長門』と『陸奥』を敵機から守り通せるはずだ」

　五藤は、高間完第六戦隊司令官や桃園幹夫首席参謀にそう言い渡し、「長門」「陸奥」の護衛に就くよう命じた。

「『青葉』『加古』は『大和』『武蔵』を守るというのが、当初の計画ですが」

　高間は反論し、命令の撤回を求めたが、

「『大和』『武蔵』は対空火器を大幅に増強されており、自身を守ることは可能だ。六戦隊は『長門』と『陸奥』を護衛せよ」

　と重ねて命じられ、先行する第二部隊に加わったのだ。

　現在、「青葉」は第二部隊の右前方に位置し、宇垣の旗艦「長門」を守る態勢を取っている。

　僚艦「加古」は、「長門」「陸奥」を挟んで「青葉」の反対側に布陣し、「陸奥」に貼り付いている。

　一昨年のウェーク沖海戦で、「赤城」「加賀」を守ったときと同じ態勢だ。

　宇垣司令官が目論んだとおり、敵機が「長門」「陸奥」に攻撃を集中して来るのか。「青葉」と「加古」に、両艦を守れるのか。

　対空戦闘時の修羅場を想像しながらの進撃ではあったが――。

「何もないと、かえって不気味だな。敵が、何か目論んでいるのではないかと不安になる」

　高間司令官が、桃園ら第六戦隊の幕僚たちに声をかけた。

「米軍ハ『タクロバン』ニ大挙上陸セリ」

　この緊急信は、昨日――一二月九日早朝、第二艦隊の各艦でも受信された。

一二月一〇日〇時、連合艦隊司令部より、

「捷二号作戦決戦発動」

の電文が打電されたため、第二艦隊もブルネイより出港し、レイテ湾に向けて進撃を開始したのだ。

南シナ海には、敵潜水艦が多数侵入しており、軍艦と商船を問わず、水面下から襲撃して来る。

米軍の艦上機による空襲も懸念される。

覚悟の上の出撃だったが、予想に反し、潜水艦の襲撃も、空襲も全くなかった。

第二艦隊の上空に、偵察機が飛来することもない。

戦艦八隻、重巡八隻、防巡四隻、駆逐艦二六隻は、何者にも妨害を受けることなく、スル海を進撃したのだ。

フィリピンの島々を挟んだ反対側の海面に、米太平洋艦隊の大部隊がいるというのに、敵の動きが全くないというのは、かえって気味が悪い。

米軍が、何か謀っているのではないか。第二艦隊は、敵が仕掛けた罠に、一直線に向かっているのではないか。

高間が不安に駆られるのも当然ではあったが――。

「米軍は総兵力、特に航空兵力で、我が軍よりも優位に立っています。また、敵の指揮官はウィリアム・ハルゼー提督であることが既に判明しています。米海軍では猛将と評価されており、正攻法の戦術を好む指揮官です。この状況下で、米軍が策を弄するとは考え難いです」

桃園は、考えるところを述べた。

「空襲が全くないことは、どのように考える？」

「理由は、二つ考えられます。第一に、第二艦隊の現在位置が敵機動部隊から遠く、攻撃圏外となっていること。第二に、敵機動部隊はレイテに上陸した陸軍部隊の支援を優先していると考えられることです」

米軍の機動部隊は、レイテ湾内ではなく、サマール島の東岸沖あたりに展開していると考えられる。

第二艦隊との距離は、四〇〇浬以上と見積もられる。

米軍の艦上機は、日本軍の艦上機に比較して航続距離が短く、四〇〇浬もの遠距離から攻撃して来た例はない。

敵機動部隊は、上陸部隊の支援を行いつつ、日本艦隊の出現に備えて、目を光らせている可能性が高い、と桃園は言った。

「距離の問題か。確かに、それは考えられるな」

高間は、納得したように頷いた。

「首席参謀の主張通りなら、今日のうちは安心ということだろうか？」

「青葉」艦長山澄忠三郎大佐の問いに、桃園は頷いた。

「索敵機が飛来する可能性はありますが、空襲を受ける危険は少ないでしょう。我が軍にとっての試練は、明日以降です」

明日になれば、第二艦隊はレイテ湾との距離を詰めると同時に、敵の空襲圏内に飛び込むことになる。

山口中将の第三艦隊が、首尾良く敵を誘き出してくれればよいが、失敗した場合には、第二艦隊は敵艦上機多数による空襲にさらされる。

三年前、南シナ海で米太平洋艦隊が味わった屈辱を、今度は日本艦隊が味わうことになるのだ。

対空戦闘を専門とする桃園も、数百機による大空襲を想像すると、悪寒を覚えずにはいられない。

「青葉」「加古」の対空火力をもってしても、敵機を防ぐことはできず、第二艦隊の全艦が、スル海の底に沈むのではないか——そんな悪夢が脳裏に浮かんだ。

一五時丁度（現地時間一四時）、「青葉」の左前方に、褐色の砲煙が湧き出す様が観測された。

隊列の先頭と思われるあたりだ。第二水雷戦隊旗艦「矢矧」が布陣している。

「『矢矧』発砲！」

「敵味方不明機、右二五度、高度四五（四五〇〇メートル）！」

見張長下条平治上等兵曹と砲術長月形謙作少佐の報告が「青葉」の艦橋に届き、数秒後に「矢矧」の砲声が届いた。

「艦長、敵の機種を確認して下さい」

「砲術、敵の機種報せ！」

桃園の要請に応え、山澄は即座に下令した。

「敵機は三座の艦攻。アベンジャーと認む！」

一〇秒ほどの間を置いて、月形が報告した。

「艦上機か」

高間が唸るような声を発した。

機動部隊の空母から発進した機体か。あるいは、タクロバンに陸揚げされた機体が早くも作戦行動を開始したのか。

いずれにしても、第二艦隊が敵に位置を知られたことは間違いない。

「敵は来るだろうか？」

「時間が微妙です」

高間の問いに桃園は即答せず、思案を巡らせた。

気象班は、日没を一八時四八分（現地時間一七時四八分）と報告している。

日没までは、四時間近くの間がある。

敵機動部隊との距離を四〇〇浬と見積もったのは、あくまで推測であり、実際にはもう少し近い可能性もある。

敵機動部隊が、帰還が日没後となることも覚悟の上で、攻撃隊を出撃させる可能性はゼロではない。

「空襲の可能性は五分五分、いや六分四分程度と考えます」

「空襲がある可能性が六分だな？」

「はい」

高間の問いに、桃園は頷いた。

「旗艦に意見を具申したいところだが、『大和』とは距離があるな」

第六戦隊が所属している第二部隊と、旗艦「大和」が所属する第一部隊とは、一五浬の距離を置いて進撃している。

無線封止下にある現在、「大和」の第二艦隊司令部に直接意見を具申するのは困難だ。

「二戦隊司令部に意見を具申してはいかがでしょうか？　二戦隊司令官が重要と判断されれば、『長門』から『大和』に意見具申が送られるかもしれません」

「いいだろう。『長門』に信号を送ってくれ。『空襲ノ可能性有リ。一時避退ノ要有リト認ム』と」

高間は頷き、山澄艦長に命じたが、意見具申の必要はなかった。

「青葉」から「長門」に信号を送るよりも早く、

「旗艦より入電！　『艦隊針路二四〇度。発動一五一五（現地時間一四時一五分）』」

通信室に詰めている市川治之通信参謀から、報告が上げられたのだ。

「二艦隊の司令部幕僚にも、同じことを考えて、意見を具申した者がいたようだな。それとも、五藤長官御自身のお考えかな？」

高間の問いかけに、桃園は少し考えてから答えた。

「五藤長官は勇猛果敢な指揮官ですが、融通の利かない方ではなかったと記憶しております。六戦隊の司令官を経験されたことで、航空機の脅威についても、理解しておられます。正確な敵情が不明である以上、一旦退くのが得策と判断されたのではないでしょうか？」

「貴官の言う通りかもしれんな」

高間は頷いた。

長官が、猪突猛進するような人物ではなくてよかった、と言いたげだった。

一五時一五分、

「『長門』より信号。『第二部隊、左一斉回頭。回頭後ノ針路二四〇度』」

「航海、取舵一杯」

信号長の熊沢元也一等兵曹が報告を上げ、山澄が航海長松尾慎吾中佐に命じた。

第二部隊の全艦と共に、「青葉」が艦首を大きく左に振る。

左正横に位置していた「長門」が、正面から右方へと移動する。

第二戦隊の三、四番艦「伊勢」「日向」、隊列の後方に位置していた第五戦隊の妙高型重巡、第二水雷戦隊の駆逐艦も見え始める。

第二部隊の右前方に見える、黒い点のような艦影は、後続していた第一部隊のものだ。

この直前まで、レイテ湾に向かって進撃を続けていた第二艦隊は、敵に背を向け、避退する動きを見せている。

「見張り、上空の敵機はどうか？」

「触接を続けています」

山澄の問いに、下条見張長が答えた。

「安心はできません」

桃園は、高間に言った。

航空機に比べれば、艦船の速度は遅々たるものだ。

第二艦隊の反転を知ったハルゼーが、取り逃がすまいとして、攻撃隊を無理矢理にでも出撃させる可能性が考えられる。

空襲を免れるかどうか、全ては敵の指揮官次第と言えた。

第二艦隊の全艦が反転を終え、避退行動に移っても、アベンジャーはなお頭上に貼り付いており、立ち去る様子を見せなかった。

6

「敵機、右一五度、高度三〇（三〇〇〇メートル）。機数二。複座の艦爆と認む」

巡洋戦艦「大雪」の射撃指揮所に、測的長村沢健二中尉の報告が飛び込んだ。

一二月一一日七時二七分（現地時間六時二七分）。

フィリピン・ルソン島の北東端にあるエンガノ岬の東北東八〇浬の海面だ。

夜は五分前に明け、東の水平線付近から射し込んで来る陽光が、第三艦隊各艦の左舷（さげん）側を照らし出している。

陽光は、艦と共に、艦隊に接近しつつある敵機をも照らし出したのだ。

機数と時刻から見て、敵の攻撃隊ではない。夜明け前に空母から放たれた索敵機であろう。

「艦長より砲術。右舷（うげん）高角砲、威嚇（いかく）射撃始め」

「右舷高角砲、威嚇射撃します」

桂木光砲術長は、艦長命令に復唱を返した。威嚇のみというのは、一見（いっけん）奇妙に思えるが、任務の特殊性を考慮した命令だ。

「指揮所より四分隊。目標、右一五度、高度三〇（サンマル）の敵機。高角砲、威嚇射撃始め」

桂木は、第四分隊長永江（ながえ）操（みさお）大尉に命令を伝えた。

右舷側から砲声が轟き、右前方上空に、次々と爆煙が湧き出した。

射弾は、敵機から離れた場所で炸裂している。永江と四分隊の高角砲員は、命令を忠実に守っているのだ。

高角砲の砲声に混じり、爆音が聞こえ始めた。

空母から発進した零戦が三機、上空の敵機に向かっている。

「艦長より砲術、砲撃止め」

「指揮所より四分隊、撃ち方止め！」

沢の指示を受け、桂木は永江に命じた。

「大雪」の高角砲が沈黙した。

「通信室から報告があった。敵機の報告電を傍受したそうだ。我が艦隊は、敵に位置を突き止められたと考えていいだろう」

「敵の目がこちらを向いた、ということですね？」

状況を報せて来た沢に、桂木は言った。

第三艦隊の運命が、これで決まった――と、口中で呟いた。

鹿児島湾を出港し、進撃を開始して以来、第三艦隊は故意に敵に発見されるような動きを取った。

無線封止などは最初から眼中（がんちゅう）になく、横須賀の連合艦隊司令部や進撃中の第二艦隊に宛て、逐一現在位置を報告し、いかにも敵艦隊の捜索(そうさく)に努めているかのように、レイテ湾に向けて索敵機を放った。

「あまり露骨(ろこつ)にやり過ぎては、こちらの意図を悟られるのではないか？」

「敵機動部隊を引きつけられればいいが、無線電波を出し過ぎると、敵潜水艦を呼び寄せることにならないか？」

　桂木も、沢も、そんな懸念を抱いたが、第三艦隊は敵潜水艦の襲撃を受けることもなく、一二月一一日未明には、ルソン島の近海に到達した。

　この日も第三艦隊は、先制攻撃の機会をうかがっているかのように、未明より索敵機を発進させて、敵機動部隊の所在を探った。

　その報告が届くよりも早く、第三艦隊は、敵の索敵機に発見され、現在位置を把握されたのだ。

　米艦隊が、「日本軍の機動部隊が行動中」との疑いを抱き、第三艦隊を探し求めていたことが、これではっきりした。

「二艦隊はどうなりました？」

　桂木は、気にかかっていたことを聞いた。

　第三艦隊が敵に発見されたからといって、第二艦隊が空襲を免れるという保証はない。

　敵機動部隊が戦力を二分し、第二、第三両艦隊を同時に攻撃して来る可能性も考えられるのだ。

　空母三、四隻程度の攻撃でも、直衛機を持たない第二艦隊には大きな脅威となる。

「今のところ、入電はない。無線封止を守って、進撃中だと考えられる」

と、沢は返答した。
　二、三秒の間を置いて、付け加えた。
「作戦失敗と判断されたら、GF司令部から撤退命令が来るだろう。それがない以上、作戦は予定通り進展していると考えてよい」

「便(たよ)りのないのはよい便り、ですか」

「そういうことだ。貴官は、対空火器で空母を守ることを第一に考えてくれればよい」

「最善を尽くします」

そう言って、桂木は受話器を置いた。

「あと一時間半といったあたりでしょうね、空襲が始まるのは」

傍らに控える、掌砲長の愛川悟少尉が言った。

兵から士官に上ったベテランで、桂木が「古鷹」の砲術長を務めていたときから組んでいる。

砲術全般に精通しているだけではなく、横須賀工廠に顔が利くため、艦の修理や整備では、何度も無理を通して貰った。

桂木は、この相棒と共に、これまでになかった過酷な戦いに挑むこととなったのだ。

「艦爆が索敵に来た以上、敵機動部隊との距離はそれほど離れていないと考えられます。遠くても、二〇〇浬といったあたりでしょう。敵の艦上機が発進し、空中で編隊形を整えるのに三〇分、進撃に一時間と見て、〇九〇〇（現地時間八時）頃には来襲すると推測します」

「お前の言う通りだろうな」

過去の海空戦を思い出しながら、桂木は頷いた。

桂木は、南シナ海海戦やウェーク沖海戦の終了後、自艦の戦闘詳報の他、空母から回って来た戦闘詳報にも目を通している。

それらを読んで分かったことの一つは、

「米軍は、航空作戦の戦闘距離を比較的短めに取る傾向が強い」

という事実だ。

米軍の艦上機の性能を考えれば、戦闘距離を三〇〇浬あたりに取ることも可能だが、実際には二〇〇浬以内の戦闘がほとんどだ。

攻撃距離が長くなれば、目標到達時の誤差が大きくなり、捕捉に失敗する確率が増大する。

攻撃に成功しても、帰還距離が長くなれば、機位を見失ったり、被弾した機体の損傷が拡大したり、負傷した搭乗員が母艦まで保たずに機上で死亡したりする危険が大きくなる。

米軍はそれらを考慮し、攻撃距離が長くなり過ぎないよう、注意しているのだ。

戦闘距離が短くなれば、空母が攻撃を受ける危険も増大するが、そのときは直衛機と対空砲火で対処する。

「肉を切らせて骨を断つ」が、戦いに臨むときの、米軍の姿勢なのだ。

しかも今回の作戦では、彼我の戦力差は、マリアナ沖海戦時よりも開いている。

米軍が、この一戦で日本軍の機動部隊を壊滅させるとの意気込みをもって、肉薄攻撃をかけて来るのは間違いない。

「本艦も、攻撃を受けるかもしれん」

桂木は言った。

マリアナ沖海戦では、米軍機が、空母と防巡に対する同時攻撃をかけて来た例が報告されている。

「大雪」は、旗艦「大鳳」を守る位置にいることに加え、空母以外では最も目立つ艦だ。

相当数の敵機が向かって来るものと予想される。

空母を援護している状況下では、回避運動も許されない。

本来の僚艦だった「プリンス・オブ・ウェールズ」は、日本軍の艦上機の攻撃を受け、南シナ海に沈んだが、この「大雪」――かつての英国巡戦「リパルス」も、同じ運命を辿るのかもしれない。

(沈むのは是非もないが、せめて主砲を撃ちたかったな)

腹の底で、桂木は呟いた。

戦艦の砲術長となることを念願し、「古鷹」の砲術長は通過点に過ぎないと考えていた身だ。

望みがかない、シンガポールで鹵獲された巡洋戦艦の砲術長に任じられはしたが、この艦も機動部隊用の直衛艦として位置づけられ、六門の三八センチ主砲を発射する機会には恵まれていない。

今回の作戦で「大雪」が沈み、自分も艦上で戦死すれば、戦艦の主砲を一度も発射する機会を得られなかったことになる。

「戦場では、何が起こるか分かりません。水上砲戦の可能性は、ゼロじゃないんです」

愛川が声を励(はげ)ました。

「古鷹」以来の付き合いだけに、上官が何を考え、望んでいるかは、よく知っているのだ。

「それに、英国製の巡戦に乗艦して米軍と戦うなんて、滅多(めった)にできる経験じゃありません。それができただけでも有り難(あがた)いと思っていますよ、私は」

「そうだな」

桂木は頷いた。

「戦場では、いや戦場に限らず、人の運命は最後まで分からない。まずは、目の前の戦いに全力を尽くそう。結果がどうなるにせよ、悔(く)いの残る戦いは、したくないし、部下にもさせたくないからな」

7

ウィリアム・ハルゼー第三艦隊司令長官は、旗艦「ニュージャージー」の戦闘情報室(CIC)で、しきりに唸り声を発していた。

視線は、情報ボードに描かれた各部隊の位置に向けられている。

第三艦隊の主力であるマーク・ミッチャー中将のTF38は、ルソン島とサマール島を分かつサン・ベルナルディノ海峡の北方海上に展開している。

TF34――ハルゼーの旗艦「ニュージャージー」を含めた戦艦六隻を中核とする水上砲戦部隊も、TF38と行動を共にしている。

レイテ島に上陸した陸軍部隊とその支援に当たるTF77は、同島のタクロバン沖だ。

日本艦隊は西と北から、レイテ島に迫りつつある。

前者はスル海を進撃している水上砲戦部隊、後者はルソン島の北東海上に出現した空母機動部隊だ。

昨日の午後、偵察機がスル海の敵艦隊を発見したとき、ハルゼーは直ちに攻撃隊を出撃させるようTF38に命じたが、ミッチャーは、

「今から攻撃隊を出せば、帰還は夜になります。日本艦隊は、偵察機に発見された後、一旦反転しましたが、日没後に再反転し、レイテ湾を目指すでしょう。双方の距離が縮まったところで攻撃すれば、敵を逃がすことなく壊滅させることが可能です」

と主張した。

ハルゼーはミッチャーの具申を容れ、今日――一二月一一日の夜明けまで待った。

待つのは性(しょう)に合わなかったが、「敵を逃がすことなく壊滅させる」というミッチャーの言葉が気に入ったのだ。

夜明け後の航空偵察で、ハルゼーはミッチャーの予測が正しかったことを悟った。

敵の砲戦部隊は、夜の間にスル海を横断し、ネグロス島の近くまで来ていたのだ。

ハルゼーは躊躇(ちゅうちょ)せず、TF38に攻撃命令を出した。

TF38の艦上機九五〇機で反復攻撃をかければ、この日の日没までには、敵の戦艦も、巡洋艦も、綺(き)麗(れい)さっぱりスル海の底に沈めることができる、とハルゼーは考えていた。

ところが、攻撃隊が発進する直前、ルソン島の北東海上を偵察していたヘルダイバーが、第二の日本艦隊を発見し、

「敵は空母八隻を伴う。二群に分かれて南下中。位置、エンガノ岬よりの方位六五度、八〇浬」

と報告して来た。

ハルゼーは、TF38に「艦上機の発進中止。別命あるまで攻撃待て」と下令し、作戦計画の変更にかかった。

腹は、既に固まっている。

スル海の水上砲戦部隊よりも、エンガノ岬沖の機動部隊の方が脅威が大きい。

ＴＦ38の全力を挙げて、後者を叩くのだ。

七月のサイパン沖海戦では、フレッチャー中将の第五艦隊が日本艦隊に大損害を与えたが、壊滅にまでは至らなかった。

フレッチャーがやろうとしてできなかったことを、このハルゼーが完遂するのだ。

敵機動部隊を壊滅させれば、対日戦争は事実上決着がつく。

この俺、ウィリアム・ハルゼーが日本海軍に止めを刺し、フィリピン遠征時の屈辱を晴らすのだ。

ハルゼーは、勝利の栄光を手にする自身の姿を思い描いていたが――。

「『スネーク』を放置するのは危険です」

ロバート・カーニー参謀長が注意を喚起した。

「スネーク」は、スル海の日本艦隊に第三艦隊司令部が定めた呼称だ。エンガノ岬沖の敵機動部隊は「フロッグ」と呼称する。

「彼らがレイテ湾への最短コースを通った場合、本日中にタクロバン沖に到達すると見積もられます。ＴＦ77の戦力では、『スネーク』の撃退は困難です。『フロッグ』に向けるのはＴＦ38の半数程度とし、残る半数で『スネーク』を叩くべきです」

「『フロッグ』の空母は八隻だ。八隻の空母を叩くにはＴＦ38の全力、一〇隻の空母を振り向ける必要がある」

かぶりを振ったハルゼーに、ラルフ・ウィルソン作戦参謀が反論した。

「八隻といいましても、正規空母は三、四隻程度であり、残りは軽空母です。正規空母に換算した場合、五、六隻程度と見積もられます。また、Ｆ６Ｆがジークを圧倒し得ることは、先のサイパン沖海戦やトラック攻略戦で、既にはっきりしています。ＴＦ38の半数であっても、勝利は得られます」

「諸君は、肝心なことを忘れているようだ」

ハルゼーはニヤリと笑い、右腕を大きく振った。

「ＴＦ34の存在だ。ＴＦ34は、この『ニュージャージー』を始め、六隻の戦艦を擁している。しかも、全艦が一九四二年以降に竣工した新鋭艦だ」

「長官は、艦隊戦で『スネーク』を迎え撃つおつもりですか？」

カーニーが驚いたように仰け反った。

ハルゼーは、航空主兵思想の信奉者だ。五〇歳を過ぎてからパイロットの資格を取り、空母の艦長も経験している。

そのハルゼーが艦隊決戦を挑むとは、考えてもいなかったようだ。

「六隻の新鋭戦艦があれば、ジャップの水上砲戦部隊など一蹴できる。艦隊決戦による勝利は、合衆国海軍の歴史に、輝かしい一ページを加えるはずだ。キンメル提督やパイ提督の無念も晴らせる」

「『スネーク』は、八隻の戦艦を有しております。うち二隻は、一九四一年から四二年にかけて竣工した新鋭艦です。最新鋭のアイオワ級にとっても、相当な強敵であると予想されます」

カーニーの具申を受け、ハルゼーは得たりとばかりに笑った。

「望むところだ。強敵と戦い、打ち勝ってこそ、名誉もより大きなものとなる」

「ジャップの新鋭艦――艦名は『ヤマト』『ムサシ』と判明しておりますが――は、六万トン前後の基準排水量を持つとの情報があります。『ニュージャージー』の三〇パーセント増しです。その多くが装甲鈑に振り向けられていることは明白です。本艦と『ミズーリ』の長砲身四〇センチ砲をもってしても、容易には貫通できないかもしれません」

マリオン・チーク情報参謀の意見に、ハルゼーは言った。

「『ヤマト』『ムサシ』の情報は、私も知っている。主砲が『特 四〇センチ砲』と呼ばれていることも。主砲の口径が四〇センチなら、我が方の戦艦六隻で対抗可能だ」

「『ヤマト』『ムサシ』については、判明していないことも多いのです。今少し、慎重な対応が必要ではないでしょうか？」

「『ヤマト』『ムサシ』が我々の想像を超える強力な戦艦であろうと、ジャップが我が方の倍の戦艦を擁していようと、勝算は充分ある。我々は、フィリピンの地形を利用して、奴らを迎え撃つのだ」

「海峡ですか」

カーニーとウィルソンが、得心(とくしん)したように頷いた。

「スネーク」の現在位置からレイテ湾までには、二つの航路が考えられる。

第一に、シブヤン海を抜けてサマール島の沖を時計回りに進撃し、レイテ湾を目指す北回りルート、第二に、ネグロス島、セブ島、ボホール島の南を抜ける南回りルートだ。

北回りルートではサン・ベルナルディノ海峡、南回りルートではレイテ島とミンダナオ島を分かつスリガオ海峡を通過しなければならない。

TF34はその出口に布陣し、海峡を通過して来る敵艦を、各個撃破の要領で叩くのだ。

「ヤマト」「ムサシ」であれ、他の戦艦であれ、一方的に撃滅できる。

「テルモピュレですな」

カーニーが、古代の戦場の地名を口にした。

テルモピュレはギリシャの中東部に位置する地名で、山と海に挟まれた狭隘(きょうあい)な地だ。

紀元前四八〇年の第三次ペルシア戦争の折(おり)には、スパルタ王レオニダスがこの地に布陣し、ペルシア帝国の大軍を迎え撃った。

地形が狭いため、ペルシア軍は大兵力の優位を活かせず、僅か三〇〇名のスパルタ兵のため、二万もの戦死者を出したと伝えられる。

以来、テルモピュレは、狭隘な地形を利用した防御戦の代名詞となっている。

ハルゼーが考えているのは、その海戦版なのだ。

「テルモピュレに東郷(トーゴー)の戦術をプラスすることになりますね。我が方は、海峡の出口でT字を描きますから」

「ふん、トーゴーか」

ウィルソンが口にした日本海軍の名将の名を、ハルゼーは侮蔑するように吐き出した。

対馬沖で、ロシア帝国のバルチック艦隊に完勝を収めた東郷平八郎の名は、世界的に知られている。合衆国海軍にも、トーゴーの崇敬者は多い。太平洋艦隊司令長官チェスター・ニミッツは、その一人だ。

だがハルゼーは、トーゴーをさほど評価していない。

日露戦争の開戦時、トーゴー麾下の日本艦隊が、正式な宣戦布告の手続きを踏む前に、ロシア艦隊を攻撃したという事実があるためだ。

ただ、ツシマ沖の海戦は正面からの堂々たる対決であり、トーゴーがT字戦法を駆使して勝利を得たのは、紛れもない事実だ。

日本海軍が神聖視しているトーゴーの戦術で、日本艦隊を叩きのめすのは痛快なことだ、とハルゼーは考えていた。

ハルゼーは、宣言するように言った。

「『フロッグ』はＴＦ38が、『スネーク』はＴＦ34が、それぞれ叩く。機動部隊同士、砲戦部隊同士の堂々たる決戦だ。三年前の雪辱戦だぞ、諸君」

第四章　ルソン沖の死線

1

「『大雪』より信号。『電探感有リ。敵ラシキ大編隊、一九〇度、一〇〇浬』」

第三艦隊旗艦「大鳳」の艦橋に、信号長が報告を上げた。

「電測、対空用電探の感報せ」

「対空用電探、現在のところ、感ありません」

「大鳳」艦長菊池朝三大佐の命令に、電測長大矢栄治大尉は応えた。

「『大雪』の電探が探知したのなら、間違いはあるまい。直衛機を上げろ」

司令長官山口多聞中将は、ためらいなく命じた。

「大鳳」の通信室から命令電が飛び、菊池艦長が「風に立て!」を下令する。

第一部隊の空母四隻——正規空母の「大鳳」「瑞鶴」、小型空母の「瑞鳳」「龍鳳」が次々と転舵し、艦首を風上に向ける。

風向確認用の水蒸気が、艦の軸線に沿って流れ始めたところで、フル・スロットルの爆音が轟き、艦戦隊が発艦を開始する。

飛行甲板が空になるまで、さほどの時間はかからない。

「反射波大。敵機ハ約一五〇機ト推定」

「大雪」から、続報が届けられる。

「大鳳」が装備する二一号電探も敵影を捉え、大矢電測長が、

「敵影、方位一九〇度、六〇浬。反射波大。機数約一五〇」

と報告する。

「目論見通りだな」

山口は、参謀長大林末雄少将や航空甲参謀天谷孝久中佐らと顔を見合わせ、微笑した。

本来なら、喜んでいられる状況ではない。第三艦隊は、間もなく一五〇機にも及ぶ敵機の攻撃を受け

るのだ。

しかも、これは第一波に過ぎない。敵の空母と艦上機の数から考えて、攻撃は日没まで反復される。

だが山口には、してやったり、との思いがある。レイテの北方から、敵機動部隊を牽制し、艦上機の攻撃を吸収するのが、第三艦隊の任務なのだ。

自らを餌として、敵を釣り上げる作戦は、成功しつつある。

悲壮極まりない任務であるにも関わらず、痛快さを覚えずにはいられなかった。

「『大雪』を旗艦にするべきだったかもしれぬな」

山口は、「大鳳」の右舷側を守っている、第三艦隊唯一の巡洋戦艦を見やった。

「今回のような任務では、通信機や電探の性能が重要になる。任務の特殊性を考えれば、空母を旗艦にする必要はなかった」

「機動部隊の旗艦は空母」という先入観に、囚われるべきではない。今後は、電探、通信機の性能を考慮した上で旗艦を定めるべきだ。

そんなことを、山口は考えていた。

「空母を旗艦にしなければ、戦況の把握も、搭乗員への指示も難しくなります。また、空母に将旗を掲げなければ、搭乗員の士気に関わります」

大林参謀長の反論に、山口は応えた。

「戦況の把握といっても、今回はこちらからの攻撃はない。敵の攻撃を耐え忍ぶだけだ。搭乗員への指示は、各艦の飛行長に任せればよい」

「それは、おっしゃる通りですが」

「とはいっても、今から旗艦を変更するわけにもいかん。この問題については、内地に戻ってから、あらためて考えるとしよう。――もっとも、生きて帰れればの話だが」

山口は微笑し、大林の肩を叩いた。

第三艦隊を襲って来る敵機は、延べ八〇〇機以上と予想される。

その多くは、空母――わけても、ひときわ大きく、目立つ「大鳳」を狙って来るはずだ。

戦艦並の重装甲を持つ「大鳳」といえども、どこまで耐えられるか分からない。

小沢GF長官は、山口との別れ際に、「死ぬな。生きて還ってこい」と言ってくれたが、生き延びられる確率は小さいと考えるべきだろう。

「俺はいいが、幕僚や各艦の乗員、若い搭乗員たちは、できる限り生還させたいものだ」

口中で山口は呟き、南の空を見上げた。

敵機はまだ見えないが、巨大な戦力が空の彼方から迫る気配(けはい)を感じた。

2

「大雪」を始めとする第三艦隊各艦の電探が捉えたのは、第三八・一任務群(TG38・1)のエセックス級空母「イントレピッド」「エンタープライズ」「レキシントン」から出撃した攻撃隊だった。

この日早朝、偵察機が日本軍の機動部隊――合衆国の呼称「フロッグ」を発見したとき、TG38・1との距離は、約三〇〇浬と見積もられた。

これまでであれば、もう少し距離を詰めてから、攻撃隊を放つところだ。

だが、TF38司令官マーク・ミッチャー中将は、

「距離が遠いが、出撃せよ。攻撃隊の発進後、TF38は全速で諸君を迎えに行く」

と約束して、攻撃隊を送り出していた。

出撃機数は一四四機。各空母より、グラマンF6F〝ヘルキャット〟とカーチスSB2C〝ヘルダイバー〟が二四機ずつだ。

三年前の南シナ海海戦で、ウィリアム・パイ中将が率いる戦艦部隊を襲った日本機の数に匹敵する。

日本軍の空母六隻分に匹敵する艦上機を、三隻の空母から放てるところが、エセックス級の艦上機運用能力の高さを物語っていた。

「『ドロシー1』より全機へ。目標視認(ターゲット・インサイト)」

「エンタープライズ」戦闘機隊(VF10)の隊長ピーター・クレイヴ少佐のレシーバーに、攻撃隊の総指揮官を務める「レキシントン」爆撃機隊(VB16)の隊長マクシミリアン・コナーズ中佐の声が響いた。

「エンタープライズ」「レキシントン」は、エセックス級空母の二、八番艦だが、三年前の南シナ海海戦で撃沈された空母の名を引き継いだという共通点を持つ。

　合衆国の機動部隊にとり、今回の作戦は、南シナ海海戦の復讐(ふくしゅう)戦という意味合いを持つが、その戦いに、同海戦で沈められた空母の名を継いだ艦が参加しているのは、運命の皮肉というべきだった。

　クレイヴは、周囲の空を見渡した。

「ジークがいないか、数が少ない場合には、敵艦に機銃掃射をかけよ」

　と飛行長から命じられているが、ジークがいないとは考えられない。

　ジークが無敵だった時代は既に過去のものだが、ヘルダイバーやアベンジャーにとっては、今なお強敵なのだ。

　海上には、二つの輪型陣が見える。日本艦隊は、八隻の空母を四隻ずつに分け、各々を中心に据えた輪型陣を組んでいるのだ。

　ヘルダイバー群は、各母艦毎に編隊を組み、前方の輪型陣に突撃を開始している。

　コナーズは、敵の一隊に攻撃を集中し、もう一隊は後から来る第三八・二、三任務群(TG38.2、3)の攻撃隊に任せると決めたようだ。

「どこだ、ジークは？　どこにいる？」

　敵機の姿を追い求めながらクレイヴが呟いたとき、

「敵機(ボギー)、後ろ上方！」

　部下の叫び声が、レシーバーに響いた。

　クレイヴ機のバックミラーに、隊列の後方にいたF6Fが二機、火を噴いて墜落してゆく様が映った。

「しまった！」

　クレイヴは失態(しったい)を悟った。

敵の直衛機は、合衆国の攻撃隊を正面から迎え撃つのではなく、一旦やり過ごした。

その上で、後ろ上方という有利な位置から、攻撃を開始したのだ。

「『チーム・ローリングス』全機反転！　ジークに立ち向かえ！」

クレイヴは、無線電話機のマイクに向かって怒鳴った。

同時に、操縦桿を右に倒し、水平旋回をかけた。

後ろ上方から襲われたときには、急降下をかけてやり過ごすのが通例だが、F6Fが回避行動を取れば、ヘルダイバーが攻撃を受ける。

ここは踏みとどまる以外にない。

「奴ら、ジークじゃねえぞ！」

「速い！」

クレイヴのレシーバーに、部下たちの叫び声が飛び込む。

反転したクレイヴの視界に、ミートボール・マークの敵機が飛び込んで来る。

部下が叫んだ通り、ジークではない。ジークよりも機体が太く、逞しい。これまで戦った日本機には、なかった形状だ。

その機体が、F6Fの編隊を後方から切り崩している。

速度性能ではジークに勝るF6Fが、フル・スロットルで振り切る間も与えられず、次々と火を噴き、黒煙を引きずりながら墜落してゆく。

F6Fを墜とした敵機は、速度を緩めることなく、急降下によって離脱する。

不意を突かれ、七、八機を失ったが、反転した機体が反撃に移っている。

有利な高度から、急降下攻撃をかけて来る日本機に、正面から立ち向かう。

発砲は、ほとんど同時だ。

F6Fの両翼からほとばしった無数の青白い曳痕と、敵機が放った真っ赤な太い火箭が交錯する。

弾数はＦ６Ｆの方が多いが、機銃の口径は敵機が上のようだ。

おそらく二〇ミリ——ジークが両翼に装備しているものと同じ大口径機銃であろう。

右主翼を叩き折られたＦ６Ｆが、独楽(こま)のように機体を回転させながら墜落し始め、機首に敵弾を受けたＦ６Ｆが、黒煙を引きずりながら高度を落とす。

Ｆ６Ｆが墜とした敵機は見当たらない。

一機当たり六丁を装備する一二・七ミリ機銃から放った射弾は、ことごとく空を切っている。

クレイヴ機の前上方からも、二機が向かって来た。

クレイヴは、小隊二番機を務めるジョン・トレバー中尉の機体を従え、敵の新型機に立ち向かう。

彼我の距離が瞬く間に詰まり、敵機が膨(ふく)れ上がる。

機首が太く、機体全体が大きい分、コクピットが小さく見える。

（Ｆ６Ｆに似ている）

そんな想念(そうねん)が脳裏をかすめたとき、敵機の両翼に発射炎が閃いた。

クレイヴは、発砲を予期している。

操縦桿を前方に押し込み、機首を下げる。僅かに遅れて、二〇ミリ弾の赤く太い火箭が、クレイヴ機の頭上を通過する。

クレイヴは敵機の真下に潜り込む格好で、後方へと抜ける。

操縦桿を左に大きく倒し、急角度の水平旋回をかける。

反転を終えたときには、敵機は機体を翻し、急降下に転じている。

「敵機、後ろから来ます！」

「ウィーブ！」

トレバーの報告が飛び込むや、クレイヴは叫んだ。

緒戦でジークに苦戦を強いられたグラマンＦ４Ｆ〝ワイルドキャット〟のクルーが、対ジーク用に編み出した戦法だ。二機が一組になってジグザグ状に飛び、敵機を誘(さそ)い込むのだ。

主力艦戦がＦ６Ｆに代わってからも、この戦術は有効であり、クレイヴも部下と共に、何機ものジークを墜として来た。

トレバー機が、右に、左にと、不規則に旋回を始める。

日本軍の新型機が、トレバー機の後方から食らいつく。

トレバーが右に旋回すれば右へ、左に旋回すれば左へ、ぴたりと追随し、逃がさない。しかも、距離が次第に詰まっている。

ジークより大きく、重そうな機体だが、格闘性能はジーク譲りだ。いや、ジーク以上かもしれない。

「隊長、まだですか⁉」

トレバーが悲鳴じみた叫びを上げた。

その声に触発されたように、クレイヴは右手の親指に力を込めた。

両翼一杯に発射炎が閃き、青白い曳痕がほとばしる。火箭と呼ぶより、鉄と火薬の投網だ。無数の射弾が敵機を搦め取る。

だが、クレイヴが射弾を放ったときには、敵機は左に横転し、垂直降下に転じていた。

クレイヴ機の一二・七ミリ弾は、大気だけを貫き、弓なりの弾道を描いて消えた。

「後ろに目が付いてやがるのか、奴は！」

クレイヴが舌打ちしたとき、後方から衝撃が襲い、機体が激しく振動した。

「くそったれ！」

クレイヴは罵声を放つと同時に、操縦桿を右に倒し、水平旋回をかけた。

ウィーブ戦法を行っている間に、別の敵機に背後を取られたのだ。

敵機が、なおも射弾を放って来る。

何発かが胴体を掠ったのだろう、ハンマーで一撃されるような打撃音が響き、機体が振動する。

「空中の鎧騎士」と呼べるほど頑丈なＦ６Ｆだが、二〇ミリ弾を何発も食らえば無事では済まない。

いずれは主翼を叩き折られるか、胴体を引き裂かれて墜落することになる。

　クレイヴは、操縦桿を不規則に、左右に倒す。機体が左右に、振り子のように振られ、敵機の二〇ミリ弾をかわす。

　ジークなら二〇〇〇馬力のエンジン出力に物を言わせて振り切るところだが、この機体は容易に振り切れない。じりじりと距離を詰めて来る。

　やられる！　――そう直感したとき、後方の敵機が機体を横転させ、離脱した。

「隊長、御無事ですか⁉」

　トレバーの声が、レシーバーに響いた。

　先に、敵機に追われる立場にあったトレバーが、今度は敵機の後ろに回り込み、クレイヴを救ったのだ。

「何とかな」

　クレイヴは、喘ぎながら答えた。

　撃墜は辛くも免れたものの、心中は穏やかではない。

　F４FからF６Fに機種転換して以来、クレイヴが率いる戦闘機隊は、常に日本機に打ち勝って来た。七月のサイパン沖海戦でも、それに続くトラック環礁攻略戦でも、先のフィリピン攻撃でも、ジークを始めとする日本機を多数墜とし、制空権の奪取に貢献して来た。

　その自分たちが、これほど追い詰められたのは初めてだ。

　自分が撃墜寸前まで追い込まれただけではない。ウィーブ戦法も破られている。

　日本軍は、ジークの後継機を送り出して来た。F６Fと対抗し得る強敵が、戦場に出現した。

　その事実を、認めないわけにはいかなかった。

「ヘルダイバーはどうなった？」

　クレイヴは、肝心なことを思い出した。

　日本軍の新型戦闘機は、VF10が引きつけた。何機ものF６Fを墜とされたが、護衛の役割は果たした。

だが、敵の直衛機が他にもいたら。

「イントレピッド」「レキシントン」の戦闘機隊は、ヘルダイバーを守り切れたろうか。

クレイヴは、日本艦隊を見やった。

空中には、何条もの黒煙が見えるが、敵艦の火災煙ではないようだ。

日本軍の空母に、被弾・炎上している艦は見当たらなかった。


敵機が去ると同時に、「大鳳」の飛行甲板に、直衛機が滑り込んで来た。

被弾の跡が目立つ機体が少なくない。

エンジン・カウリングの破孔から黒いオイルが漏れているもの、主翼に破孔を穿たれているもの、掻き傷のような被弾跡を胴体に付けられているものが目立つ。


艦上からは、優勢に戦いを進めているように見えたが、実際には相当な激戦だったことを、帰還機の姿が物語っていた。

「第二部隊より報告。『我ヲ空襲セル敵機ナシ』」

「大鳳」の艦橋に、通信参謀中島親孝少佐が報告を上げた。

第二部隊は、第二航空戦隊司令官城島高次少将が指揮を執っている。開戦時の「翔鶴」艦長で、山口とは江田島の同期生だ。

「GF司令部と二艦隊に、報告電は送ったか？」

「空襲が始まった時点で打電しました。電文は『我、空襲ヲ受ク。機数約一五〇。一〇二四（現地時間九時二四分）』であります」

大林末雄参謀長の問いに、中島は答えた。

「もう一通打電しろ。『空襲終了。敵ノ攻撃ハ熾烈ナルモ全機ノ撃退ニ成功セリ。一〇五六』と。それで、牽制の成功が伝わるはずだ」

山口が命じた。

できることなら「作戦成功。敵ハ全力デ我ヲ攻撃中ナリ」と打電したいところだが、敵に受信され、目論見を悟られる危険もある。

三艦隊が激しい攻撃を受けていることを報告すれば、小沢長官も、二艦隊の五藤長官も、敵機動部隊が囮に食いついたと理解するはずだ。

「熾烈ではありましたが、何とか凌ぎましたね」

「第一波だけはな」

首席参謀大前敏一大佐の言葉を受け、大林がぶすりと応えた。

たった今の空襲で、被弾・損傷した空母はない。直衛機が、多数のF6F、ヘルダイバーを撃墜し、空母への投弾を狙ったヘルダイバーも、各艦の対空砲火が撃退した。

第三艦隊は、最初の空襲を凌ぎ切ったのだ。

にも関わらず、大林の表情に喜びはない。

空襲は、最初の一回が終わっただけだ。続けて襲って来る第二波、第三波をどう凌ぐか、と考えを巡らしているのだろう。

「第一波を切り抜けただけでも上等だ。緒戦でやられたのでは、話にならん。今は、素直(すなお)に喜んでおくとしよう」

山口は微笑し、大林と大前に言った。

七月のマリアナ沖海戦を境に、帝国海軍の機動部隊は、艦上機隊の編成を大幅に改めている。

「マリアナ沖海戦で、我が軍は敵空母六隻を沈めたが、艦上機の六割を失った。損害は、艦爆、艦攻に集中しており、従来のような形での機動部隊の再建は困難になったと認めざるを得ない。また、米艦隊の防御力が大幅に強化された現在、艦爆、艦攻による攻撃は、犠牲ばかり大きく、戦果は僅少(きんしょう)となることが予想される。この状況を打開するためには、思い切った発想の転換を図る必要がある」

古賀峯一大将の後を継いで、連合艦隊司令長官に就任した小沢治三郎中将は、このような考えに基づき、艦爆隊、艦攻隊を廃止して、艦戦隊のみとしたのだ。

米艦上機のうち、ヘルダイバー、アベンジャーを叩けば、米機動部隊は艦船に対する攻撃力を失う。

そこで、「大和」以下の水上砲戦部隊が突入し、砲雷撃によって敵艦隊を撃滅するのだ。

空母と航空機が海軍の主力となって以来、戦艦は空母の護衛が主任務となり、強力な主砲を持て余している感があった。

艦爆、艦攻が攻撃力として期待できなくなった現在、小沢司令長官は、水上砲戦部隊の使用に活路を見出したのだ。

この決定は艦上機隊、特に艦爆、艦攻の搭乗員から強い反発を招いたが、小沢は、

「戦況の変化や戦術の革新に伴い、それまでの主力が異なる任務に就くというのは、珍しいことではない。勝利のためと考え、我慢して貰いたい」

と言って、搭乗員たちを説得した。

艦爆、艦攻の搭乗員は、内地の航空隊で教官勤務を命じられた者もいるが、操縦員の大半は機種転換訓練を受け、艦戦搭乗員となった。

艦上機隊の再編成を実施した第三艦隊は、本来であれば第二艦隊と行動を共にし、来寇する米軍を迎撃するはずだった。

だが、母艦航空隊の再編成と訓練が完全に終わる前に、米軍がフィリピン奪回作戦を開始したため、第三艦隊は敵機動部隊を北方から牽制する役割を担ったのだ。

艦上機隊の再編成は、結果として、機動部隊の損害を軽減したことになる。

「再出撃の準備急げ。敵の第二波が迫っている！」

山口らの傍らでは、菊池朝三「大鳳」艦長が、飛行長入佐俊家（いりさとしいえ）中佐に命じている。

帰還機のうち、無傷の機体、修理せずに再出撃が可能と判断された機体は、飛行甲板上で燃料、弾薬が補給される。

修理不可と見られた機体は、ためらいなく海中に

日本海軍 局地戦闘機「紫電改」

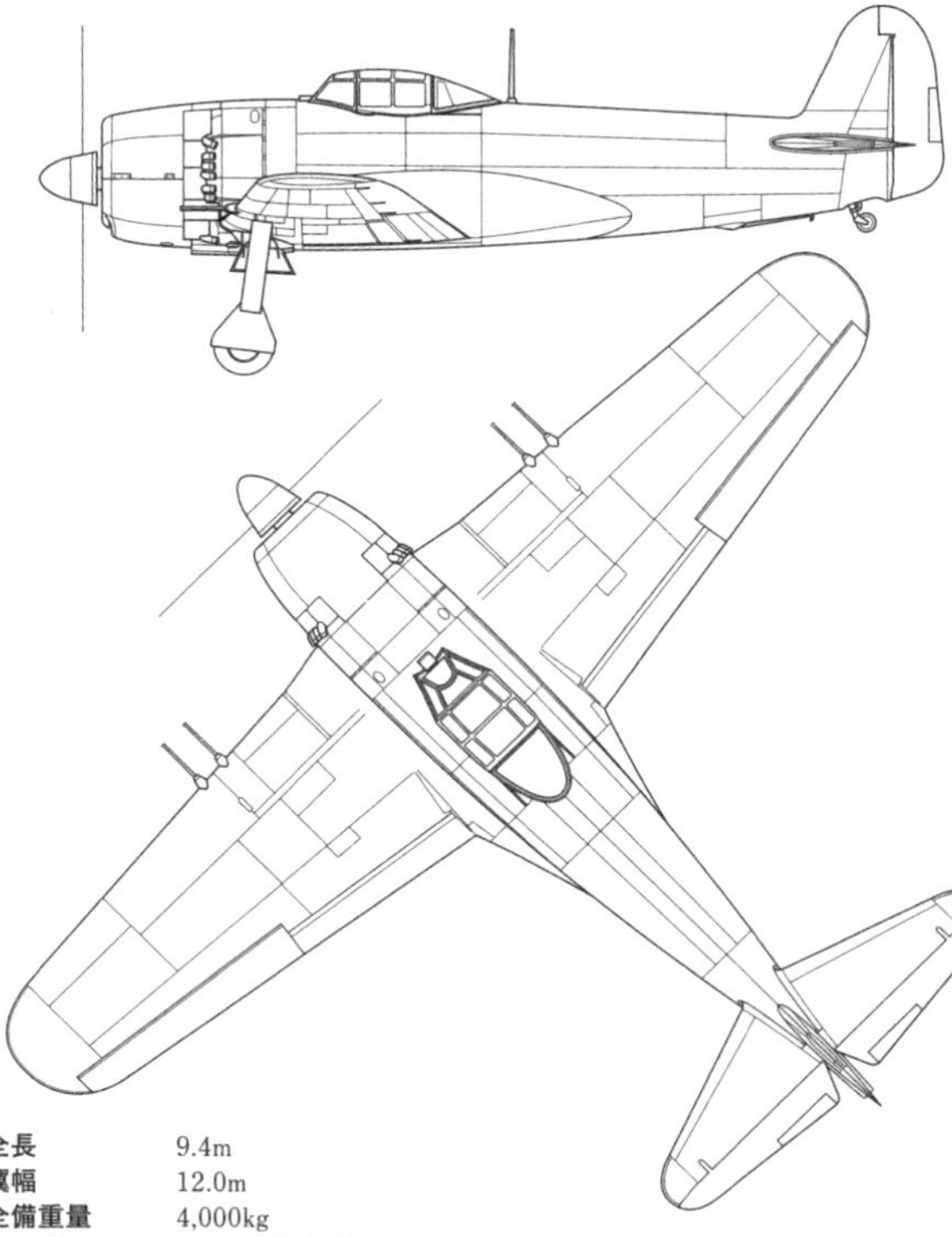

全長	9.4m
翼幅	12.0m
全備重量	4,000kg
発動機	誉二一型　1,990馬力
最大速度	594km/時
兵装	20mm機関砲×4丁(翼内) 爆弾 250kg(最大)
乗員数	1名

川西航空機の局地戦闘機「紫電」は、原型である水上戦闘機「強風」譲りの中翼機で、高空性能や急降下性能は秀でていたものの、運動性は零戦に及ばない機体だった。これを低翼配置に変更し、胴体を発動機「誉」に合わせて絞り込むことで下方視界を改善したのが「紫電二一型」、通称「紫電改」である。武装も防御力も強力なうえ、自動空戦フラップにより運動性能も抜群の本機は、迫り来る米軍の反攻に備える大きな希望となっている。本図は着艦装備を追加した艦上機型を描いている。

投棄され、修理可能と判断されたものだけが、昇降機で格納甲板に降ろされる。

投棄された機体は、少しの間浮いているが、やがて泡立つ海面の下に消えてゆく。

「本艦の直衛機、出撃機数三六機中、未帰還四機。修理不可と判断されたもの五機です」

飛行甲板に降りていた天谷孝久航空甲参謀が、艦橋に戻って報告した。

「他艦の直衛機はどうだ?」

「まだ、報告が届いておりません」

「分かり次第、報告してくれ」

大林が天谷に命じた。

「新鋭機といえども、圧勝とまではいかなかったか」

「性能面では、F6Fとほぼ互角です。零戦に比べ、有利に戦うことは可能ですが、敵を圧倒するところまでは行きますまい」

山口の一言に、大林がかぶりを振った。

今回の作戦には、新型戦闘機「紫電二一型」、またの名を「紫電改」と呼ばれる機体が参加している。

水上機や飛行艇を専門に作って来た川西航空機が初めて開発した陸上戦闘機「紫電」が母体だ。

元は中翼配置だったが、これを低翼配置にあらため、部品点数も大幅に削減して、生産性の向上が図られた。

エンジンは、一九九〇馬力の離昇出力を持つ中島「誉」二一型を装備している。最高速度は時速五九四キロ。F6Fと比べても遜色ない。兵装は二〇ミリ機銃四丁と、零戦よりも強力だ。

防弾装備も充実しており、一二・七ミリ弾を数発食らった程度では火を噴かない。

その分重くなり、全備重量は四トンとなったが、両翼に装備した自動空戦フラップの働きにより、零戦に比肩し得る格闘性能を持つ。

「F6Fに打ち勝てる戦闘機」として、海軍上層部の期待は大きい。

　今回の作戦には、この機体を艦上機にあらためたものが参加している。

　山口としては、第三艦隊の全戦闘機を、この新型機で固めたいところだったが、まだ生産機数が少ないため、六〇一空に四八機が配備されただけに留まった。

　四八機の紫電改は、全機が「大鳳」に搭載され、先の邀撃戦で初陣を飾った。

　昨夜、山口は自ら紫電改の搭乗員たちに、

「紫電改はＦ６Ｆだけを相手にするよう努めよ。ヘルダイバー、アベンジャーは、零戦に任せるんだ。零戦をＦ６Ｆから守るのが諸子の役目だと心得て貰いたい」

　と、指示を与えている。

　紫電改の搭乗員は、山口の命令を忠実に守り、Ｆ６Ｆの牽制に努めた。

　その結果、第三艦隊は、第一次空襲では被害を免れたが、紫電改も少なくない数を失ったのだ。

　空襲が二度、三度と反復されれば、紫電改は次第に戦力減となり、最終的には全機が失われるかもしれない。

　だが、第三艦隊の役目はあくまで敵機動部隊の牽制だ。

　全艦上機、全空母を失うことになろうとも、第二艦隊がレイテ湾に突入し、敵の上陸部隊を覆滅すれば、日本側の勝利となる。

　山口は、「大鳳」の飛行甲板を見下ろした。

　燃料、弾薬の補給を終えた紫電改二七機、予備機一二機が、フル・スロットルの爆音を轟かせ、発艦に移っている。

　第二次空襲が始まろうとしているのだ。

3

「一次よりも、厳しい戦闘になりそうだな」

　巡洋戦艦「大雪」の射撃指揮所で、桂木光砲術長は、正面上空に双眼鏡を向けながら呟いた。

視界の中には、六隊の梯団が見えている。

一隊が二五、六機と見積もられるから、総数は約一五〇機。第一次空襲とほぼ同数だ。

後方には、敵の第三波が続いている。

電測長の久保定雄大尉は、

「敵第三波、方位一七五度、九〇浬」

と報告しているのだ。

空襲第二波を凌いでも、ほとんど間を置かずに第三波が来襲する。

「とにかく、目の前の敵を迎撃しましょう」

「そうだな」

掌砲長愛川悟少尉の言葉に、桂木は頷いた。

沢正雄艦長からは、

「射撃開始の時機判断は任せる」

との言葉を貰っている。

「大雪」の火器については、桂木の指揮に全てが委ねられているのだ。

「対空戦闘の要領は、空襲第一波と同じだ。左舷高角砲は『大鳳』の援護が優先、右舷高角砲は輪型陣内に侵入を図る敵機を叩く」

桂木は、第四分隊長永江操大尉、第五分隊長桑田憲吾大尉、第七分隊長国友高志大尉を呼び出して下令した。

正面上空で、空中戦が始まった。

各空母から発進した直衛機が、敵機に挑みかかり、敵編隊が大きく散開する。

高度三〇〇〇メートルから四〇〇〇メートル上空で、彼我の機体が混淆し、飛行機雲が白い無数の糸のようにもつれ合う。

海面からは、羽虫の群れが飛び交っているような眺めだ。時折、上空に閃光が走り、被弾した機体が黒煙を引きずりながら高度を落とす。

致命傷までは受けなかったのか、途中で姿勢を立て直し、戦場から離脱を図る機体があるが、その機体にも頭上から別の機体が襲いかかり、真っ赤な火箭を叩き込む。

　味方の直衛機は、敏速に飛び回り、敵機を次々と仕留めているように見えるが、戦場そのものは第一部隊の上空に近づいている。

　直衛機は、敵機を阻止し切れていないのだ。

　輪型陣の前方に発射炎が閃き、空中に爆煙が湧き出す。

　第一〇戦隊の軽巡「長良」「阿武隈」、第六一駆逐隊の秋月型駆逐艦四隻が順次射撃を開始したのだ。

　敵機は秋月型を強敵と見たのだろう、「長良」「阿武隈」の頭上を抜け、輪型陣の内側に突入して来た。

「敵降爆、『大鳳』の正面より接近！」

「五分隊、射撃開始！」

　報告を受けるや、桂木は大音声で下令した。

　一拍置いて、射撃指揮所の左脇で、砲声が断続的に轟き始める。

　片舷に七基一四門を装備する一二・七センチ高角砲が、砲門を開いたのだ。

　戦艦の主砲に比べ、豆鉄砲と揶揄されることが多い一二・七センチ砲だが、一四門をまとめて発射したときの砲声は、戦艦主砲のそれに劣らない。

　ただし、艦体は揺るがない。

　英国のジョン・ブラウン造船所で、巡洋戦艦として建造された艦だ。基準排水量三万二〇〇〇トンの巨体は、一二・七センチ高角砲の反動程度ではびくともしない。

　最初の射弾が炸裂するよりも早く、「大雪」の左舷側高角砲は第二射を放つ。

　四・三秒から四・四秒置きに、一四門の一二・七センチ砲が咆哮を上げ、「大鳳」への投弾を狙うヘルダイバーに、一四発ずつの一二・七センチ砲弾を叩きつける。

「敵二機撃墜！」

　村沢健二測的長が、歓声混じりの報告を上げる。

「大雪」の高角砲弾は、なおも繰り返し炸裂する。

「大雪」だけではない。

　輪型陣の前部を固める軽巡、駆逐艦も、「大鳳」自身も、一二・七センチ砲、長一〇センチ砲を動員し、敵機に射弾を浴びせる。

　更に二機のヘルダイバーが火を噴き、落伍したところで、敵機が一斉に機体を翻した。

「敵全機、『大鳳』に急降下！」

「『大鳳』面舵！」

　村沢測的長が、続けざまに報告を上げる。

「大雪」の高角砲は、仰角を僅かに下げつつ、砲撃を続ける。

　急降下するヘルダイバー群の面前で、周囲で、なおも繰り返し爆発が起こる。

　ヘルダイバー一機が、飛散する弾片をまともに浴びたのか、大きくよろめいて投弾コースから外れる。

　続いて一機が、左の主翼をもぎ取られ、急降下から錐揉み状態の墜落に変わる。

　ヘルダイバー群の下では、「大鳳」が白波を蹴立てながら、右へ右へと回っている。

　左右両舷に三基ずつを装備した長一〇センチ砲は、沈黙しているようだ。回頭しながらの射撃では当たらないと考えてのことであろう。

　その「大鳳」の舷側に、真っ赤な火焔が噴出し、何十条もの白煙が空中高く噴き上がった。

　マリアナ沖海戦の終了後、左右両舷に二基ずつが装備された二八連装噴進砲が放たれたのだ。

　長い煙が、触手のように敵機に摑みかかり、ヘルダイバーが一機、二機と火を噴く。

　合計三機の撃墜を確認したところで、多数の発射炎が閃き、おびただしい火箭が突き上がり始めた。

　二五ミリ三連装機銃による対空射撃だ。竣工時は左右両舷に一一基ずつ、二二基を装備していたが、マリアナ沖海戦終了後、三〇基に増強されている。

　三万トン近い基準排水量を持つ巨艦が、舷側を真っ赤に染め、おびただしい火箭を撃ち上げながら急速展開する様は、艦名の由来となった「鳳」——不老不死の霊鳥が、激しい怒りに駆られ、火を噴き出しながら荒れ狂う様を思わせた。

ヘルダイバー一機が火を噴く。

「大雪」を始めとする護衛艦艇も、高角砲を撃ちまくり、ヘルダイバーを一機、二機と撃墜する。

「駄目だ、多すぎる……！」

桂木は、呻き声を漏らした。

対空戦闘を開始して以来、一〇機近くのヘルダイバーを撃墜するか、落伍に追い込んだが、なお一〇機以上が残っている。

残存全機を投弾前に撃墜するのは無理だ。

巨砲を振るう巡洋戦艦としてではなく、高角砲、機銃によって敵機を墜とすための防空艦に生まれ変わった「大雪」だが、その「大雪」の対空兵装をもってしても、米軍の物量には抗し切れない。

なおも高角砲弾が炸裂し、機銃弾が突き上がる中、ヘルダイバー群が一斉に引き起こしをかけた。

引き起こし中の一機に、「大鳳」の火箭が突き刺さり、火を噴かせる。避退にかかった敵機を、無理矢理引き戻したようだった。

直後、「大鳳」の周囲に多数の水柱が奔騰し、しばし艦が見えなくなった。

桂木は、しばし背筋が寒くなるのを感じた。

重装甲艦の「大鳳」が、急降下爆撃だけで沈むことはないと分かっている。にも関わらず、多数の水柱が艦の姿を隠す様は、轟沈を思わせたのだ。

水柱が崩れ、「大鳳」が姿を現す。

火災煙はどこにもない。「大鳳」は、健在な姿を留めている。

「よし……！」

桂木は、額の汗を拭った。

投弾全てが外れたのか、命中はしたものの「大鳳」の重装甲が敵弾を跳ね返したのかは分からない。

いずれにしても、「大鳳」はヘルダイバー一〇機以上の攻撃を耐え抜いたのだ。

「新たな敵降爆、『大鳳』の左三〇度、高度三五（三五〇〇メートル）！」

「指揮所より五分隊、目標、『大鳳』の左三〇度、高度三五（サンゴ）の敵機！」

　村沢測的長の新たな報告を受け、桂木は咄嗟に、桑田第五分隊長に命じた。

　復唱が返されるよりも早く、左舷側の高角砲が、新目標に向かって火を噴く。

　四・三秒置きに、一四発ずつの一二・七センチ砲弾が秒速七二〇メートルの初速で飛び出す。

　回避運動に伴い、「大鳳」は「大雪」と反航する形になっている。

　ヘルダイバーは、「大鳳」の右舷後方から突っ込む形だ。

「大雪」の高角砲弾は、「大鳳」の頭上を飛び越し、ヘルダイバー群の直中で炸裂する。

　一機、二機と、ヘルダイバーが火を噴き、落伍するが、敵の数は多い。

　尾部が反り上がった機体が一〇機以上、回頭する「大鳳」の後方から降下して来る。

　ダイブ・ブレーキの甲高（かんだか）い音は、「大雪」の射撃指揮所にまで届く。鉤爪（かぎづめ）を剝（む）き出しにし、獲物を仕留めんとする猛禽（もうきん）の叫びさながらだ。

「大鳳」の舷側から、無数の火箭が突き上がる。二五ミリ機銃の真っ赤な曳痕が、降下するヘルダイバーの面前から殺到する。

「大雪」とその前後に位置する駆逐艦が、敵機の横合いから一二・七センチ砲弾を突き込む。

　正面から機銃弾を浴びたヘルダイバーが、操縦員を射殺されたのか、火を噴き出すことなく墜落する。

　真横から弾片を浴びたヘルダイバーは、機首から煙を噴出してよろめき、投弾コースから大きく逸れる。

「頑丈な奴だ」

　桂木はヘルダイバーの動きを見つめながら、唸り声を発した。

　ヘルダイバーには、火を噴いて墜落する機体はあっても、空中分解を起こす機体はない。

　エンジンや燃料タンクから火を噴く機体であれ、

片方の主翼をもぎ取られ、錐揉み状になって墜落する機体であれ、海面に激突する寸前まで、ほぼ原形を留めている。

米軍はドーントレスの後継機として、空中の鎧武者とでも呼ぶべき頑丈な機体を、最前線に送り込んで来たのだ。

その頑丈な機体が、回避運動を行う「大鳳」の後方から、群れをなして追いすがっている。

桑田分隊長が指示したのだろう、「大雪」の高角砲弾が、ヘルダイバー群の前下方で炸裂した。

ヘルダイバー群と大鳳の間に、複数の爆発光が閃き、黒雲のような爆煙が、敵機の前を塞ぐ形で湧き出した。

ヘルダイバー一機が、飛び交う弾片の直中にまともに突っ込む形となり、炎と煙を吹き出す。

続いて一機がコクピットに弾片を浴びたのだろう、火を噴くことなく投弾コースから大きく外れる。

新たな射弾が炸裂する前に、ヘルダイバー群が一斉に機首を引き起こした。

ぎりぎりまで引き起こしを待ったのか、「大鳳」の煙突をすれすれにかすめる機体や、艦首に接触せんばかりの近距離を通過する機体まであった。

数秒後、再び「大鳳」の周囲に、多数の水柱が奔騰し、全長二六〇・六メートル、最大幅二七・七メートルの巨体が見えなくなった。

「大丈夫か？　どうだ？」

水柱の向こうに消えた「大鳳」に、桂木は呼びかけた。

「大鳳」が、簡単に沈むような艦ではないことは分かっている。

艦が見えなくなったのは、至近弾が噴き上げた膨大な海水のためであり、轟沈などではないことも。

それでも、艦の姿を見るまでは安心できない。重装甲の飛行甲板はまだしも、艦首、艦尾の非装甲部や、艦橋が被弾する危険はあるのだ。

水柱が崩れ、「大鳳」が姿を現した。

艦橋の近くから、黒煙が後方になびく様が確認された。

「やられたか……！」

桂木は呻いた。

防空艦の砲術長として、「大鳳」の援護に全力を挙げたつもりだったが、被弾をゼロにはできなかったのだ。

「艦長より砲術。『大鳳』から信号が届いた。三発が命中したが、損害軽微だ。発着艦に支障はない」

沢からの連絡を受け、桂木は安堵の息を漏らした。

「大鳳」の重装甲が、ヘルダイバーの猛攻に耐え抜いた。

飛行甲板に張り巡らされた分厚い装甲鈑は、敵弾の貫通を許さなかったのだ。

「他の空母はどうなりました？」

桂木は、肝心なことを思い出して沢に聞いた。

「大雪」の射撃指揮所からでは死角になり、隊列の後方に位置する「瑞鳳」「龍鳳」は視認できないのだ。

「『瑞鳳』が飛行甲板をやられた。航行には支障ないが、発着艦不能との報告が届いている。『瑞鶴』と『龍鳳』は無傷だ」

「『瑞鳳』がやられましたか……」

桂木は小さくため息をついた。

ウェーク沖海戦、マリアナ沖海戦で、共に戦った小型空母だ。給油艦からの改装艦ながら、直衛専任空母として、正規空母の頭上を守るという重要な役割を果たしている。

その「瑞鳳」が被弾し、空母としての機能を失った。

第一次空襲は無傷で切り抜けた第三艦隊だが、二度目の空襲は、無傷とはいかなかったのだ。

「残念がっている余裕はない。敵機の第三波が、すぐそこまで来ている」

「延長戦みたいなものですね」

桂木は、冗談めかした口調で応えた。

「大鳳」への投弾を完全には防げず、損傷艦も出た

日本海軍 航空母艦「大鳳」

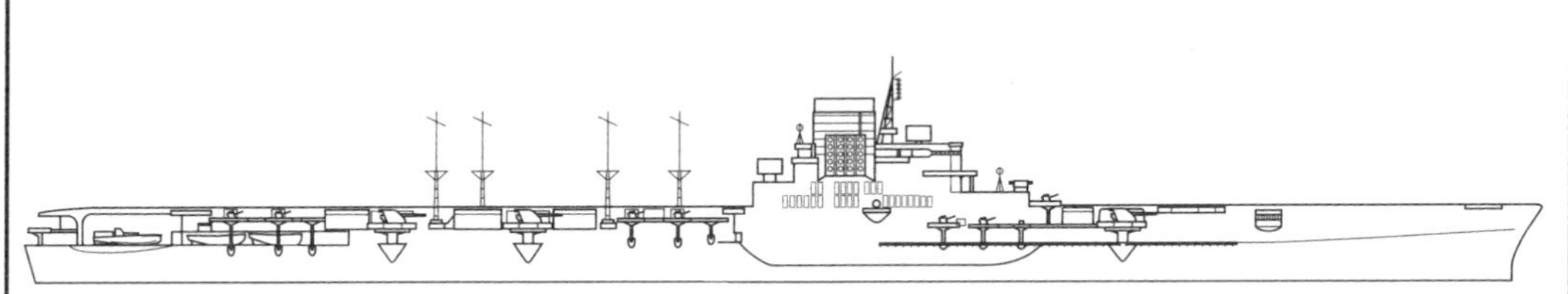

全長	260.6m
最大幅	27.7m
基準排水量	29,300トン
主機	ギヤードタービン　4基／4軸
出力	160,000馬力
速力	33.3ノット
兵装	65口径 10cm連装高角砲 6基 12門 25mm 3連装機銃 30基 12cm 28連装噴進砲 4基
航空兵装	常用 52機／補用 1機
乗員数	1,649名
同型艦	なし

日本海軍の新鋭空母。飛行甲板に厚さ75ミリの装甲を施し、高度700メートルから投下された500キロ爆弾にも耐える防御性能を誇る。基本設計は翔鶴型空母を踏襲しているが、飛行甲板に装甲を施したため、格納庫容積は翔鶴型よりも狭くなっている。また、飛行甲板の防御力を保つため、昇降機も翔鶴型の３基より１つ少ない２基となっている。

重心上昇を防ぐため乾舷も低く設定されており、艦首は波浪の影響を受けないよう艦首外板と飛行甲板を一体化させたハリケーン・バウ（エンクローズド・バウ）を採用している。

防御火器としては、防空巡洋艦の主砲にも用いられている10センチ連装高角砲６基12門のほか、25ミリ３連装機銃30基を搭載。このほかに新開発の対空ロケット砲「12センチ噴進砲」を載せている。

生産力に勝る米軍に対抗するためには、個艦の性能を高め生残性を向上させることが重要とされ、本艦の優れた防御力が注目されている。

が、第三艦隊は戦闘力を残している。

　何よりも、「大雪」は無傷を保っているのだ。

　まだ充分戦える。

　闘志を込めて、正面上空を凝視したとき、村沢測的長が泡を食ったような声で報告を上げた。

「測的より指揮所！　第三波全機、第二部隊に向かう！」

4

　新たに出現したのは、第三八・二任務群より出撃した攻撃隊だった。

「エセックス」「サラトガ」「タイコンデロガ」より、F６Fとヘルダイバーが二四機ずつ、合計一四四機だ。

「しぶといな、ジャップは」

　VB12隊長マーチン・ベルナップ少佐は、日本艦隊の第一群を見やって舌打ちした。

　日本軍の機動部隊には、既に二度に亘る航空攻撃を加えた。

　第三八・一、三任務群より一四四機ずつ、合計二八八機のF６F、ヘルダイバーが襲いかかったのだ。

　これだけの機数で攻撃すれば、敵空母の半数は撃沈か、発着艦不能に追い込めるものと、ベルナップは予想していた。

　ところが、海面で黒煙を上げているのは、第一群の空母二隻だけだ。

　TG38・1、3の攻撃隊は、期待の半分以下の戦果しか上げていない。ジークが、合衆国軍用機の天敵だった頃に匹敵するほどの粘りを見せている。

「『ジェイク1』より『チーム・ヘミングウェイ』、我に続け！」

　今は、目標を叩くのが先だ——そう考え、ベルナップは麾下のヘルダイバー二三機に命じた。

　操縦桿を左に倒し、敵の第一群を迂回する。

　黒煙を上げる二隻の空母が、右前方から右正横へと流れてゆく。

「サラトガ」戦闘機隊のF6F二四機も、VB12に付き従う。

「エセックス」と「タイコンディロガ」の攻撃隊は、「サラトガ」隊とは反対に、敵第一群の右方へと回り込む。

戦爆合計一四四機の攻撃隊が二手に分かれ、敵の第二群――空母四隻を中心とする輪型陣へと向かってゆく。

「敵機、右前方！」

レシーバーに、叫び声が響いた。

F6F二四機のうち、一六機が右に旋回した。

八機は、VB12の近くに貼り付いている。一六機のF6Fが敵機を阻止できなかったら、この八機がヘルダイバーを守る楯となるのだ。

右前方上空から、一〇機以上の敵機が突っ込んで来る。ヘルダイバーではなく、F6Fを狙っているようだ。

「気をつけろ、ジークじゃねえぞ！」

VF12隊長クリス・ドーソン少佐の声がレシーバーに響いたときには、敵戦闘機の群れは、なだれ落ちるようにVF12に突入して来た。

星のマークの機体とミートボール・マークの機体が入り乱れ、両翼から放たれる火箭が切り結ぶ。

最初に被弾したのは、F6Fだ。真っ赤な太い火箭が、機首からコクピットにかけて突き刺さり、ジュラルミンの破片が宙に舞う。引き裂かれたエンジン・カウリングから、黒いオイルと火災煙が噴き出し、F6Fは力尽きたように機首を下げ、逆落とし(さかおとし)に墜落し始める。

続いて二機目のF6Fが火を噴く。

一機目同様、機首に敵弾を受け、炎と黒煙を噴き出しながら空中をのたうつ。

「ジャップの新型機か！」

ベルナップは思わず呻いた。

先陣(せんじん)を切ったTG38・1の攻撃隊より、

「未知の新型機出現。ジークより速く、火力も大きい。注意されたし」

との警報が送られている。

その新型機が「サラトガ」航空隊を襲って来たのだ。

敵機は、ジークよりも太く、逞しい。従来の日本機よりも、Ｆ６Ｆに近いように見える。ともすれば、Ｆ６Ｆ同士が戦っているように思えるほどだ。

「右前方に空母。その右舷正横に防空艦！」

偵察員ジェシー・オーエンス大尉の声がレシーバーに響いた。

「流石は相棒。分かってるじゃないか」

ベルナップはほくそ笑んだ。

三年来のパートナーだ。南シナ海海戦以来、ベルナップがアオバ・タイプ、フルタカ・タイプの防空艦を最優先の攻撃目標と考えていることはよく承知している。

「『ジェイク1』より『ヘミングウェイ』。『ジェイク』『ブレット』『ペドロ』目標、防空艦。『キャサリン』『フレデリック』『リナルディ』目標、空母」

ベルナップは、麾下の小隊に目標を割り当てた。

ヘルダイバー二四機の半数ずつを、防空艦と空母に割り振るのだ。

空母の方が防空艦より大きく、確実に沈めるには、より多くの爆弾を必要とする。

だが、自分たちの後にも攻撃隊は続く。

防空艦をここで仕留めておけば、次の攻撃隊が空母に止めを刺すはずだ。

「前座で結構。大物は、戦友に譲ってやるさ」

口中で、ベルナップは呟いた。

「全機突撃！」

一声叫ぶと共に、操縦桿を左に倒した。

視界の中で、空がめまぐるしく回転し、照準器の白い環が防空艦を捉えた。

「敵降爆一〇機以上、右二〇度、三〇（サンマル）（三〇〇〇メートル）！　本艦に向かって来ます！」

「敵降爆、『飛龍』に接近！」

防空巡洋艦「衣笠」の射撃指揮所に、二つの報告が連続して上げられた。

「高角砲目標、『飛龍』上空の敵機！」

「機銃目標、右二〇度、三〇（サンマル）の敵機。引きつけてから撃て！」

砲術長橘怜治（たちばなれいじ）少佐は、第一分隊長蘭堂俊作（らんどうしゅんさく）大尉と第二分隊長乾正平（いぬいしょうへい）大尉に、大音声で下令した。

（強運もここまでか）

腹の底で、橘は呟いた。

「衣笠」は、第六戦隊の中では最も幸運だった艦だ。

開戦以来、常に第一線にあり、空母の護衛や水上砲戦で活躍して来たが、被弾損傷は一度もなかった。

旗艦「青葉」や二番艦「加古」、三番艦「古鷹」は、何度も被弾し、長一〇センチ砲を破壊されることも珍しくなかったが、「衣笠」だけは直撃弾を免れて来た。

七月のトラック沖海戦で、米新鋭戦艦の巨弾を繰り返し撃ち込まれたときは、流石にもう駄目かと思ったが、幸いにも直撃弾はなく、至近弾による浸水だけに留まった。

際どい場面は何度もあったが、その都度（つど）、幸運に恵まれて切り抜けて来たのだ。

その「衣笠」も進退窮（しんたいきわ）まった。

防空艦の立場上、高角砲は空母を狙う敵機を優先しなければならず、回避運動も行えない。

六戦隊の桃園幹夫首席参謀は、

「防空艦は、空母に誘爆、大火災が起こる心配がなければ、自艦の守備を優先すべき」

との方針を定めたが、沢正雄大佐に代わって「衣笠」艦長に異動した佐藤寅次郎（さとうとらじろう）大佐は、

「本作戦の特殊性に鑑（かんが）み、本艦は状況の如何に関わらず、空母の援護を優先する」

と、橘以下の砲術科員に命じている。

　第三艦隊の任務は牽制であり、敵機動部隊を一分でも長く引きつけておかねばならない。

　そのためには、空母の守りが最優先となる。

「衣笠」を狙う敵機には機銃で応戦するが、一〇機以上のヘルダイバーを阻止できるとは思えない。

　追い詰められた、との切迫感に、身体が熱くなったが――。

（砲術長が絶望して、どうする）

　橘は思い直した。

　敵弾は、まだ命中したわけではない。当たると決まったわけでもない。

　最後の一瞬まで諦めないことが肝要だ。

「目標、『飛龍』上空の敵機。高角砲、射撃開始します！」

　蘭堂第一分隊長が報告し、「衣笠」の艦上に砲声が轟いた。

　高角砲六基のうち、前部の一、二番と後部の四、六番、合計四基八門が砲撃を開始したのだ。

　まず第一射。四秒後に第二射。八秒後に第三射。四秒置きに、八発ずつの一〇センチ砲弾が、「飛龍」の前方上空に飛ぶ。

「飛龍」自身も高角砲を撃ち始め、第二部隊の前方を固める軽巡「鬼怒」「五十鈴」、第六一駆逐隊の秋月型駆逐艦も、対空射撃を開始する。

「衣笠」の第一射弾が炸裂するよりも早く、ヘルダイバー群は一斉に機体を翻し、急降下に移った。

　八発の一〇センチ砲弾は、敵機の後方で爆発し、何もない空間に弾片を撒くだけに留まっている。

　既に艦長が「面舵！」を命じていたのだろう、「飛龍」が艦首を右に振り始めた。「衣笠」に接近すると共に、敵機の真下に艦首を突っ込む方向だ。

「衣笠」の長一〇センチ砲が、敵機の動きに合わせて旋回し、細く長い砲身が仰角を下げる。

　砲口に発射炎が閃き、砲声が艦上を駆け抜け、反動が伝わる。

　改装前に「衣笠」が装備していた二〇・三センチ

主砲は、片舷に斉射すると、艦が仰け反るほどの衝撃があったというが、長一〇センチ砲発射の反動は、そこまで大きくない。

ただ、射撃指揮所に伝わる振動は、電撃を浴びたようだ。振幅は小さいが、指揮所全体が痺(しび)れるような心地がする。

「敵一機撃墜！　続けて二機撃墜！」

測的長の十河弘臣(そごうひろおみ)中尉が、興奮した声で報告を上げる。

「敵機、本艦に急降下！」

乾第二分隊長の報告が、十河の声に重なる。

「いよいよ来たか」

橘は、軽く唇(くちびる)を舐(な)めた。

今更(いまさら)、慌(あわ)てることはない。砲術長としては、機銃を担当する二分隊に、艦の守りを委ねるだけだ。

機銃群は、すぐには火を噴かない。

橘の指示を守り、敵機を引きつけてから撃つのだ。

「衣笠」の高角砲は、依然砲撃を続けている。「飛龍」の前方上空で、次々と射弾が炸裂する。

また一機、ヘルダイバーが火を噴く。

機首から赤黒い爆煙を噴き出したかと思うと、投弾コースから大きく逸れ、海面へと向かってゆく。

落伍させた敵機には、目もくれない。四基八門の長一〇センチ砲は無傷の敵機を狙っている。

乾二分隊長が「射撃開始！」を下令したのだろう、射撃指揮所の右側から連射音が届き、多数の火箭が突き上がり始めた。

右前方から向かって来るヘルダイバーに対し、右舷側六基の二五ミリ連装機銃、一基の一三ミリ連装機銃が射撃を開始したのだ。

連射音に、敵機のダイブ・ブレーキ音が重なる。一〇機以上のヘルダイバーが立てる甲高い音は、猛禽の群れが獲物を威嚇する叫び声さながらだ。

「更に、敵一機撃墜！」

十河が、新たな報告を上げる。

墜としたのは、「飛龍」に向かっている敵機だ。

「衣笠」を攻撃しようとしている敵機は第二分隊に任せ、測的長は「飛龍」援護の役割に徹するつもりなのだ。

「そうだ。それでいい」

橘が呟いたとき、今度は乾が報告を上げた。

「敵一機撃墜!」

「よし……!」

橘は満足の声を漏らした。

二五ミリ機銃は下から上に撃ち上げるため、貫通力が小さく、防弾装備が優れた米軍機に対しては威力が不足している。

それでも第二分隊は、一機を墜としたのだ。

「衣笠」は、なおも高角砲、機銃を撃ちまくる。

長一〇センチ砲の砲声、二五ミリ機銃、一三ミリ機銃の連射音が一つに響き合わさり、射撃指揮所を満たす。艦そのものが、巨大な咆哮を上げているかのようだ。

「……!」

十河が新たな報告を上げた。

轟音にかき消され、ほとんど聞こえなかったが、報告の内容は、敵機の動きを見れば分かる。

「飛龍」に向かっていたヘルダイバーが一斉に投弾し、機首を引き起こしたのだ。

その直後、敵機のダイブ・ブレーキ音がフル・スロットルの爆音に変わった。

金属的な轟音が次々と、射撃指揮所の頭上を通過した。

「衣笠」に向かっていた敵機も投弾し、離脱にかかったのだ。

「来るぞ! 衝撃に備えろ!」

橘は、指揮所内の全員に命じた。

「飛龍」への弾着が先に来た。

周囲に複数の水柱が奔騰し、回頭中の空母の姿を隠した。

「守り切れたか? どうだ?」

橘が呟いたとき、開戦以来初めて経験する、凄まじい衝撃が襲って来た。

「命中五発……いや、六発を確認！」

投弾を終え、上昇に転じたヘルダイバーのコクピットで、マーチン・ベルナップ少佐は、はっきりとそう報告する声を聞いた。

「確かか、オーエンス？」

「間違いありません！」

「オーケイ！」

ベルナップは、満足の声を漏らした。

操縦桿を握っていなければ、右手の拳を突き上げ、快哉を叫びたいところだ。

防空艦攻撃に当たったのは、三個小隊一二機。うち一機が対空砲火で撃墜されたから、投弾に成功したのは一一機。命中率は五四・五パーセントとなる。

命中率の高さもさることながら、敵の防空艦に対して、これだけの命中弾数を得たことは例がない。

ＶＢ12は、今度こそ敵の防空艦に完勝した、と直感した。

一万フィートまで上昇し、海面を見下ろすと、その直感は確信に変わった。

防空艦は黒煙に包まれ、隊列の後方に取り残されつつある。艦尾付近からは重油が広がり、周囲の海面を黒く染め変えている。

命中した六発のうち、艦底部までを刺し貫き、燃料タンクを破壊した爆弾があったようだ。

撃沈確実と判断して間違いない。

勝利の喜びが、あらためてこみ上げた。

「隊長、空母は無傷です！」

「何だと？」

オーエンスの報告を受け、ベルナップはＶＢ12のもう一隻の目標——防空艦の右に位置していた正規空母を見た。

こちらは、炎も煙も噴き出してはいない。

空母を目標とした第四、五、六小隊の一二機は、一発の命中弾も得られなかったのだ。

「なんてこった……！」

　ベルナップは呻いた。

　空母を仕留められぬまでも、爆弾一、二発程度を命中させ、発着艦不能に追い込めれば充分だと思っていたが、その程度の戦果も上げられなかったのだ。

　これでは、勝利の価値も半減してしまう。

「奴は、最後まで空母の援護射撃を続けていたな」

　ベルナップは、投弾直前のことを思い出した。

　防空艦は、高角砲の全てを左前方上空に向けていた。自身を攻撃して来るヘルダイバーには機銃で対抗するだけであり、自身を守るために高角砲を用いることは遂になかったのだ。

「我が身を犠牲にして、空母を守ったというのか、奴は」

「サムライ精神(スピリッツ)という奴かもしれません。命を投げ出しても主君を守るのがサムライだと、聞いたことがあります」

「サムライか……。そのような敵だからこそ、斃す価値があったのだろうな」

　ベルナップは、呟いた。

　この直前まで、防空艦は憎むべき敵であり、憎悪の対象でしかなかった。

　それが今は、畏敬(いけい)の念に変わっている。敵は敵だが、敬意を払うべき相手だと認識したのだ。

「『ジョード1』より『ジェイク1』。引き上げるぞ」

「エセックス(VB9)」爆撃機隊隊長ウィルソン・ウッドロウ中佐が、ベルナップに呼びかけた。

　ベルナップは、海面を見渡した。

　炎を上げる防空艦から少し離れた海面で、激しく燃えさかる敵艦の姿が見える。

　炎と黒煙のため、艦形ははっきり分からないが、大型艦であることは間違いない。

「エセックス(VB9)」「タイコンディロガ(VB14)」の爆撃機隊が仕留めた獲物だった。

「『ジェイク1』了解」

ベルナップは、ウッドロウに返答した。

向こうは二個爆撃機隊で空母一隻、こっちは一個爆撃機隊で防空艦一隻か。戦功は、向こうの方が大きいが――口中で呟きながら、ベルナップはVB12の集合を待った。

今一度、防空艦の姿を思い浮かべ、ベルナップは呟いた。

「残る三隻と、やり合う機会はあるだろうか」

被弾の衝撃が「衣笠」を揺るがしている時間は、恐ろしく長く感じられたが、実際にはごく短かった。

振動が収まり、敵機の爆音が遠ざかったところで、橘怜治砲術長はのろのろと立ち上がった。

火災が発生しているのだろう、何かが焦げるような臭いが漂っている。

立ち上る火災煙が光を遮っているためか、指揮所の外は黄昏時のように暗い。

「皆、無事か⁉」

「大丈夫です！」

「まだまだやれます！」

橘の呼びかけに、掌砲長野坂武少尉や砲術長付の岸部健二上等水兵が気丈な答を返した。

立ち上がった橘は、前甲板を見下ろした。

火災煙に視界を遮られ、細部までは確認できなかったが、被弾の跡ははっきり分かった。

艦首甲板に破孔が穿たれ、一、三番高角砲が吹き飛ばされている。

残った二番高角砲は、なお砲身に仰角をかけているが、その砲口に新たな発射炎がほとばしることはない。

「指揮所より一分隊、状況を報告せよ！」

「一分隊長戦死。分隊士が指揮を執っています。一、三番高角砲、及び六番高角砲が破壊されました。残存の高角砲も電路切断により、使用不能です」

「ここまでか……！」

分隊士辺見彰(へんみあきら)中尉の答を聞いて、橘は呻いた。

高角砲が使用不能となっては、防空艦の役割は果たせない。それどころか、自艦を守ることすら不可能だ。

「砲術より艦長――」

「総員退艦だ。砲術科員をまとめて、上甲板に降りろ」

状況を報告するより早く、佐藤艦長が下令した。

「駄目ですか、本艦は？」

「後部に被弾し、機械室をやられた。遺憾ながら、本艦は雷撃によって処分すると、三艦隊司令部が決定した」

「……致し方がありませんね」

橘は、深々とため息をついた。

おそらく後部への直撃弾が、機械室を全滅させたのだろう。

缶室を中央部に、機械室を後部に、まとめて配置した青葉型の弱点を衝(つ)かれた格好だ。

現在の状況を考えれば、他艦による曳航(えいこう)も期待できない。

六戦隊随一の強運艦だった「衣笠」が、六戦隊最初の喪失艦となるのは皮肉だが、止むを得なかった。

「大事なことを伝え忘れていた。『飛龍』は無事だ。『〈衣笠〉ノ援護ニ深謝(シンシャ)ス』と信号が届いた」

「それは、何よりのはなむけです」

佐藤の言葉を受け、橘は安堵の息を漏らした。

「衣笠」は沈む前に、空母護衛の任務を果たしたのだ。

退艦するにしても、堂々と胸を張って、艦から離れられる。

「残念だが、『蒼龍』がやられた。四〇機以上の敵機が殺到し、一〇発以上の爆弾が命中した。艦は火だるまとなり、手がつけられないようだ」

沈んだ声で、佐藤は伝えた。

「四〇機が『蒼龍』一艦に、ですか」

橘は、しばし天を振り仰(あお)いだ。

それは、防空艦でも防ぎ切れない――と、腹の底で呟いた。

「蒼龍」の援護に当たっていた「古鷹」の砲術長南虎鉄少佐の無念が思いやられた。

橘は艦内電話の受話器を置き、全員に呼びかけた。

「艦長より総員退艦が命じられた。全員、今より上甲板まで降りる。急ぐ必要はあるが、決して慌てるな。落ち着いて行動し、全員が生還しよう。捲土(けんど)重来(じゅうらい)を期し、今日の復讐戦を挑むためにもな」

5

第三次空襲の終了後、第四次空襲が始まるまでには、少し間があった。

探知距離が最も長い巡洋戦艦「大雪」の英国製電探が敵影を捉えたのは一三時五五分。

第三次空襲が終わり、最後の一機が飛び去ってから、一時間半後だ。

第三艦隊は、一二時三五分に針路を真北に転じている。

敵機動部隊を北方へと釣り上げ、レイテ湾から少しでも引き離すのだ。

「敵を一〇浬レイテ湾から引き離す度に、作戦の成功率は一パーセントずつ上がる」

山口司令長官は作戦開始前、各戦隊の司令官や主だった艦の艦長、駆逐隊の司令にそう訓示(くんじ)していた。

第三次空襲で被弾・炎上し、沈没を免れなくなった「蒼龍」「衣笠」には、第一八駆逐隊の「霞(かすみ)」「霰(あられ)」が付き、乗員の救助に当たっている。

後方から敵が迫る中、何人の乗員を助けられるかは不明だが、日没までに二回乃至三回の空襲が予想される状況下では、「蒼龍」「衣笠」に各一隻の駆逐艦を残すのが精一杯だった。

「『衣笠』がやられるとはな」

「大雪」の射撃指揮所で、対空戦闘の開始を待ちながら、桂木光砲術長は呟いた。

「衣笠」は、沢正雄「大雪」艦長の前の乗艦であり、桂木にとっては、「古鷹」の砲術長を務めていたときの僚艦だ。

同艦と「古鷹」は六戦隊の第二小隊として、南シナ海、ルソン島沖、ウェーク沖、マリアナ沖の四大海戦で行動を共にした。

乗員にも馴染みが深く、砲術長の橘怜治少佐は、桂木の「大雪」への異動を、我がことのように喜んでくれたものだ。

その「衣笠」が沈んだとなれば、動揺せずにはいられない。

生きていてくれ、橘——と、戦友の顔を思い浮かべながら呼びかけた。

「艦長より砲術」

一四時八分、沢が桂木を呼び出した。

「衣笠」の沈没には、桂木以上の喪失感を覚えているであろうが、内心の動揺を感じさせる声ではなかった。

「電測から報告があった。敵の現在位置は方位一九〇度、五〇浬だ。あと一五分ほどでやって来る」

「敵の規模は分かりますか？」

「電探の反射波から、これまでとほぼ同規模と推測される」

「約一五〇機、うち半分以上が降爆と雷撃機、ということですね？」

「推測だが、雷撃機が相当数含まれていると思われる。一次から三次までは、Ｆ６Ｆとヘルダイバーだけだったからな」

「了解。雷撃機に注意します」

桂木はそう言って、受話器を置いた。

「前半戦で飛行甲板を潰し、後半戦で空母に止めを刺そうって腹じゃないですか？」

「俺も、同じことを考えていた」

愛川悟掌砲長の言葉に、桂木は頷いた。

急降下爆撃機は雷撃機よりも軽快に動けるため、戦闘機に比較的強い。

米軍はそのことを考慮し、大規模な迎撃が予想される第一次から第三次までの攻撃を、Ｆ６Ｆとヘルダイバーのみの編成としたのだ。

彼らの誤算（ごさん）は、空母を二隻しか潰せなかったことだ。

「蒼龍」は沈み、「瑞鳳」は飛行甲板を破壊されて発着艦不能となったものの、正規空母と小型空母各三隻は健在だ。

「蒼龍」「瑞鳳」の搭載機も、他の空母に着艦し、戦闘を継続しようとしている。

「問題は、戦闘機の消耗だな」

桂木は、「大鳳」に双眼鏡を向けて呟いた。

「大鳳」からは、直衛機が発進しつつあるところだ。

紫電改だけではなく、零戦も飛び立っている。

「蒼龍」と「瑞鳳」の零戦は、「大鳳」が大部分を収容し、燃料と弾薬を補給したのだ。

ただ、数はあまり多くない。

戦闘開始の時点で四八機を数えた紫電改は、半分も残っていない。紫電改と共に飛び立った零戦も、二〇機そこそこだ。

「瑞鶴」「龍鳳」から飛び立った零戦も、二艦を合わせて三〇機いるかどうかといったところだ。

第二部隊の状況は、「大雪」の射撃指揮所では分からないが、第一部隊とさほど変わらないであろうことは想像できる。

敵機を迎撃するたび、紫電改も零戦も消耗を重ね、戦力はジリ貧（ひん）となっている。

このまま行けば、遠からず戦闘機がゼロとなるときがやって来る。

そうなったとき、対空砲火だけで、敵機とどこまで戦えるものか。

「戦闘機のことは、本艦にはどうにもなりません。我々は、やれることをやるだけです」

「そうだな」

愛川の一言を受け、桂木は頷いた。

兵からの叩き上げで士官の階級を得た掌砲長と話

していると、ときどきどちらが上官なのか分からなくなる。

「射撃指揮所より四分隊。今度は、第三次とは逆になる。右舷高角砲は、全力で『大鳳』を援護せよ」

「射撃指揮所より五分隊。敵は雷撃機を含むと予想される。低空、特に海面付近を警戒せよ」

桂木は、永江第四分隊長と桑田第五分隊長に、それぞれ指示を送った。

「降爆を主目標としますが、雷撃機が輪型陣内に侵入した場合には、目標を変更して構いませんか?」

「判断は任せる」

永江の問いに、桂木は即答した。

一四時二一分、上空で旋回待機していた直衛戦闘機が動いた。

紫電改が真っ先にエンジン・スロットルを開いて、艦隊の後方へと突進し、零戦がそれに続く。

「左一七〇度より敵機。機数、約一五〇!」

後部指揮所からも、報告が届く。

射撃指揮所からは死角になるため、後方から迫る敵機を直接視認できないが、背後からひしひしと迫る圧力を感じた。

ほどなく第一部隊を左右から挟み込むようにして、敵編隊が出現した。

樽(たる)のように太い機体の群れが低空へと舞い降り、尾部が反り上がった機体の群れは、第一部隊の前方へと回り込む。

「思った通りだ。雷撃機がいる」

桂木は愛川と顔を見合わせ、頷き合った。

米軍は第三艦隊が消耗していると見て、アベンジャーを繰り出して来たのだ。

健在な六隻の空母、特に正規空母の「大鳳」「瑞鶴」「飛龍」を狙うつもりであろう。

先の変針に伴い、隊列の前後が逆になっているため、「大雪」の射撃指揮所からは、第七戦隊の重巡「最上」「三隈」や、第六一駆逐隊の秋月型駆逐艦が見える。

二隻の重巡の艦上に高角砲の発射炎が閃き、秋月型が遅れてはならじと撃ち始める。

三航戦の小型空母二隻も自らを守るべく、対空戦闘を開始する。

「四分隊目標、右前方の降爆。五分隊目標、左前方の雷撃機。射程内に入り次第、射撃開始！」

桂木が大音声で下令したとき、村沢測的長が切迫した声で報告した。

「敵降爆全機、『瑞鶴』に向かう！」


同じ報告は、第一部隊の右後方を守る防空巡洋艦「大淀」の射撃指揮所にも届いていた。

「大淀」は当初、一五・五センチ砲装備の軽巡洋艦として建造が始まったものを、途中から防空巡洋艦に艦種変更したものだ。

一昨年制式化された五五口径の長砲身一二・七センチ連装高角砲を、前部と後部に各三基、五五口径一二・七センチ単装高角砲を左右両舷に各三基、それぞれ装備している。

発射間隔は毎分一四発と、長一〇センチ砲に一歩譲るものの、最大射程は一万九〇〇〇メートル、最大射高は一万一五〇〇メートルと、長一〇センチ砲より長い。

マリアナ沖海戦では、今回の作戦と同じように「瑞鶴」の護衛に当たり、多数のヘルダイバー、アベンジャーを墜として、空母の被害を軽微なものに留めたが――。

「今度は厳しいかもしれん」

砲術長岬恵介少佐は、大双眼鏡で敵機の動きを睨んで呟いた。

第一部隊に所属する二隻の正規空母のうち、旗艦「大鳳」の援護は「大雪」に任せ、「大淀」は「瑞鶴」の援護に徹して来た。

第一次空襲から第三次空襲までは、直衛戦闘機が多かったこと、敵機の多くが「大鳳」に向かったことから、「瑞鶴」は被弾を免れてきた。

今回の第四次空襲では、ざっと見ただけでも五〇機以上のヘルダイバーが、「瑞鶴」を狙っている。のみならず、雷撃機のアベンジャーも、輪型陣の右方で展開を始めている。

「防空力は『青葉』以上」

との評価を持つ「大淀」といえども、これだけの敵機から、「瑞鶴」を守り切れるかどうか。

「射撃指揮所より一分隊。一、二、三番と八、一〇、一二番目標、『瑞鶴』前方の降爆。四、五、六番と七、九、一一番目標、右方の雷撃機」

「射撃指揮所より二分隊。機銃は全て、雷撃機を優先して攻撃せよ」

岬は、第一分隊長安藤健一大尉と第二分隊長水沼正大尉に下令した。

「大淀」では、前部と後部の高角砲を同一目標に向けるときには、安藤第一分隊長が統一指揮を執るが、異なる目標への対処が必要な場合には、前部の連装高角砲を安藤分隊長が、後部の連装高角砲と左右の高角砲を三人の分隊士が、それぞれ指揮するのだ。

「一、二、三番と八、一〇、一二番目標、『瑞鶴』前方の降爆。四、五、六番と七、九、一一番目標、右方の雷撃機。了解！」

「機銃目標、敵雷撃機。了解。一機たりとも輪型陣の内側には侵入させません！」

安藤が野太い声で復唱し、水沼は気負った調子で復唱した。

水沼は、マリアナ沖海戦で負傷した前任者に代わって「大淀」の第二分隊長に任ぜられた士官だ。まだ若いためか、必要以上に闘志を剝き出しにする傾向がある。

「平常心を保て。何が起きても慌てるな」

岬は、水沼に注意を与えて受話器を置いた。

「瑞鶴」が、艦首を大きく右に振った。

僅かに遅れて、ヘルダイバー群が次々と機体を翻し、急降下に転じた。

日本海軍 防空巡洋艦「大淀」

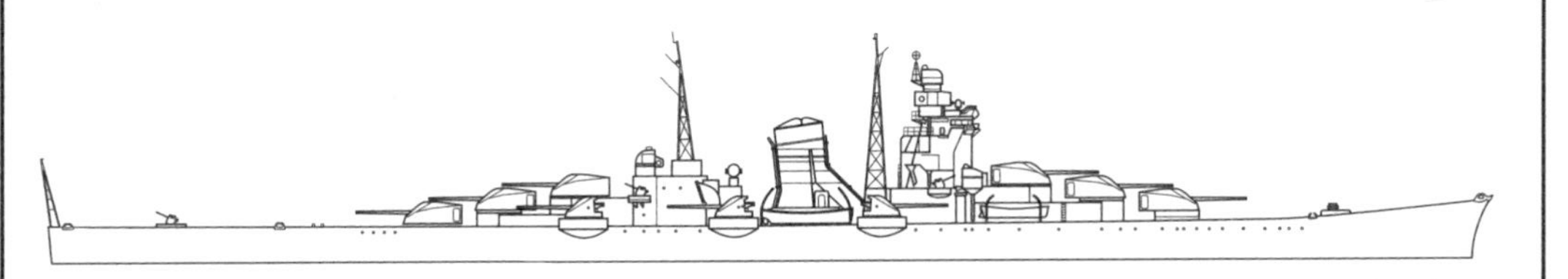

全長	192.0m
最大幅	16.6m
基準排水量	8,164トン
主機	ギヤードタービン　4基／4軸
出力	110,000馬力
速力	35.0ノット
兵装	55口径 12.7cm連装高角砲 6基 12門
	55口径 12.7cm単装高角砲 6門
	25mm 3連装機銃 6基
	25mm 単装機銃 12丁
乗員数	812名
同型艦	なし

日本海軍の新型防空巡洋艦。当初は水上偵察機の運用能力を重視した軽巡として、艦体中央部に水偵格納庫、後部に大型射出機を装備する計画だった。開戦に先立つこと10ヶ月、昭和16年２月に起工したが、その後の戦局の変化により、防空巡洋艦に変更され竣工した。

主兵装は昭和17年４月に制式採用された、最新型の55口径12.7センチ高角砲で、２門を連装砲塔に収めたものを艦体の前後にそれぞれ３基ずつ配置（６基12門）。左右両舷には同じ高角砲の単装砲座を３基ずつ配置した。この砲は半自動装塡装置を備え、毎分14発の発射が可能。最大射程は19,000メートル、最大射高は11,500メートルと言われている。

射撃管制装置は「青葉」型防空巡洋艦に採用された九四式高射装置の改良型が搭載されている。

昨今、米軍機の性能は著しく向上し、ことに防御力は大きく「機銃を当てても墜ちない」とまで言われている。10センチ砲よりも危害半径が大きい主砲を備えた本艦は、艦隊防空の大きな戦力になると思われる。

機数が多いためだろう、全機同時にとはいかない。十数機ずつに分かれての降下だ。

　第七戦隊の重巡「三隈」が真っ先に砲門を開き、第一五駆逐隊の「陽炎」「親潮」も続いた。

「一分隊、射撃開始！」

「射撃開始。宜候！」

岬も下令し、安藤が復唱した。

　発射炎が閃き、砲声が指揮所を包み込む。

　前部の一、二、三番高角砲と、左舷側の八、一〇、一二番高角砲、合計九門が砲撃を開始したのだ。

「大淀」「三隈」「陽炎」「親潮」の一二・七センチ砲弾、「瑞鶴」自身の一二・七センチ砲弾が、上空で次々と炸裂する。

　急降下して来るヘルダイバーの面前に黒々とした爆煙が湧き出し、行く手を遮る。

　束の間、黒煙が敵機を消し去ったかに見えるが、次の瞬間には、爆煙をプロペラに巻き込み、吹き飛ばしながら、尾部が反り上がった独特の姿を持つ急降下爆撃機が姿を現す。

「敵降爆一機……二機……三機撃墜！」

　測的長の板倉克治中尉が報告を上げる。

　どの艦の戦果なのかは分からない。

　大量に撃ち上げられる一二・七センチ砲弾、一〇センチ砲弾が、飛び交う弾片と炎の網を形成し、急降下する敵機を搦め取ったのだ。

　だが、ヘルダイバーの数は多い。

　僚機の墜落を見ても臆することなく、「瑞鶴」目がけて突っ込んで来る。

「敵第二群急降下！」

　板倉測的長が、上空の新たな動きを報せる。

　第一群がまだ投弾していないにも関わらず、新たなヘルダイバーの群れが急降下に転じたのだ。

「まるで飢えた猛禽だ！」

「計算ずくの動きだろう」

　呆れたような声を上げた掌砲長谷寛一郎少尉に、岬は自身の考えを語った。

第一群と第二群がいちどきに急降下をかければ、防御側は目標を分散せざるを得なくなる。

必然的に、ヘルダイバー一機当たりの被弾確率は低下し、爆弾の命中率は高くなる。

帝国海軍の艦爆隊が、ウェーク沖海戦時から採用した一斉突撃を、より進歩させたようなやり方だ。米軍の巨大な物量が、それを可能にしている。

各艦の対空砲火は、ヘルダイバーの第一群に集中される。

一機が片翼を付け根付近からもぎ取られ、錐揉み状態になって海面に落下し始め、続く一機が至近距離での炸裂を受け、機首を破壊されて墜落する。

「瑞鶴」の左舷側に巨大な火焔が湧き出し、大量の白煙が空中高く伸びる。

先に「大鳳」が使用したものと同じ、二八連装噴進砲だ。帝国海軍の空母では、「大鳳」と「瑞鶴」だけに装備されている。

一機、二機、三機と、ヘルダイバーが火を噴く。

残ったヘルダイバー群は、「瑞鶴」の左舷前方で一斉に引き起こしをかけ、急上昇による離脱にかかった。

引き起こし中の一機の近くで、高角砲弾が爆発し、機体が大きくよろめいて高度を下げた。

数秒後、「瑞鶴」の周囲に、多数の水柱が奔騰した。「大淀」の射撃指揮所からは、基準排水量二万五六七五トンの巨体が空中に跳ね上げられているようにも見えた。

南シナ海海戦を皮切りに、何度も機動部隊の中核兵力として奮戦してきた「瑞鶴」は、至近弾の爆圧によって、下腹（したはら）を突き上げられているのだ。

それでも、直撃弾はなかった。

各艦の援護射撃と「瑞鶴」自身の対空砲火が、ヘルダイバーの第一群を撃退したのだ。

「大淀」の高角砲は敵の第二群に目標を切り替え、猛射を浴びせている。

「瑞鶴」は回頭に伴い、「大淀」とは反航する形になっている。ヘルダイバーは艦尾方向から、後を追うように突っ込んで来る。

上空に爆発光が閃き、ヘルダイバーが一機、二機と火を噴く。

「大淀」の前甲板では、ヘルダイバーの降下に合わせて、一、二、三番高角砲が旋回し、砲身の仰角が下がっている。

更に二機のヘルダイバーが炎を噴き出し、投弾コースから大きく逸れる。

「大淀」も、他の護衛艦艇も、落伍したヘルダイバーには目もくれない。ひたすら、投弾前のヘルダイバーを追っている。

五機目のヘルダイバーに火を噴かせたとき、第二群が一斉に機首を引き起こした。

全般に、投下高度は高めだ。帝国海軍の艦爆乗りには、高度三〇〇メートル以下まで突っ込む剛の者もいるが、敵の第二群は、いずれも七〇〇メートルから八〇〇メートル前後の高度で投弾している。

(命中弾ゼロに抑えられるか?)

岬が期待したとき、「瑞鶴」の飛行甲板上に爆発光が走り、巨大な火焔が躍った。

「やられたか……!」

岬は、自分自身が直撃弾を受けたような衝撃を覚えた。

敵降爆のほとんどが「瑞鶴」に向かって来た時点で、こうなることは危惧していたが、いざ現実になると、動揺せずにはいられなかった。

直撃弾は、一発に留まらない。艦首甲板、中央甲板、後甲板、再び中央甲板と連続し、「瑞鶴」の巨体が震える。

「直撃弾五発か……!」

岬は呻いた。

「瑞鶴」は、帝国海軍の空母の中では武運に恵まれた艦であり、損傷しても小破程度に留まっていた。

その武運が尽きた瞬間、凶運(きょううん)がいちどきに襲って来たのでは、という気がした。

日本海軍 翔鶴型航空母艦「瑞鶴」

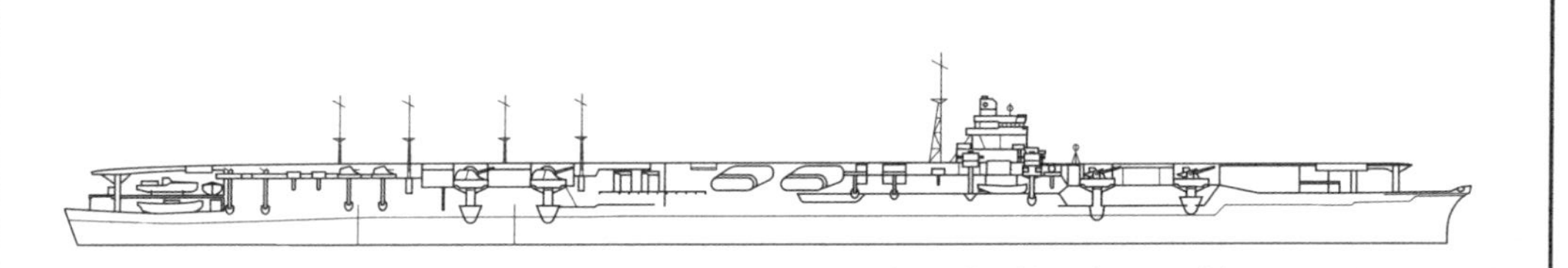

全長	257.5m
最大幅	29.0m
基準排水量	25,675トン
主機	ギヤードタービン　4基／4軸
出力	160,000馬力
速力	34.0ノット
兵装	40口径 12.7cm連装高角砲 8基 16門 25mm 3連装機銃 20基 25mm 単装機銃 36基 12cm 28連装噴進砲 8基
航空兵装	常用 72機／補用 12機
乗員数	1,712名
同型艦	翔鶴

日本海軍の正規空母。「翔鶴」型空母の二番艦。ワシントン、ロンドン両海軍軍縮条約からの脱退を踏まえて策定された、第三次海軍軍備補充計画により僚艦「翔鶴」とともに建造が決まり、昭和13年5月に起工、昭和16年9月25日に就役した。基本艦型は「飛龍」を拡大発展させたものだが、同時期に建造された「大和」型戦艦と同型式の機関を採用し、日本海軍の艦艇では最大となる16万馬力により最大速力34ノットを実現した。一方で高速化のため艦幅は細長くなり、飛行甲板の長さも短くなり、艦上機操縦員からは不評であった。

本艦は、就役と同時に第一航空艦隊に編入され、11月22日に択捉島単冠湾に入った。その後、第一航空艦隊の僚艦とともにハワイを目指すが、12月2日、米太平洋艦隊のフィリピン回航が判明したことにより、急遽、艦隊を反転。その後、南シナ海海戦、ルソン島沖海戦で米英の戦艦、空母を相手に大戦果を挙げた。開戦から3年が経過し、戦力再建を果たした米軍の攻勢が迫るなか、本艦の役割はいや増している。

「敵降爆の第三群、『大鳳』に向かう!」

「敵雷撃機、右正横より接近!」

新たな報告が、射撃指揮所に飛び込んだ。

「一分隊、全高角砲を雷撃機に向けろ!」

「二分隊、射程内に入り次第射撃開始!」

岬は、続けて二つの命令を発した。

右舷側から、一二・七センチ高角砲の砲声が届く。

高初速の一二・七センチ砲弾は、海面に激突するや盛大な飛沫を上げ、アベンジャーの前方を遮る。

「大淀」だけではない。右前方を守る重巡「三隈」も、連装五基一〇門の二〇・三センチ主砲に目一杯俯角(ふかく)をかけ、高角砲弾より遥かに大きく、重い砲弾を、海面に叩き込む。

アベンジャー一機が飛沫の中にまともに突っ込み、墜落する。

続いて一機が至近距離での爆発を受け、左に大きく煽られる。翼端が海面に接触したかと思うと、機体が大きく回転し、海面に激突して動きを止める。

更にもう一機の真正面で、一二・七センチ砲弾が爆発する。アベンジャーは弾片の中に突っ込む形になり、力尽きたように海面に落下する。

高角砲の砲声に加えて、機銃の連射音が響き、右舷側に何条もの火箭が噴き延びる。

「大淀」の機銃は、二五ミリ三連装機銃六基、同単装機銃一二基だ。

本来は自艦を守るための火器だが、「瑞鶴」を守るために火を噴いている。

「全ては空母を守るため、だ!」

岬は、はっきり声に出した。

防空艦の役目は、僚艦――特に空母の護衛だ。全ての火器は、そのために用いなければならない。

「衣笠」は、それを忠実に実践(じっせん)し、自身の沈没と引き換えに「飛龍」を守った。

今度は「大淀」が「瑞鶴」を守る。被弾は防げなかったが、被雷は防いでみせる。

アベンジャー四機が、「大淀」の至近に迫った。

一機に二五ミリ弾が集中され、左主翼が中央付近から折れ飛んだ。左の揚力を失った機体が、左に大きく傾き、海面に突っ込んで飛沫を上げた。

残る三機のうち、二機が「大淀」の艦首を、一機が艦尾をかすめ、輪型陣の内側に突入する。右舷側の機銃は旋回し、なおも射弾を放つが、敵機を追いきれない。

新たな機銃の連射音が、左舷側から届いた。

左舷側に装備された二五ミリ機銃が、敵機の後方から射弾を浴びせたのだ。

艦首方向から回り込んだ一機が、機体の左側面から二五ミリ弾を浴びる。

そのアベンジャーは、機体の制御を失ったのか、大きくよろめいた末に海面に突っ込む。

「大淀」が阻止し得たアベンジャーは、その機体で最後だった。

残る二機は、「瑞鶴」に肉薄する。

その二機だけではない。「大淀」の射程外から、輪型陣の内側に突入したアベンジャーも、「瑞鶴」に殺到している。

「瑞鶴」の右舷側に火焔が湧き出し、何十条もの白煙がアベンジャー目がけて飛んだ。

先にヘルダイバー三機を墜とした二八連装噴進砲が、今度はアベンジャー目がけて火を噴いたのだ。

アベンジャーが一機、二機と墜ちる。

予想外の反撃に仰天したのか、遠方から投雷し、離脱するアベンジャーもある。

「瑞鶴」の反撃はそこまでだった。

艦尾付近に巨大な水柱が奔騰し、艦上から噴出する火災煙が大きく揺らいだ。

続いて二本目が中央付近に、三本目、四本目が前部に、それぞれそそり立つ。

魚雷が命中するたび、「瑞鶴」の巨体は激しく震え、炸裂音が「大淀」の艦上にも伝わった。艦が上げる、苦悶の叫びのようだった。

岬は、自らの下腹を抉られたように感じている。

「大淀」が被雷しても、このような思いは抱かなかったかもしれない。

「一分隊、二分隊、撃ち方止め！」

岬は、安藤一分隊長と水沼二分隊長に命じた。

敵機は投弾、投雷を終え、飛び去りつつあると判断したのだ。

「四本命中ですか。助かりますかどうか」

「助かって欲しいが……」

谷掌砲長の言葉に、岬は応えた。

守れなくて済まぬ。力が及ばず、申し訳ない——

その言葉を、「瑞鶴」に投げかけた。

「青葉」から「大淀」に異動したとき、防空艦としての実力はこの艦が上だ、と岬は確信した。

対空火力を始めとする諸性能は、全ての面で「青葉」を凌いでいる。

唯一、高角砲の発射速度だけは劣るが、それは五五口径一二・七センチ砲の火力と、連装、単装を組み合わせた装備数で、充分補(おぎな)いがつく。

現時点で帝国海軍が配備し得る、最良の防空艦だと考えていた。

その「大淀」の性能をもってしても、「瑞鶴」を守り切ることはできなかったのだ。

米軍機の性能と数が、三年の間に大きく前進した。帝国海軍の防空艦の進歩を、米軍の航空攻撃力の向上が大きく上回った。

その現実を、見せつけられた思いだった。

空襲は終息に向かっているらしく、爆音が次第に遠ざかりつつある。

それを待っていたかのように、艦長牟田口格郎(むたぐちかくろう)大佐が岬を呼び出した。

「艦長より砲術。砲員、機銃員はどうだ？　まだ戦えるか？」

「本艦には、被弾はありません。まだやれます」

「電測室から報告があった。敵の第五波が方位一八〇度、七〇浬まで来ている。反射波の大きさから見て、第四波とほぼ同規模だ」

「戦闘開始まで三〇分弱、というところですね」

岬は、見積もりを口にした。

直衛機を母艦に降ろし、燃料、弾薬を補給する時間があるかどうかだ。もっとも、直衛機が何機残っているかは分からないが。

「『瑞鶴』は、残念だが絶望的だ。火災、浸水共に手が付けられないらしい」

「力が及ばず、申し訳ありません」

「砲術長の責任ではない。『瑞鶴』からは、本艦の援護に感謝する旨、信号が届いている」

「旗艦は……『大鳳』は無事でしょうか？」

岬は、気にかかっていたことを聞いた。

「瑞鶴」を狙っていたヘルダイバーの一部は、途中で「大鳳」に目標を切り替えている。

「大鳳」以上に、第三艦隊司令部の安否が気にかかった。

「直撃弾を何発か受けたが、損害は軽微だ。『戦闘航行ニ支障ナシ』との連絡が届いている」

「不死身(ふじみ)ですね、あの艦は」

牟田口の答を聞いて、岬は感嘆(かんたん)の声を漏らした。

おそらく、飛行甲板の中央に張り巡らされた分厚い装甲鈑が、敵弾を全て弾(はじ)き返したのだろうが、何とも驚くべき防御力だ。

「瑞鶴」と「大鳳」が入れ替わっていたら、被害は小破程度で済んだかもしれない。

あらたまった口調で、牟田口は言った。

「確かに打たれ強い艦だが、無限の防御力を持つわけではない。極力、守らねばな」

6

通算五度目の空襲は、一五時一二分より始まった。

「敵機の半数以上がこちらに向かって来ます！」

第二部隊の右後方を守る防空巡洋艦「古鷹」の射撃指揮所に、報告が上げられた。

「『飛龍』が目標だな」

南虎鉄砲術長は、敵の狙いを即座に見抜いた。

第三次空襲で「蒼龍」が、第四次空襲で「瑞鶴」がそれぞれ仕留められた後、第三艦隊の正規空母は「飛龍」と「大鳳」だけになっている。

この二隻が失われれば、第三艦隊の残存空母は、一万トン級の小型艦だけになってしまう。

南は、脳裏に第二部隊の陣形を思い描いた。

僚艦「衣笠」を失ったため、第二部隊の防巡は「古鷹」だけだ。

第二部隊の指揮官城島高次少将は、「飛龍」の右舷側に「古鷹」を、左舷側に第六二駆逐隊の秋月型駆逐艦「霜月」「若月」を、それぞれ配置し、左右から「飛龍」を援護する態勢を取っている。

現時点で採り得る最良の防空態勢だとは思うが、ヘルダイバー、アベンジャーの大群から、どこまで「飛龍」を守れるか。

（『衣笠』の後を追うことになるかもしれん）

そんな予感を覚えたが、不思議と恐怖は感じない。

自分の本来の持ち場にいるためかもしれない。

射撃指揮所で死ぬなら、鉄砲屋としては本望だ、との思いがある。

江田島卒業後、砲術を専門に選び、現場で研鑽を積んだ身だ。

江田島でも、砲術学校の高等科学生でも、数学の成績が抜群だったことから、「古鷹」では、砲術科の頭脳とも呼ぶべき発令所の責任者となった。

昨年一一月には少佐に昇進し、「大雪」の砲術長に異動した桂木光中佐の後任として、「古鷹」の砲術長に任ぜられた。

対空戦闘でも、艦隊戦でも、常に第一線に立ち、現場で培った腕を存分に振るってきた身だ。ここで戦死しても、悔いはない。

「射撃指揮所より一分隊。敵機は降爆、雷撃の順で仕掛けて来る。まず降爆、次いで雷撃機を叩く」

南は、第一分隊長高杉正太大尉に命じた。

南の砲術長就任、旧第一分隊長郷田四郎大尉の他

日本海軍 飛龍型航空母艦「飛龍」

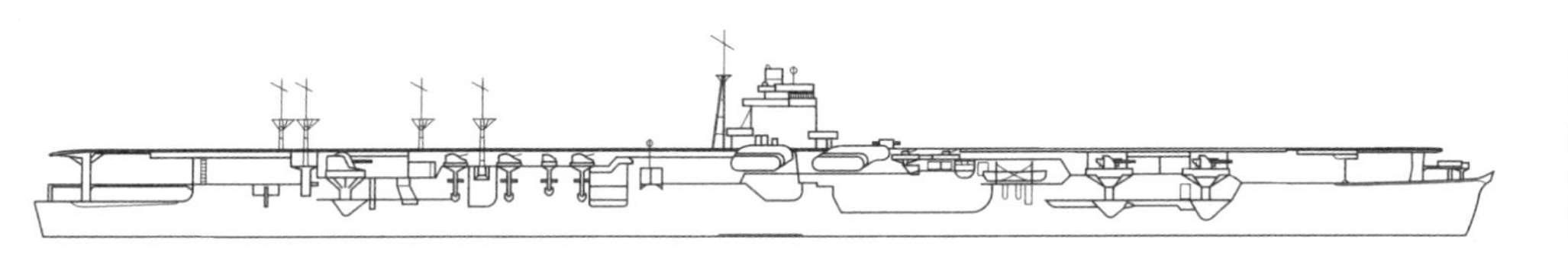

全長	227.4m
最大幅	22.3m
基準排水量	17,300トン
主機	ギヤードタービン　4基／4軸
出力	152,000馬力
速力	34.3ノット
兵装	40口径 12.7cm連装高角砲 6基 12門
	25mm 3連装機銃 7基
	25mm 連装機銃 5基
航空兵装	常用 57機／補用 16機
乗員数	1,103名
同型艦	なし

日本海軍の正規空母。当初は「蒼龍」の同型艦として計画されたが、軍縮条約破棄により「蒼龍」よりも飛行甲板の幅を増すなど、若干大きくなっている。艦の内部構造も「蒼龍」より１段多い４階層５甲板となっている。艦橋も「蒼龍」より大型で、作戦室などが設けられている。この艦橋は、左舷中央に配置されたが、これは煙突と艦橋が左右両舷に振り分けられることで復元性が向上するなどの理由による。しかし一方で着艦時の事故が起きやすい欠点が指摘され、以後の日本海軍の空母はすべて右舷に艦橋が設置された。

今次大戦の勃発時は第一航空艦隊に配属され、「赤城」「加賀」など僚艦５隻とともに真珠湾攻撃に向かっていたが、米太平洋艦隊のフィリピン回航が判明し、艦隊を反転。南シナ海海戦で大勝利を収める立役者となった。その後、ルソン島沖海戦、マリアナ沖海戦など数々の海戦に参戦。日本海軍の中核として多くの戦果を挙げている。

艦への異動に伴い、それまで第二分隊長だった高杉が第一分隊長に異動している。

それまで、機銃分隊の指揮を担当して来た指揮官だが、先のマリアナ沖海戦では指揮下の高角砲をよく掌握し、空母の護衛に貢献した。

南は続いて、

「機銃は、雷撃機を優先して叩け。充分に引きつけてから撃て」

と、第二分隊長菅原始大尉に命じた。

敵機の爆音が後方から迫り、前方へと抜ける。

ざっと見ただけでも、三〇機前後と思われるヘルダイバーが、第二部隊の前方に展開する。

アベンジャーは第二部隊の左右に回り込み、海面付近まで降下している。

その全機が、「飛龍」――第二部隊唯一となった正規空母を狙っているように見えた。

(第二部隊唯一の正規空母というだけじゃない。旧一航艦に所属していた空母の、最後の一隻だ)

そのことに、南は思い至った。

旧第一航空艦隊は、南シナ海海戦で大勝利を収め、その後のルソン島沖海戦でも制空権の確保や残敵の掃討に活躍している。

そのとき、一航艦に配属されていた空母六隻のうち、「赤城」「加賀」「翔鶴」はマリアナ沖海戦で沈み、「蒼龍」「瑞鶴」は第三次、第四次空襲で失われた。

現在は、「飛龍」一隻しか残っていない。

米軍は、南シナ海、ルソン島沖の復讐戦のつもりで、第三艦隊に襲いかかって来たのか。

隊列の前方で、対空射撃が始まった。

第四次空襲前の変針に伴い、前方に布陣することとなった第七戦隊の重巡「鈴谷」「熊野」が、真っ先に一二・七センチ高角砲を発射し、小型空母「千歳」「千代田」の直衛に就いている秋月型駆逐艦の「初月」「冬月」も、長一〇センチ砲を放つ。

三隻の空母が、一斉に取舵を切り、回避運動に入った。

「飛龍」も、「千歳」「千代田」も、自らを守るべく、舷側に発射炎を閃かせながら、鋭い艦首で海面を弧状に切り裂く。

「高角砲、撃ち方始め」

南は、高杉第一分隊長に落ち着いた声で下令した。

前任の桂木砲術長は、声そのもので敵機を墜とそうとしているような大声で命じるのが常だったが、南は一語一語をはっきりと発音し、確実に指示が伝わるよう努める。

異動前は、発令所で測的や射撃諸元の割り出しを統括していたためかもしれない。

「高角砲、撃ち方始めます！」

高杉が復唱を返すと同時に、「古鷹」の前甲板に発射炎が閃き、強烈な砲声が耳朶を打った。

各砲塔の一番砲より三発、二番砲より三発、再び一番砲より三発と、交互撃ち方による二秒置きの砲撃だ。

ヘルダイバー群の周囲で、次々と一〇センチ砲弾が炸裂し、複数箇所で湧き出した黒い爆煙が、敵機の姿を隠す。

爆風に煽られ、よろめくヘルダイバーはあるが、火を噴いて墜落する機体はない。射撃精度は、あまり正確とは言えないようだ。

「発令所、どうした！　計算をしっかりやれ！」

「敵機、急降下！」

発令所に向けた南の叱責に、見張員の報告が被さった。

南は、「飛龍」の前方上空に双眼鏡を向けた。

ヘルダイバー群が、一斉に機体を翻している。

全機が「飛龍」を狙っているのではないようだ。

約半数が、「飛龍」の左方に向かっている。

「『若月』と『霜月』が標的か！」

南は、敵の狙いに気づいた。

ヘルダイバー群の一部は、「飛龍」の左方を守る二隻の秋月型を攻撃するつもりなのだ。

援護してやりたいが、「古鷹」にはどうにもできない。今は、「飛龍」を守るだけで精一杯だ。

「敵二機撃墜！　また二機撃墜！」

「よし！」

測的長影山秀俊中尉が報告を上げ、南は右手の拳を打ち振った。

発令所に詰めている若手士官や下士官は、自分が第三分隊長時代に鍛えた部下たちだ。彼らに任せておけば、射撃精度を確保できる。

「古鷹」の長一〇センチ砲は、なおも吼え猛る。

後部の四、五、六番高角砲も、敵機を射界に捉えたのだろう、砲撃を開始する。

各高角砲の一番砲、二番砲が、二秒置きに咆哮し、急降下をかけるヘルダイバーに、六発ずつの一〇センチ砲弾を叩き込む。

また一機、「古鷹」の一〇センチ砲弾がヘルダイバーを墜とす。

閃光が走った瞬間、そのヘルダイバーは一瞬で空中分解を起こし、主翼や胴、エンジン・ブロックが、白煙を引きずりながら海面に落下し始めた。

頑丈な米軍機が、原形も残さずに砕け散ることは少ない。「古鷹」の射弾は、相当な近距離で爆発し、ヘルダイバーを巻き込んだのかもしれない。

僚機の無残な最期を目の当たりにしたためか、ヘルダイバー群は次々と投弾し、引き起こしをかけて離脱にかかった。

猛禽の凄みは消え失せ、追い散らされる小鳥の群れのようになっている。

「一分隊、目標を雷撃機に変更」

「目標を雷撃機に変更します！」

南の命令に、高杉が復唱を返した。

この直前まで、左前方上空に向けられていた長一〇センチ高角砲のうち、右舷側に指向可能な一、三番が右に旋回し、砲身が水平に近い角度まで倒される。

射撃指揮所からは目視できないが、後部の五、六番高角砲も、右方に向けられたはずだ。

右舷側に向けて、発射炎がほとばしる。アベンジャー群を目標とした、新たな砲撃が始まったのだ。

南は、「飛龍」に視線を転じた。

ヘルダイバーが、爆弾を投げ捨てたからといって、安心はできない。一〇機前後のヘルダイバーが投弾したのだ。敵弾が「飛龍」を直撃する可能性は、まだ残っている。

「敵雷撃機一機撃墜！」

影山測的長が報告したとき、「飛龍」の周囲で、続けざまに水柱が奔騰した。

ヘルダイバーの爆弾が着弾したのだ。

投下高度が高いためだろう、奔騰する水柱は高く、太い。急速展開する「飛龍」の、全長二二七・四メートル、最大幅二二・三メートルの艦体が、しばしば見えなくなる。

直撃弾があっても、「古鷹」の艦上からでは確認できない。早く視界が開けるよう願うばかりだ。

弾着時の狂騒がほどなく終わり、「飛龍」が姿を現した。

立ち上る火災煙は見当たらない。直撃弾は受けずに済んだようだ。

この間、「古鷹」の高角砲は、アベンジャーへの砲撃を続けている。

右舷側に指向可能な四基の長一〇センチ砲は、ヘルダイバーに行ったのと同じように、交互撃ち方による二秒置きの砲撃で、四発ずつの一〇センチ砲弾を叩き出す。

「古鷹」の前方に位置する駆逐艦「初月」と重巡「熊野」も、一〇センチ砲、一二・七センチ砲の猛射を浴びせ、アベンジャーの接近阻止を試みる。

アベンジャーが一機、二機と火を噴く。

うち一機は、早々と魚雷を投げ捨て、避退に移るが、もう一機は力尽きたように海面に落下し、飛沫と共に姿を消す。

「古鷹」を強敵と見たのか、アベンジャー群が左右に分かれた。

右に旋回した敵機には一、三番高角砲が、左に旋回した敵機には五、六番高角砲が、別個に猛射を浴びせる。

旋回に伴い、下腹を見せたアベンジャー一機の至近で、一〇センチ砲弾が炸裂する。真下から爆風を浴びたアベンジャーは、大きく煽られ、海面に激突して飛沫を上げる。

残存するアベンジャーは一〇機に満たない。それが二手に分かれ、輪型陣の前後から突入しようとしている。

「一分隊——」

指示を与えるべく、高杉一分隊長を呼び出したとき、不意に左舷側で巨大な爆煙が奔騰した。

「飛龍」がやられた！

一瞬、南は最悪の事態を予感したが、そうではないことはすぐに判明した。

「飛龍」は健在だ。

回避運動を行いつつ、舷側に多数の発射炎を閃かせている。

その向こう側に、新たな爆煙が躍る様が見えた。

「秋月型です！」

掌砲長の平哲三（たいらてつぞう）少尉が叫び声を上げた。

南は、状況を悟った。

ヘルダイバーの一部は、「飛龍」の左舷側を守る秋月型に向かっていた。

その投弾が、「若月」「霜月」に命中したのだ。

爆煙の大きさから考えて、魚雷発射管か予備魚雷の格納所に直撃し、誘爆を起こした可能性が高い。

秋月型が計画されたとき、艦政本部では、

「発射管は空襲時に弱点となる。思い切って雷装を廃止し、防空任務に徹してはどうか？」

との意見があったと聞く。

実際には、これまで秋月型の発射管が被弾、誘爆を起こしたことはなく、杞憂（きゆう）だと考えられていた。

危惧は今、現実のものとなったのだ。

「いかん……！」

南は、重大な事実に気がついた。

秋月型がやられたとなれば、「飛龍」の守りに穴が空く。

といって、「古鷹」に「飛龍」の左方を守ることはできない。一隻の防巡に守れるのは、右か左、どちらか一方だけだ。

「飛龍」の反対側から、太い機体が次々と姿を現した。

「若月」「霜月」の喪失により、輪型陣に空いた穴から、アベンジャーが突入し、「飛龍」目がけて投雷したのだ。

「古鷹」の二、四番高角砲が火を噴く。一、六番高角砲も、やや遅れて撃ち始める。

高角砲だけではない。

二五ミリ連装機銃六基、一三ミリ連装機銃一基も連射音を響かせ、おびただしい火箭を吐き出す。

アベンジャー一機の頭上で一〇センチ砲弾が炸裂し、海面にはたき落とした。二五ミリ機銃の火箭を集中されたアベンジャー一機が、左主翼を吹き飛ばされ、回転しながら海面に激突した。

投雷後のアベンジャーを何機墜としたところで、「飛龍」は救えない。「飛龍」が被雷を免れるか否かは、艦長の操艦にかかっている。

だが、「古鷹」の砲員、機銃員は、そのことを忘れたかのように、目の前の敵機を墜とすことが第一であり、彼らにとっては、砲撃、銃撃を続けている。彼らにとっては、アベンジャーが投雷を終えていようがいまいが、問題ではないのかもしれなかった。

急速転回を続ける「飛龍」の左舷中央——「古鷹」から見た反対側に、巨大な水柱が奔騰した。

続いて、左舷前部に二本目の水柱がそそり立ち、左舷後部に、三本目、四本目の水柱が上がった。

被雷の度、「飛龍」の艦体が激しく打ち震える様が、「古鷹」の射撃指揮所からもはっきり見えた。

炸裂音が、「古鷹」に伝わって来る。下腹にこたえるような、重々しい音だ。

水線下を四箇所も抉られた「飛龍」の苦悶が、音となって伝わって来るようだった。

「飛龍」の試練は、それだけでは終わらなかった。

「『飛龍』の正面より敵機！」

「敵雷撃機、『飛龍』の右一六〇度！」

二つの報告が、ほとんど同時に、射撃指揮所に飛び込んだ。

先に「古鷹」を敬遠し、迂回針路を取ったアベンジャーが、「飛龍」に止めを刺すべく、突っ込んで来たのだ。

南が一分隊に命じるより早く、「古鷹」の高角砲が新たな砲声を上げた。
一、二番高角砲は、「飛龍」の前方へ、四、六番高角砲は後方へ、それぞれ砲口を向け、別個の目標に同時に砲撃を加える。
守り切れなくて済まぬ。これ以上の被害拡大は何としても防ぐ。

その思いが、一〇センチ砲弾に乗り、アベンジャーの周囲で炸裂しているかのようだった。

やがて、「飛龍」の前後から雷撃を敢行しようとしていたアベンジャーが、ほとんど同時に火を噴き、盛大な飛沫を上げて、海面に突入した。

7

この日最後の攻撃は、一七時に終わった。

第一次空襲から数えて、通算六度目の攻撃だ。

一度の空襲に約一五〇機の敵機が来襲したことを考えると、延べ九〇〇機が第三艦隊を襲ったことになる。

「よくぞ生き延びたものだ」

旗艦「大鳳」の艦橋で、大林参謀長が、信じられない、と言いたげな表情を浮かべながらかぶりを振った。

「同感だ」

山口多聞司令長官は、疲れたような表情を浮かべながら応えた。

「実のところ、作戦開始前は、全艦が沈むことを覚悟していた。最低でも、空母は全て失われるだろう、と。それが、空母三隻、防巡一隻、駆逐艦二隻の喪失と、空母二隻、巡戦一隻、重巡二隻の損傷に留まったのだからな」

第三艦隊は、最初の二回の空襲は、直衛戦闘機や防空艦の奮戦、各艦の巧みな操艦によって凌いだ。

だが、第三次空襲からは、直衛戦闘機の消耗もあって、喪失艦が相次いだ。

第三次空襲では空母「蒼龍」と防巡「衣笠」、第四次空襲では空母「瑞鶴」、第五次空襲では空母「飛龍」と駆逐艦「若月」「霜月」を失い、正規空母は「大鳳」のみとなった。

第六次空襲では、「大鳳」に攻撃が集中し、飛行甲板上に六発が命中したが、ほとんどは艦中央部の分厚い装甲鈑が跳ね返し、致命傷を受けることはなかった。

他には、第一部隊の巡戦「大雪」、第二部隊の重巡「熊野」「鈴谷」が直撃弾を受け、甲板や上部構造物を損傷している。

気象班の報告によれば、日没は一八時二五分。

敵機動部隊が攻撃隊の第七波を繰り出した場合、帰還は夜になる。

敵が、その危険を冒すとは考え難い。

第三艦隊は牽制の任務を果たしただけではなく、生き延びたのだ。

飛行甲板では、残存する直衛戦闘機の収容が始まっている。

紫電改と零戦が、エンジン・スロットルを絞り、次々と「大鳳」の飛行甲板上に降りて来る。

最後の第六次空襲では、「大鳳」も艦首の非装甲部に直撃弾を受けたが、一番昇降機から後ろは無事であり、着艦は可能と判断されたのだ。

降りて来る機体に、無傷のものはほとんどない。

紫電改であれ、零戦であれ、主翼や胴体に弾痕が目立つ。

負傷し、着艦と同時に精根尽き果てたのか、降機して来ない搭乗員もいる。そのような者は、整備員や甲板員にコクピットから降ろされ、担架に乗せられて、医務室へと運ばれる。

発艦、空戦、着艦と補給を繰り返し、最後まで生き延びた者たちだ。

心身の疲労は、とうに限界を超えているはずだった。

最終的に、「大鳳」の入佐俊家飛行長は、

「紫電改一二機、零戦二〇機を収容しました」

と報告した。

損傷なしで空襲を切り抜けた小型空母「龍鳳」「千歳」「千代田」からも、三艦合計で四九機を収容したとの報告が上げられた。

「母艦以上に、直衛機が生き延びたことの方が奇跡に思えます」

天谷孝久航空甲参謀が、感極まったような声と表情で言った。

空母「加賀」の飛行長から機動部隊の参謀に異動した人物であり、搭乗員たちと話す機会も多い。それだけに、最後まで戦い、生き延びた直衛機搭乗員の頑張りに、感激している様子だった。

今回の作戦で、八隻の空母に搭載した艦戦は、紫電改四八機、零戦二四三機、計二九一機だ。

他には、対潜哨戒と偵察用に、彩雲一二機、九七艦攻二一機を積んでいるだけだ。

戦闘機中心の編成が図に当たり、第三艦隊は延べ九〇〇機に及ぶ敵機の猛攻に耐えることができたのだ。

「艦隊決戦時の制空権確保」を目的とした編成だったが、結果的には、敵機動部隊の牽制に役立った。

「敵の動きはどうなっている？」

山口は、気がかりなことを聞いた。

第三艦隊は空襲の合間を縫って、艦上偵察機の「彩雲」を敵艦隊に向かわせ、動静を探っている。

空襲への対応に追われ、偵察情報を聞く余裕はなかったが、米艦隊が第三艦隊の撃滅を目指して、北上を続けているかどうかが気になるところだ。

「一五二七(ヒトゴフタナナ)（現地時間一四時二七分）に入った報告電によれば、水上砲戦部隊が機動部隊から離れ、二五ノット以上で北上している、とのことです」

大前首席参謀の報告を受け、山口は聞き返した。

「兵力は？」

「巡洋艦六、駆逐艦二〇と報告されています」

「溺者(できしゃ)救助に残った艦が危ないな」

山口は、各艦の位置を脳裏に思い描いた。

第三艦隊は、沈没艦の乗員救助に軽巡や駆逐艦を残している。

「蒼龍」と「衣笠」には駆逐艦「霞」「霰」、「瑞鶴」には軽巡「阿武隈」と駆逐艦「早潮(はやしお)」、「飛龍」「若月」「霜月」には軽巡「五十鈴」と駆逐艦「親潮」をそれぞれ付けた。

「蒼龍」と「衣笠」の乗員救助を担当した「霞」「霰」は、

「溺者救助終了。今ヨリ北上ス。一四一六(ヒトヨンヒトロク)（現地時間一三時一六分）」

との報告電を送って来たが、「瑞鶴」「飛龍」「若月」「霜月」の乗員救助を担当した四隻からは、まだ連絡がない。

北上して来る米艦隊に、これらの艦が捕捉されたら、確実に撃沈される。

「空母と損傷艦には駆逐艦を護衛に付け、北に避退させる。健在な戦闘艦艇は、溺者救助中の艦の援護に向かう。敵艦隊と遭遇した場合には、当然叩く」

山口は即断し、宣言するように言った。

「救援部隊の指揮は、七戦隊司令官に？」

大林が聞いた。

各航空戦隊を除けば、戦隊司令官の最先任者は、第七戦隊司令官の高柳儀八(たかやなぎぎはち)少将となる。

山口はかぶりを振った。

「後退させる空母と損傷艦の指揮は、三航戦司令官に委ねる。救援部隊の指揮は、将旗を『大雪』に移し、私自身が執る。あの艦は被弾したが、戦闘・航行に支障はないはずだ」

「長官御自身で、砲戦の指揮を⁉」

大林は仰天したように叫んだ。

空母を避退させる以上、司令部も後退すると考えていたようだ。

山口は破顔した。

「一番危険な任務を、部下に任せるわけにはゆかぬからな」

第五章　「大雪」咆哮（ほうこう）

1

「敵らしき艦影二。方位三五〇度、距離二〇浬。目標の速力〇」

軽巡洋艦「マイアミ」のCICに、SG対水上レーダーを担当するアーサー・スタントン大尉の報告が上げられた。

「マイアミ」は、第三八・四任務群(TG38.4)とクリーブランド級軽巡四隻から成る第二二巡洋艦戦隊(CD22)の旗艦を兼ねている。

TF38の各任務群より、重巡二隻、軽巡四隻、駆逐艦二〇隻を抽出(ちゅうしゅつ)、編成された水上砲戦部隊だ。

北方に避退する日本海軍の機動部隊に追撃をかけ、残敵を掃討する役目を担っている。

現在の時刻は、現地時間の一八時五三分。日没後、三〇分ほどが経過している。

空に、月の姿はない。気象班は、月の出を明日の二時三〇分から三時の間と報告しているのだ。

仮に月が出ても、月齢は二四であり、月明かりは全く期待できない。

電波の目で周囲を探りつつ、闇の底をひた走っていた大小二六隻の追撃部隊は、二隻の敵艦を発見したのだ。

「艦の大きさは分かるか？」

「反射波の大きさから見て、小型艦です。軽巡、もしくは駆逐艦と推定されます」

「マイアミ」艦長ジョン・G・クロフォード大佐の問いに、スタントンは返答した。

「速力ゼロというのは解せませんな」

「溺者救助中かもしれません。敵空母のうち一隻は、このあたりの海域で沈めた旨、攻撃隊から報告が届いております」

参謀長ビリー・ハローラン大佐の疑問に、作戦参謀デビッド・ワイズマン中佐が応えた。

「溺者救助中か」

ＴＧ38・4の指揮を委ねられたＣＤ22司令官ジョージ・Ａ・ルード少将は、顎をつまんで首を僅かに傾げた。

「小型艦が二隻だけなら、たいした脅威にはならんでしょう。見逃しますか？」

「いや、叩く」

クロフォードの問いに、ルードは躊躇なく答えた。

小型艦が二隻というが、その小型艦が味方にどのような損害をもたらすか分かったものではない。溺者にしても、救助されれば、新たな艦の乗員となって合衆国海軍に立ち向かって来る。

仕留められるときに仕留めておかねばならぬ、とルードは強い語調で言った。

「奴らには、我が軍を引っかけてくれたことへの返礼をしてやらねばなりませんからな」

「まったくだ」

ハローラン参謀長の一言に、ルードは大きく頷いた。

ＴＦ38司令部が敵機動部隊の目論見に気づいたのは、第一次から第三次までの攻撃隊が帰還し、攻撃隊クルーの報告を整理しているときだ。

攻撃隊は、いずれも敵戦闘機の大規模な迎撃を受け、多数の被撃墜機を出した。のみならず、戦果は僅少であり、空母と巡洋艦各一隻を仕留め、軽空母一隻を撃破しただけに終わった。

日本軍は、迎撃機にジークだけではなく、初見参となる新型戦闘機多数を投入し、攻撃隊を迎え撃ったという。

一方、ＴＦ38に対する航空攻撃は一度もない。

ＴＦ38の上空に、日本軍の偵察機「彩雲」が飛来したところから、当然ＴＦ38への攻撃もあるものと考えていたが、ジークも、彗星も、天山も姿を見せなかったのだ。

ＴＦ38司令官のマーク・ミッチャー中将は、

「日本艦隊の作戦目的は、機動部隊同士の決戦ではない。我がＴＦ38を牽制し、レイテ湾から引き離すことにある」

と判断し、戦艦「ニュージャージー」艦上の第三艦隊司令長官ウィリアム・ハルゼー大将に、

「『フロッグ』に対する攻撃を中止し、攻撃目標を『スネーク』に切り替える必要有り。総指揮官の判断を求む」

との意見具申を行った。

ハルゼーはこの具申に対し、

「『スネーク』迎撃は、TF34のみで充分。貴隊は『フロッグ』殲滅に全力を挙げよ」

と命じた。

TF34は六隻の新鋭戦艦を擁し、万全(ばんぜん)の布陣でレイテ湾の守りを固めている。

また、TF38が「スネーク」を叩くには、反転、南下しなくてはならない。

日があるうちに「スネーク」を攻撃圏内に捉えるのは困難であり、攻撃開始は明日以降になる可能性が高い。

それよりは、「フロッグ」への攻撃を徹底した方がよい。

ここで日本軍の機動部隊を壊滅に追い込めれば、太平洋の制海権は合衆国のものとなり、日本屈服は極めて容易となる。

「我が第三艦隊には、レイテ湾の上陸部隊を守ると共に、北方の敵機動部隊を撃滅できるだけの力がある。二兎(にと)を追える以上、一兎(いっと)で満足することもあるまい」

というのが、ハルゼーの考えだったのだ。

命令を受けたTF38は、敵機動部隊に対して、更に三回の攻撃を実施し、空母三隻、巡洋艦一隻、駆逐艦二隻撃沈、空母二隻、戦艦一隻、巡洋艦二隻撃破の戦果を上げた。

ミッチャーは航空攻撃と並行して、TG38・4を編成し、「フロッグ」の追撃を命じた。

日本艦隊は、なお五隻の空母を擁しているが、うち二隻は飛行甲板を破壊し、発着艦不能に追い込ん

でいる。

　全速で追跡すれば、洋上で捕捉し、止めを刺せる可能性もある。

　表向きは、水上砲戦部隊による残敵掃討と戦果の拡大が狙いだが、ミッチャーの意図はそれだけではない。

　ミッチャーが、隊内電話を通じて「マイアミ」に命令を伝えたとき、

「合衆国海軍をコケにしたらどんな目に遭うか、奴らに思い知らせてやれ」

と、ルードに言い渡している。

　日本軍の牽制作戦に引っかかったことは、ミッチャーにとり、相当に腹立たしかったようだ。

　ルード自身も、姑息な手を使った日本軍には怒りを燃やしている。

　合衆国が誇る機動部隊ともあろうものが、餌に釣られた動物のように誘き出されたのだ。

　日本軍の水上砲戦部隊には、ハルゼー提督が自ら率いるＴＦ34が対処するからといっても、敵の作戦に嵌められたという事実は消えない。

　一隻でも多くの敵艦を沈めることで、この屈辱を晴らすのだ。

（俺にとっては、上官の仇討ちでもある）

　腹の底で、ルードは呟いている。

　ルードは開戦時、ブルックリン級軽巡「セントルイス」艦長として、フィリピン遠征に参加した。

　このときの乗艦「セントルイス」は、辛くも沈没を免れ、真珠湾に帰還したが、当時の太平洋艦隊司令長官ハズバンド・Ｅ・キンメル大将、太平洋艦隊次席指揮官ウィリアム・パイ中将は、旗艦と運命を共にし、戦死している。

　ルードにとっては、「フロッグ」への報復であると同時に、キンメル、パイ両提督の仇討ちでもあり、フィリピン遠征の復讐戦でもあった。

「砲戦距離はどのように？　第一七巡洋艦戦隊は、三万ヤード（約二万七〇〇〇メートル）から砲撃が可

能ですが」

「一万ヤード（約九〇〇〇メートル）まで詰める」

ハローランの問いに、ルードは即答した。

CD17は、重巡「ウィチタ」「アストリア」から成る部隊で、TG38・4の先頭に位置している。

三万ヤードは、両艦が装備する二〇・三センチ主砲の最大射程ぎりぎりだ。

そのような遠距離で撃っても、命中は望めない。それればかりか、追撃部隊の接近を敵に悟られ、逃げられてしまう可能性すら考えられる。

一万ヤードなら、CD17の重巡二隻、ルードが直率するCD22の軽巡四隻が砲撃できる。

「一万ヤードだと、接近中に我が隊が発見される可能性が危惧されます」

「気づかれた場合は、その時点で砲撃を開始する」

ワイズマン作戦参謀の意見に対し、ルードは即答した。

日本海軍の見張員は暗視視力に優れ、条件がよければ、一万ヤード以上遠方から目標を発見するという。

だが、現時点で空に月はなく、海面は闇に閉ざされている。この条件下では、日本軍の見張員といえども、TG38・4の発見は至難であろう。

「砲撃はレーダー射撃を？」

「最初はレーダー射撃を使う。目標に直撃弾を得、火災が発生したところで、光学照準射撃に切り替える」

ハローランの重ねての質問に、ルードは用意していた答を返した。

TG38・4は、敵艦との距離を詰めてゆく。

「距離一七浬……一六浬……」

刻々と変化する目標との距離を、スタントンが報告する。

距離が一五浬を切ったところで、距離の単位がヤードに替わる。

「三万……二万八〇〇〇……二万六〇〇〇」

スタントンの報告が届き、ワイズマンが情報ボードに彼我の相対位置をプロットする。

先頭に立つ「ウィチタ」と二番艦の位置にいる「アストリア」の二〇・三センチ主砲は、既に目標を射程内に捉えているが、ルードはまだ発射命令を出さない。

「敵の動きに変化は？」

「ありません」

ルードの問いに、ハローランが返答した。

最初に睨んだ通りだ。月明かりがない海面では、優れた暗視視力を持つ日本軍の見張員といえども、合衆国艦隊を発見できないのだ。

「何が起きたかも分からぬうちに、葬り去ってやる」

情報ボードを睨みながら、ルードは呟いた。

敵との距離が、二万ヤードを切った。

敵艦二隻は動かない。闇の向こうから迫る脅威にも気づかず、溺者救助に当たっているのだろう。

「マイアミ」からは、既に全艦に向け、「砲戦距離一万ヤード」の指示が送られている。

各艦の前甲板では、前部の主砲が仰角をかけ、レーダーが探知した目標に狙いを定めているはずだ。

「一万三〇〇〇……敵艦、動きます！」

スタントンが、目標との距離と共に、状況の変化を報告した。

「砲戦距離変更。直ちに射撃開始！」

ルードは、半ば反射的に叫んだ。

敵は、ＴＧ38・４の接近に気づいた。

月明かりもない状態で、一万三〇〇〇ヤード遠方の艦影を発見したのだ。

「『ウィチタ』『アストリア』射撃開始」

「目標、敵一番艦。撃て！」

艦橋見張員の報告に続いて、クロフォード艦長が射撃指揮所に指示を送った。

前部に装備する一五・二センチ主砲六門の砲声がＣＩＣに伝わった。

2

南から迫る敵艦隊に気づいたのは、夜戦見張員ではなかった。

「波切り音、推進機音を探知。方位一七〇度！」

軽巡洋艦「阿武隈」の水測長原口義直兵曹長が、艦橋に報告を上げたのだ。

「溺者救助中止！」

「針路〇度。最大戦速！」

「『早潮』に信号。『針路〇度。最大戦速』！」

艦長花田卓夫大佐は、即座に三つの命令を発した。

「海面に、まだ短艇が残っています」

「止むを得ん」

航海長古川高志少佐の咎めるような一言に、花田はかぶりを振った。

空母「瑞鶴」が、湧き立つ渦の中に姿を消した後、「阿武隈」は駆逐艦「早潮」と協力して、脱出した乗員の救助作業に当たった。

途中、敵機の妨害を受けたため、救助作業ははかどらなかったが、「阿武隈」と「早潮」は空襲圏外に避退した後、「瑞鶴」沈没地点に戻って作業を続けた。

日が没し、海面に漂う被救助者の視認は困難になったが、花田は救助打ち切りの命令を出さなかった。

「瑞鶴」の乗員数は一七一二名。

日があるうちに「阿武隈」と「早潮」が救助した人数は八四三名であり、全体の半分にも満たない。

被弾・被雷時の戦死者や、艦外に脱出できず、艦と運命を共にした者は相当数に上ると思われたが、せめて脱出に成功した者は全員を救いたい。

花田はそう考え、救助を続行したのだ。

だが、敵艦隊が出現した以上、救助は打ち切らざるを得ない。

海面に取り残されている者よりも、「阿武隈」と「早潮」の乗員と、既に救助を終えた者の生還を優先するのだ。

「早潮」に「針路〇度、最大戦速」との発光信号が送られる。

戦闘であれば「我ニ続ケ」と命じるところだが、ばらばらに逃げた方が生存確率が高まると判断した。

「操舵室、面舵一杯。針路〇度！」

「両舷前進全速！」

古川航海長が、苦渋の表情を浮かべながらも、操舵室と機関室に指示を送る。

「『瑞鶴』乗員には、極力艦内に入るよう伝えよ」

花田は、艦長付の水兵に命じた。

艦内にいても、直撃弾による被害は避けようがないが、至近弾落下時の水柱に巻き込まれて海中に転落することは避けられる。

機関の唸りが高まり、「阿武隈」が動き始める。

「後で、必ず迎えに来る。それまで頑張れ！」

短艇に乗っている者や、まだ海面を漂っている者に、「阿武隈」の艦上から言葉が投げかけられる。

波間に漂う人々からも叫び声が上がるが、「阿武隈」の艦橋では、はっきり聞き取れない。

艦長としては、済まぬ――と、心中で詫びることしかできなかった。

左舷側の海面に閃光が走った。周囲の星明かりが消え、水平線が瞬間的に浮かび上がった。

「敵艦、左一〇〇度、一二〇（一万二〇〇〇メートル）！　視界内の敵艦四！」

光の中に浮かび上がった艦影から、見張員が敵の戦力を読み取り、報告する。

距離があるためだろう、艦種までは見分けられなかったようだ。

敵弾の飛翔音が聞こえ始める。

「阿武隈」の左後方から迫り、急速に拡大する。

敵弾は、「阿武隈」の後方に落下した。

艦尾を爆圧が突き上げ、艦が僅かに前にのめった。

「艦尾に至近弾一！　敵は重巡らしい！」

艦橋に上げられた報告を受け、花田は血が滲むほど強く唇を嚙みしめた。

　この直前まで、「阿武隈」が救助作業に当たっていた海面だ。

　置き去りにされた「瑞鶴」乗員や、「阿武隈」の短艇が巻き込まれた可能性が高い。

　左舷後方に新たな発射炎が観測されたとき、「阿武隈」の艦首が右に振られた。

　敵艦隊に背を向け、遁走する態勢に入ったのだ。

　敵弾の飛翔音が、後方から迫る。

　再び艦の後方に着弾し、爆圧が艦尾を突き上げ、艦首が僅かに沈み込む。

「『早潮』はどうなっている？」

「本艦の右前方です。今のところ、敵弾は本艦に集中しています！」

　花田の問いに、古川航海長が答えた。

「後部見張りより艦橋。敵艦、第三射！」

　新たな報告が、艦橋に上げられる。

　敵に背を向けたため、発射炎や艦影は、艦橋からは目視できない。敵の動きを知るには、後部見張員が頼りだ。

「艦長より水雷。魚雷投棄！」

　花田は、水雷長榊原清吾大尉に命じた。

　状況から考えて、敵に雷撃戦を挑む機会はない。

　魚雷を発射したところで、「阿武隈」の水雷兵装は、連装発射管四基だ。数を考えれば、命中する可能性はほとんどない。

　それよりは魚雷を投棄し、誘爆の危険を防いだ方がよい。

「投棄ですか？」

「投棄だ。急げ。責任は私が取る」

　聞き返した榊原に、花田は有無を言わさぬ口調で命じた。生きて帰れなければ、責任もへったくれもないが――との言葉は、喉の奥に呑み込んだ。

「分かりました。魚雷を投棄します」

　せめて敵に発射したかった――受話器の向こうから、そんな無念が伝わった。

魚雷の投棄が終わったときには、「阿武隈」が速力を上げている。

大正一四年に竣工し、艦齢は一九年を超える旧式艦だが、足だけは速い。もともと水雷戦隊の先頭に立ち、敵艦隊に雷撃戦を敢行するために設計・建造された艦だ。

三六ノットの最高速度を発揮すれば、振り切るのは不可能ではないはずだ。

敵弾の飛翔音がみたび迫る。

今度は全弾が「阿武隈」の頭上を飛び越え、前方に多数の水柱が奔騰する。

「阿武隈」が水柱の間に突っ込み、崩れ落ちる海水が艦首甲板を叩く。

数秒後に新たな飛翔音が轟き、「阿武隈」の右舷側海面に、弾着の飛沫が上がる。

「本艦を狙っているのは二隻か」

花田は、状況を悟った。

発見された敵艦四隻のうち、一、二番艦が重巡だ。最初は一番艦だけだったが、二番艦が砲撃に加わったのだ。

「砲術より艦長。反撃の許可願います！」

砲術長睦美喜三郎（むつみきさぶろう）少佐が花田を呼び出した。

右後方の敵艦に対しては、二、七番主砲が使用できる。一四センチ単装砲二門だけでは、たいした効果はないであろうが、一方的にやられることはない。

その意を感じさせた。

「よし、目標、敵一番艦。砲撃始め！」

「目標、敵一番艦。砲撃始めます！」

睦美が弾（はず）んだ声で復唱を返す。

既に照準を付けていたのだろう、「阿武隈」の前甲板に閃光が走り、砲声が艦橋に伝わる。

敵一番艦を射界に捉えている二、七番主砲が、砲撃を開始したのだ。

入れ替わるように、敵弾が轟音を上げて殺到する。

一番艦の射弾は「阿武隈」の後方に、二番艦の射弾は左舷側海面に、それぞれ落下する。

爆圧が艦尾を突き上げ、次いで左舷側の艦底部を襲う。

基準排水量五一七〇トンの艦体が前にのめり、あるいは右舷側へと仰け反る。

心なしか、一射毎に爆圧が大きさを増しているように感じられる。敵の射撃精度が上がり、弾着位置が接近しているのだ。このままでは、遠からぬうちに直撃弾を受ける。

「阿武隈」の一四センチ主砲も、負けじとばかりに撃ち返す。

右後方に向けて発射炎がほとばしり、発射の反動を受けた艦体が身震いする。

か細い抵抗を嘲笑うかのように、敵弾の飛翔音が後方から迫る。

今度は、一、二番艦どちらの射弾も、「阿武隈」の右舷付近に落下した。

艦橋の右脇に、夜目にも白い水柱が時間差を置いてそそり立ち、艦が左舷側に仰け反った。

(彼らは、怯えているだろうな)

救助した「瑞鶴」乗員のことが、花田の脳裏をよぎった。

自分の持ち場で戦っているときには、兵は恐怖を感じない。目の前の敵を倒すことに意識が集中するため、恐れている余裕などない。

だが、本来の持ち場ではない場所で戦闘に巻き込まれるのは、何より恐ろしい。

自分の力で事態を打開することも、逃げ出すこともできないのだ。

「阿武隈」に救われ、助かったと思った直後、再び戦闘に巻き込まれた「瑞鶴」乗員のことを思うと、胸が痛む。

なればこそ、何としても連れ帰らねば――そう自身に言い聞かせ、花田は艦の正面を見つめた。

「三番、七番缶室に浸水あり!」

機関長児玉五郎少佐から、切迫した声で報告が上げられる。

　竣工以来、一九年の歳月を経て、老朽化が進んだ艦体だ。繰り返し襲う爆圧により、水線下が損傷し、浸水が発生したのだ。

「阿武隈」の二、七番主砲は、なおも咆哮を上げる。

　敵が、どれほど優勢であろうと屈せぬ——その闘志が、砲声の形を取って、ほとばしっているかのようだった。

　通算三度目の射弾を放った直後、「阿武隈」はこれまでになかった衝撃に見舞われた。

　炸裂音と衝撃が後部から伝わり、艦橋が激しくわないた。

「砲術より艦橋。七番主砲被弾。後部に火災発生！」

「艦長より副長。後部に火災発生。消火急げ！」

　睦美から報告が上げられるや、花田は応急指揮官を務める副長田島宗輔(たしまそうすけ)中佐に下令した。

（最悪だ）

　花田は、「阿武隈」が窮地に陥ったことを悟った。

　火災炎は、敵にとって格好の射撃目標となる。敵の砲撃は一段と精度を増し、「阿武隈」は多数の直撃弾によって叩き潰される。

「阿武隈」は、二番主砲のみで敵に反撃する。

　砲声が収まると同時に、新たな敵弾の飛翔音が艦橋に届いた。

「総員、衝撃に備えろ！」

　花田は全艦に下令し、自身も両足を踏ん張った。

　この日二度目の直撃弾の衝撃が、艦尾から艦首までを刺し貫き、「阿武隈」の艦体を震わせた。

　砲戦の模様は、巡洋戦艦「大雪」の射撃指揮所から遠望(えんぼう)された。

　発射炎とおぼしき光が明滅を繰り返し、周囲の星明かりをかき消すと共に、水平線を浮かび上がらせている。

　その手前に、赤い光が見える。

　味方の艦が被弾し、炎上しているようだ。

「艦長より砲術。右前方の艦は『阿武隈』のようだ。『我、敵ノ砲撃ヲ受ク』との報告電が入っている」

沢正雄艦長が、桂木光砲術長に状況を伝えて来た。

第三艦隊本隊は、南下の途中、軽巡「五十鈴」、駆逐艦「親潮」と行き会い、

「『飛龍』『霜月』『若月』乗員ノ救助終了。後方ニ避退ス」

との報告を受けている。

残された艦は「阿武隈」と「早潮」だけだが、辛くも救援に間に合ったようだ。

「砲撃の許可をいただけませんか?」

桂木は問いかけた。

問いかける形を取っているが、意見の具申であり、早く主砲を撃たせて欲しいという催促でもある。

「この距離でか?」

沢が聞き返した。

敵艦との間には、二万メートル以上の距離がある。昼戦ならともかく、夜間にこの距離で撃っても、まず命中しない。

「敵の注意を、こちらに引きつけることが目的です。命中は、期待しておりません」

桂木は答えた。

敵水上部隊の戦力は、巡洋艦六隻、駆逐艦二〇隻であることが、索敵機の報告により判明している。

「阿武隈」一隻で、支え切れる戦力ではない。

「砲術家にあるまじき台詞だな」

「今は、『阿武隈』の救援が第一です」

苦笑交じりの沢の台詞に、桂木は応えた。

ためらっている余裕はない。その間に「阿武隈」の損害は拡大し、同艦が救助した「瑞鶴」乗員も巻き添えになる。

「少しだけ待て」

桂木の意を汲み取ったのか、沢が言った。

受話器の向こうから、言い交わす声が聞こえて来る。「大鳳」から「大雪」に移乗した第三艦隊の司令部幕僚と、やり合っているようだ。

「発砲を許可する。とりあえず、敵の発射炎を目標に主砲を撃て」

「敵の発射炎を目標に、主砲を撃ちます！」

沢の指示に、桂木は弾んだ声で復唱を返した。

発射炎を目標に撃っても、命中することはない。目標は絶えず移動しており、主砲弾が落下する時には、既にそこにはいないからだ。

だが、今は敵の注意を「阿武隈」から「大雪」に、ひいては第三艦隊本隊に向けることが目的だ。

「目標、敵の発射炎。発砲位置より手前を狙え。測的始め」

「目標、敵の発射炎。発砲位置より手前の位置。測的始めます」

桂木の命令を受け、発令所を担当する第七分隊長国友高志大尉が復唱する。

「望外の喜びだ」

桂木は、我知らず顔がほころぶのを感じた。

「大雪」の砲術長に任ぜられたときは、喜びは三割程度で失望が七割だった。

念願かなって、巡洋戦艦の砲術長になったとはいえ、海軍中央は「大雪」を本来の巡戦として使用するつもりはなかった。

同艦が装備する三八センチ砲は、日本海軍では使用しておらず、砲弾も製造していない。シンガポールで同艦が鹵獲されたとき、弾火薬庫に残されていた砲弾を使い果たせば、それで終わりとなる。

巨体に対空火器を満載し、頭上の敵から空母を守るための防空艦というのが「大雪」の位置づけであり、空母が敵の水上艦艇に襲われるという万一の事態が起こらぬ限り、三八センチ主砲を使用する機会はないと考えられていたのだ。

その「大雪」に、主砲を撃つ機会が巡って来た。

「阿武隈」と同艦が救助した「瑞鶴」の乗員を救援するのは、空母を守ることと同じぐらい意義のある任務だ。

浮き立つものを覚えながら、桂木はそのときを待った。

前甲板では、第一、第二砲塔がゆっくりと旋回し、太く長い砲身が大仰角をかけている。

この戦争の期間中、火を噴く可能性はまずないと思われていた三八センチ主砲が、鹵獲前は同盟相手だった国の軍艦目がけて放たれようとしている。

やがて――。

「測的よし！」

「方位盤よし！」

「主砲、射撃準備よし！」

各部署より、報告が上げられた。

どの声も、主砲を撃てるという喜びを感じさせた。

「撃ち方始め！」

このときを待っていた。この一言を口にする瞬間を――その思いを込め、桂木は下令した。

前甲板にめくるめく閃光が走り、四門の砲口から巨大な火焔がほとばしった。

正面に向けて発射したためだろう、急制動をかけたような衝撃が、艦首から艦尾までを刺し貫いた。

落雷さながらの砲声が轟き渡り、射撃指揮所が激しく震えた。

昭和一六年一二月一〇日の海南島沖海戦以来、三年ぶりに「大雪」の三八センチ主砲が巨大な咆哮を上げた瞬間だった。


「大雪」の発射炎は、TG38・4各艦の艦上から、はっきりと認められた。

艦橋見張員の何人かは、一瞬ではあるが、光の中に浮かび上がる艦影を目撃した。

「前方に発射炎。光量大！」

「来たか！」

CICに届けられた報告を聞いて、ジョージ・A・ルード司令官は、僅かに唇を吊り上げた。

旗艦「マイアミ」のSG対水上レーダーは、新たに出現した艦影を既に捉えている。

日本艦隊の指揮官は、ＴＧ38・４の追撃を知り、溺者救助のために残した艦が危ないと判断したのだろう。反転し、救援に駆けつけたのだ。

「戦友愛は結構だが犠牲を増やすことになるぞ、ジャップ」

ルードは呟いた。

退却時には、付いて来られない兵は切り捨てることも必要だ。犠牲を最小限に食い止めることで、戦力を温存し、他日を期すこともできる。

ＴＦ38の牽制などという、犠牲の多い作戦を実行した割には、非情な決断ができない指揮官だ。それとも、部下に過酷な戦いを強いた償いのつもりで、友軍の救援に踏み切ったのか。

だとすれば、それは偽善というものだ。

「『ウィチタ』の正面に弾着！」

「水柱四本を確認。発砲せる敵艦は、戦艦と認む！」

緊張した声で、二つの報告が飛び込んだ。

「『リパルス』が出て来たか」

ルードは、唇の右端を吊り上げた。

日本軍がシンガポール占領後、ドックに入渠していたイギリス軍の巡洋戦艦「リパルス」を鹵獲したこと、同艦に独自の改装を施し、自軍に編入したことは、盟邦イギリスから得た情報や暗号解読によって、既に調べが付いている。

今日の航空戦では、

「敵は巡洋戦艦一隻を伴う。『リパルス』と認む」

との報告が、日本艦隊を攻撃したヘルダイバー、アベンジャーのクルーより届けられている。

「リパルス」は前大戦さなかの一九一六年に竣工し、同大戦にも参加した旧式艦だが、巡洋戦艦として設計されたため、速度性能が高い。

大戦終了後の近代化改装に伴い、最高速度はやや低下したが、二八・四ノットを発揮できるとの情報が、イギリス海軍より届いている。

日本軍は同艦の速度性能に目を付け、機動部隊の直衛艦としたのだ。

その「リパルス」が、TG38・4の前に姿を現した。

ただし、盟邦の軍艦ではなく敵として。

ルードは、麾下の全艦に下令した。

「目標を、新たな敵艦隊に変更する。一隻は、旧イギリス軍艦の『リパルス』だが、今はジャップが乗っている。遠慮なく叩きのめせ！」


「砲術より艦長。本艦の周囲に、新たな弾着なし！」

軽巡洋艦「阿武隈」の艦橋に、睦美喜三郎砲術長が報告を上げた。

「確かか？」

「確かです。本艦周囲に、新たな弾着は観測されません」

睦美の答を受けた花田卓夫艦長は、安堵のあまり、その場にへたり込みそうになった。

前方に出現した友軍――第三艦隊本隊が発砲するまでの間に、「阿武隈」は五発の直撃弾を受けている。

敵弾は後部に集中し、五、六、七番主砲と三、四番発射管、射出機を爆砕され、艦内の通路や居住区にも被害が及んだ。

魚雷が装塡されていれば、「阿武隈」は誘爆によって、「瑞鶴」乗員を乗せたまま、轟沈していた可能性が高いが、被害は発射管の損傷だけで終わっている。

花田の咄嗟の判断が、「阿武隈」を最悪の事態から救ったのだ。

とはいえ、艦は満身創痍に近い。

相次ぐ直撃弾、至近弾によって、重油専焼缶一二基のうち三基が停止し、児玉五郎機関長は、

「出し得る速力二六ノット！」

との報告を送っている。

加えて、「阿武隈」の乗員と艦内に収容した「瑞鶴」乗員に、多数の死傷者が生じている。

後部の兵員居住区や艦内の通路には、死傷者が横たわり、そこここで苦痛の呻きが上がっている。

負傷者が多過ぎることに加え、通路に人が溢れているため、軍医の手も回らない。

「『瑞鶴』乗員に死傷者多数」

の報告は、花田にも届けられたが、艦長としては避退の指揮を執るだけで精一杯だ。

一時は花田も、沈没を覚悟した。

一日に二度も乗艦沈没の地獄を味わわせることになってしまった。内地に連れ帰ってやれなくて済まぬ――「阿武隈」に収容した「瑞鶴」乗員一人一人に、そう言って回りたい心境だった。

だが、「阿武隈」は窮地から脱しつつある。

第三艦隊本隊が、間一髪のところで戦場に到着したのだ。

「阿武隈」に新たな敵弾が飛んで来なくなったのは、米艦隊が新たな強敵に射撃目標を変更したからであろう。

「航海、取舵一〇度。三艦隊に道を空ける」

「取舵一〇度！」

花田の指示を、古川高志航海長が操舵室に伝えた。

「通信より艦橋。三艦隊司令部より入電。『貴艦無事ナリヤ』」

通信長高村清太郎少佐が報告を上げた。

その間に、敵弾のものとおぼしき飛翔音が、後ろから前へと通過する。

敵艦隊は、新目標への砲撃を開始したのだ。

第三艦隊は、最初の射弾を放った後は沈黙している。敵との距離を詰めてから、砲雷戦に突入するつもりであろう。

「司令部に返信。『直撃弾五。至近弾多数。航行可能ナレド戦闘不能。戦場ヨリ離脱ス』」

花田は、高村に命じた。

通信室とやり取りを交わしている間に、「阿武隈」は艦首を左に振り、本隊に道を空けている。

星明かりを背にした艦影が、右前方に見えた。

花田にとっては、敵艦の識別表で覚えた姿だ。

シンガポールで鹵獲された後、帝国海軍に編入され、「大雪」の艦名を与えられた英国製の巡洋戦艦が、左舷側に回頭し、敵に右舷側を向けつつあった。

3

離脱してゆく「阿武隈」の姿は、「大雪」の桂木光砲術長の目に入らなかった。

艦は全主砲を敵艦隊に向けるべく、針路を九〇度に取ろうとしていたのだ。

前甲板では、第一、第二砲塔が、艦の向きとは逆に、右に旋回している。

帝国海軍の軍艦では、「大雪」しか装備していない四二口径三八センチ主砲の太く長い砲身が俯仰し、敵艦に狙いを定めている。

敵艦隊は、既に九〇度に変針し、一番艦から六番艦までが砲撃を開始していた。

「ぼやぼやしちゃおれんな」

桂木は、右舷側を見つめながら呟いた。

「大雪」の周囲には、多数の中口径砲弾が落下し、繰り返し水柱を噴き上げている。

「大雪」は、速度性能を重視した巡洋戦艦であり、防御は弱い。夜間の近距離砲戦であれば、巡洋艦の中口径砲弾であっても、主要防御区画の装甲鈑を貫通される可能性がある。

その前に、六門の三八センチ主砲によって、敵を叩きのめさなければならない。

「大雪」は、ほどなく直進に戻った。

右舷側を敵に向け、三基の主砲塔全てを敵艦隊に指向したのだ。

目標は一番艦。先頭に立つ重巡だ。

右舷側海面に、青白い光源が出現した。満月を思わせる光の下、敵の艦影が浮かび上がった。

砲戦の開始に先だって発進した零式観測機が、吊光弾を投下したのだ。

「目標、敵一番艦。測的よし！」

「方位盤よし！」

「主砲、射撃準備よし！」

射撃指揮所に、報告が上げられた。

「撃ち方始め！」

先の砲撃は、敵の注意を引きつけるためのものだ。ここからが本番だ。

その意を込めて、桂木は大音声で下令した。

前甲板から右舷側に向け、巨大な火焔がほとばしった。

轟然たる砲声が射撃指揮所を包み、「大雪」の巨体が激しく震えた。

前部二基、後部一基の主砲塔が、各砲塔の一番砲を放ったのだ。

交互撃ち方による弾着修正を行い、直撃か挟叉が得られたところで斉射に移る。英国製の巡戦に乗っていても、基本は同じだ。

やや遅れて、後方からも砲声が伝わって来る。

「七戦隊各艦、撃ち方始めました。『大淀』、撃ち方始めました」

後部指揮所から報告が上げられる。

後方に展開する第七戦隊の最上型重巡三隻と防巡「大淀」が砲戦に加わったのだ。

七戦隊各艦のうち、三番艦の「鈴谷」は第六次空襲で四発の直撃弾を受け、戦闘続行が困難となったため、空母と共に後方に避退させたが、「最上」「三隈」「熊野」は健在だ。

「熊野」も直撃弾を受けたものの、被害箇所は高角砲と前部の兵員居住区に留まったため、夜戦に参加している。

「大淀」の主兵装は五五口径一二・七センチ高角砲であり、一見、力不足に見える。

だが、この砲は射程距離が長く、発射間隔が短いため、夜間の近距離砲戦であれば、巡洋艦に対抗できると考えられていた。

「巡戦の面目にかけて、最低二隻は本艦が仕留めなくてはな」

「同感ですね」

桂木の言葉に、愛川悟掌砲長が相づちを打つ。

その顔と声に、水上砲戦を戦える喜びが滲んでいる。

江田島出の士官であれ、兵からの叩き上げであれ、鉄砲屋の思いは同じだ。水上砲戦こそが、本領を最大限に発揮できる場なのだ。

階級を超えた鉄砲屋同士の連帯感を、桂木は相棒に感じていた。

「ようーい、だんちゃーく！」

砲術長付の太田実上等水兵が、意気込んだ声で報告する。

吊光弾の光の下、巨大な水柱が奔騰し、しばし敵一番艦の姿を隠す。

轟沈を期待させる光景だが、初弾からの命中など、滅多にあるものではない。至近弾が一発でも出てくれれば、といったところだ。

「大雪」は、各砲塔の二番砲で第三射を放った。

再び轟然たる砲声が射撃指揮所を包み、発射に伴う反動が艦を震わせた。

「後部指揮所より報告。七戦隊の周囲に弾着！」

砲撃の余韻が収まったところで、射撃指揮所に状況が伝えられる。

敵巡洋艦六隻のうち、三隻ないし四隻が、「最上」以下の四隻を目標と定めたようだ。

「大雪」の周囲に落下する敵弾は、大幅に数を減じている。

「ありがたい」

桂木は、後続する四隻に胸の内で手を合わせた。

「大雪」が、敵巡洋艦六隻から集中砲火を浴びる危険は、当面なくなったのだ。

「だんちゃーく！」

の声が、再び上がる。

第三射弾の水柱は、敵一番艦と二番艦の間に上がっている。

「空振り二回か！」

桂木は舌打ちした。

第一射はもともと牽制が目的だから、外れても仕方がない。第二射も、事実上の初弾だから止むを得ない。

だが、そろそろ命中弾が出てもいいはずだ。

「大雪」は砲撃を繰り返す。

各砲塔の一番砲で第四射を、二番砲で第五射を、それぞれ放つ。

敵の艦上に、直撃弾炸裂の炎が上がることはない。

敵一番艦は、これまでと変わることなく砲撃を続けている。

「一、二、三分隊、どうした⁉」

桂木が、主砲を担当する第一から第三までの各分隊に叱声を浴びせたとき、射撃指揮所の後方から炸裂音が響き、主砲発射の反動とは異なる衝撃が艦橋に伝わった。

「四分隊長より指揮所。右舷高角砲に被弾。三番、五番損傷！」

「畜生……！」

桂木は歯ぎしりをした。

敵一、二番艦を、三八センチの巨砲で手早く叩きのめし、七戦隊の援護を——との見通しを抱いていたが、先に直撃弾を受けたのは「大雪」だ。

「巡戦の面目にかけて、最低二隻を仕留める」どころか、「重巡に敗れた巡戦」などという不名誉を被りかねない。
一、二、三分隊の指揮官から、桂木への返答はない。
第六射の砲声が轟き、「大雪」の巨体が震える。

「習熟度不足かもしれません」

愛川が言った。叩き上げのベテラン士官には珍しく、焦慮を露わにしている。

「うむ……」

桂木も、その指摘には頷かざるを得ない。

「大雪」の砲員は、海南島沖海戦で沈んだ「榛名」とルソン島沖海戦で沈んだ「扶桑」の生き残りが多くを占め、下士官、兵にベテランが多い。

その彼らも、扱い慣れていない三八センチ主砲の操作には難渋しているようだ。

「水上砲戦を戦える。巡戦の巨砲が撃てる」などと浮かれている場合ではなかった。

「だんちゃーく！」

の声が上がった。

今度も駄目か、と思い、敵一番艦を見たとき、その艦上に、発射炎とは異なる巨大な火焔が躍った。

「やったか！」

桂木は、歓喜の声を上げた。

空振りは、四回に留まった。

主砲への習熟度が不充分だと思っていた「大雪」の砲員は、敵一番艦に直撃弾を得たのだ。

「艦長より砲術。目標、敵二番艦！」

「指揮所より各分隊。目標、敵二番艦！」

沢艦長の指示を受け、桂木は即座に下令した。

敵一番艦に上がった炎の大きさから見て、戦闘力が大幅に低下したことは間違いない。

敵一番艦に斉射を浴びせ、止めを刺したいところだが、目的は敵艦の撃沈ではなく、撃退だ。

「大雪」も既に直撃弾を受けており、余裕がない。

それらを勘案し、沢は目標の変更を命じたのだろう。

各砲塔が旋回し、砲身が俯仰する。

発砲を待つ間、敵艦の射弾が落下する。

再び、後方から炸裂音と被弾の衝撃が届いた。

爆発位置は、射撃指揮所から遠い。艦尾甲板あたりに命中したのかもしれない。

「目標、敵二番艦。測的よし！」

「方位盤よし！」

「主砲、射撃準備よし！」

「撃ち方始め！」

待ち望んでいた報告が射撃指揮所に上げられ、桂木は大音声で下令する。

火を噴いたのは、各砲塔の二番砲だ。

敵一番艦に向けられるはずだった三八センチ砲弾

三発が新目標に向けて放たれ、砲声と発射の反動が伝わる。

すぐには、直撃弾が出ない。

三発の三八センチ砲弾は、全て敵二番艦の頭上を飛び越し、反対側の海面に水柱を噴き上げる。

入れ替わるように、敵弾が飛来する。

今度は一発が第二砲塔に命中し、正面防楯に火花が散った。

「二分隊、無事か⁉」

桂木は、第二分隊長稲尾栄大尉を呼び出した。

主砲の正面防楯は、最も分厚い場所であり、重巡の二〇センチ砲弾で貫通されることはないが、砲員が無事とは限らない。被弾時の衝撃で、倒れる者が生じる可能性がある。

「二分隊、全員健在。意気軒昂です！」

気丈な声で、答が返された。

そのことを証明するかのように、「大雪」は敵二番艦への第二射を放つ。

各砲塔の一番砲が咆哮し、右舷側に巨大な火焔がほとばしる。

主砲発射の余韻が収まらぬうちに、敵弾が唸りを上げて殺到する。

今度は後部に二発が命中したらしく、炸裂音が二度連続し、衝撃が射撃指揮所にまで伝わった。

「三分隊、異常はないか？」

「異常ありません！」

桂木の問いに、第三砲塔を指揮する第三分隊長深見潤三大尉が答える。

今のところ、使用不能となった主砲塔はない。砲撃の要となる発令所も無事だ。

砲術長としては、「大雪」が致命傷を受ける前に、一隻でも多くの敵艦を仕留める以外にない。

受話器を置いたとき、「だんちゃーく！」の声が上がった。

今度も、命中はない。

三発の三八センチ砲弾は、敵艦の手前に落下し、巨大な水柱を噴き上げただけだ。

「発令所、弾着はどうか？」

「一発が至近弾になっています。次は行けます！」

「頼むぞ！」

国友高志第七分隊長の答を受け、桂木は激励の言葉を贈った。

射撃諸元計算は、弾着位置や敵艦の位置、針路、速度等の正確な計測が全てだ。激励したから、どうなるというものではない。

だが桂木は、他の言葉を思いつかなかった。

敵巡洋艦の新たな射弾は、「大雪」の第三射よりも先に落下した。再び直撃弾が後部を襲い、炸裂音と衝撃が襲った。

被弾からほとんど間を置かずに、「大雪」が第三射を放った。

発射炎の光量にも、砲声にも変化はない。三八センチ主砲は、力強い咆哮を上げている。

艦の主が何者であれ、敵が何であれ、主砲が一門でも残っている限りは撃ち続ける。それが、軍艦としてこの世に生を受けた艦の使命だ。

艦そのものが意志を持ち、そう訴えかけているようだった。

弾着までの間に、今一度敵弾が「大雪」を捉えた。伝わって来た炸裂音に、「だんちゃーく！」の報告が重なった。

桂木は、思わず身を乗り出した。

敵二番艦の艦上に巨大な爆炎が躍り、艦影を赤々と照らし出したのだ。

「よくやった、七分隊！」

桂木は、賞賛の言葉を贈った。

国友の言葉に嘘はなかった。発令所は正確な射撃諸元を叩き出し、敵二番艦に直撃弾を与えたのだ。

二番艦の上部構造物は、松明のようになっている。たった今の射弾は、主砲弾火薬庫を直撃したのかもしれない。斉射によって止めを刺す必要はなさそうだ。

「大雪」は、何度も空振りを繰り返したものの、交互撃ち方による弾着修正の段階で、敵重巡二隻を戦闘不能に追い込んだのだ。

野球で言うなら、三振か本塁打のどちらかという両極端な打者を思わせた。

「砲術より艦長――」

「目標を敵三番艦に変更。急げ！　『最上』と『三隈』が、手荒くやられている！」

桂木が目標の変更を具申しようとしたとき、沢が早口で下令した。

冷静沈着な艦長だが、焦りを禁じ得ないようだ。

聞かされた通り、後続する二隻の重巡が、叩きのめされているらしい。

敵三、四番艦の砲門は、間もなく「大雪」に向けられる。

「目標、敵三番艦。測的急げ！」

桂木が発令所に命じたとき、新たな報告が届いた。

「敵駆逐艦、右四五度より突っ込んで来ます！」

4

「艦長より砲術。目標、右前方より接近せる敵駆逐艦。砲撃開始の時機判断は任せる」

「目標、右前方より接近せる敵駆逐艦。準備出来次第、砲撃開始します」

防巡「古鷹」の南虎鉄砲術長は、荘司喜一郎艦長からの命令に、落ち着いた声で復唱を返した。

「やはり来たか」

と、艦内電話の受話器を置きながら呟いた。

「古鷹」は、軽巡洋艦「鬼怒」と共に、「大雪」の前方を守っている。

砲戦の開始に先立ち、三艦隊司令部より、

「『古鷹』『鬼怒』ハ旗艦ノ前方ニテ敵駆逐艦ノ襲撃ニ備ヘヨ」

との命令が届いたのだ。

司令長官の山口多聞中将は、帝国海軍でも指折りの航空戦指揮官として名高いが、航空界に転じたのは少将任官後であり、本来は水雷戦を専門とする。

水雷学校と艦船勤務で培った戦術眼により、

「敵駆逐艦は『大雪』を狙って来る。『大雪』が砲戦に忙殺されているところに、前方から仕掛けて来る可能性が高い」

と判断したのだ。

「古鷹」は長一〇センチ砲の速射性能を活かして、過去に何隻もの駆逐艦を屠っており、「駆逐艦殺し」の異名を持つ。

「古鷹」と共に「大雪」の前方を守る「鬼怒」は、一四センチ単装砲七基、六一センチ連装魚雷発射管四基を装備する。

この二艦で、敵駆逐艦の肉薄雷撃から、「大雪」を守るのだ。

「目標、右反航の敵駆逐艦。測的よし！」

「方位盤よし！」

「高角砲、射撃準備よし！」

各部署からの報告が、射撃指揮所に飛び込んだ。

南が砲撃開始を命じるより早く、右前方に発射炎が閃いた。

ほとんど同時に、先頭に位置する「鬼怒」が、右前方に指向可能な一四センチ砲四門を放った。

中央にそびえる三本の煙突や丈高い三脚檣が、発射炎の中に浮かび上がった。

「撃ち方始め！」

敵弾が殺到して来るより早く、南が大音声で下令する。

「古鷹」の前甲板から右前方に向けて火焔がほとばしり、鋭い砲声が夜の大気を震わせる。

音量は、後方にいる「大雪」の三八センチ主砲の方が遥かに大きい。砲声は、「古鷹」の射撃指揮所にまで届く。

だが、いざ砲撃を始めてみると、長一〇センチ砲の砲声の方が強烈に感じられる。

音だけではなく、発射に伴う反動を、自身の肉体で受け止めるためかもしれない。

「鬼怒」の一四センチ砲弾、「古鷹」の一〇センチ砲弾が闇の向こうに消え、敵艦の一二・七センチ砲弾は、「鬼怒」や「古鷹」の周囲に落下して飛沫を上げる。

一度ならず、至近距離に敵弾が落下し、飛び散った弾片が舷側を叩く。

炸裂音は射撃指揮所にまで届くが、艦が揺らぐことはない。

元は、基準排水量七九五〇トンの重巡として竣工した艦だ。駆逐艦の小口径砲弾が近くに落下した程度では、たいした打撃にならない。

最初に命中弾を得たのは、日本側だった。

敵一番艦の前部に爆発光が閃き、箱のような角張った影が空中に舞い上がる様が見えた。

「連続斉射！」

南は好機と見て、第一分隊長高杉正太大尉に下令する。

四秒置きに、八発ずつの一〇センチ砲弾を叩き出すのだ。

強烈な砲声と発射の反動も連続する。

射撃指揮所内は砲声に満たされ、衝撃は絶え間なく艦橋を震わせる。

敵一番艦の艦上に、幾つもの爆発光が閃き、ほどなく巨大な火柱が、闇の中にそそり立つ。

後続する敵二番艦には、「鬼怒」が射弾を浴びせている。こちらも既に直撃弾を得たのだろう、連続斉射に移っている。

「目標、敵三番艦！」

「目標、敵三番艦。宜候！」

荘司艦長の命令に、南は即答する。

先頭の二隻を仕留めたからといって、安心はできない。敵駆逐艦は、一〇隻はいるのだ。

「古鷹」の長一〇センチ砲は、新目標目がけて砲撃を開始する。

一〇センチ砲八門の砲声が射撃指揮所を満たし、

しばし何も聞こえなくなる。

　敵が真っ向から向かって来るためか、直撃弾を得るまでの時間は短い。

「古鷹」は二度空振りを繰り返したが、三度目で敵三番艦の艦上に爆発光を確認する。

「連続斉射！」

　再び南が下令したとき、「古鷹」の正面に爆発光が閃いた。

「鬼怒」の右舷中央付近に火焔が躍り、艦を赤々と浮かび上がらせた。

「いかん……！」

　南は呻き声を漏らした。

　火災炎は、格好の射撃目標だ。すぐにでも火を消し止めなければ、「鬼怒」は集中砲火を浴びる。

「鬼怒」がやられたら、「古鷹」一隻だけで、残る敵駆逐艦全てを相手取らねばならなくなる。

　焦慮に駆られても、どうにもならない。

「古鷹」にできるのは、連続斉射によって、敵三番艦を叩きのめすことだけだ。

　長一〇センチ砲八門が、四秒置きに咆哮する。

　敵三番艦の艦上に、新たな爆発光が続けざまに走り、艦橋や前部の主砲が原形を失い、炎と黒煙が艦を覆ってゆく。

「鬼怒」には、敵弾が次々と命中している。

　爆発光が閃くたび、艦上から塵（ちり）を思わせる破片が飛び散り、火災炎が大きさを増す。どす黒い火災煙は、「古鷹」の艦首付近まで漂って来る。

　艦上には、なお発射炎が閃き、敵駆逐艦を砲撃しているが、次第に散発的になってゆく。

「目標、敵四番艦！」

　射撃指揮所に、荘司艦長から命令が届く。

「鬼怒」の惨状（さんじょう）は、戦闘艦橋からも見えているはずだが、荘司は冷静そのものだ。

「目標、敵四番艦。宜候！」

　南も即座に復唱を返し、第一分隊、第三分隊に指示を送る。

敵三番艦が落伍し、漂う黒煙の向こうから、四番艦が姿を現す。

「古鷹」の長一〇センチ砲が撃ち始め、砲声が射撃指揮所を包む。

その間に、「鬼怒」は炎と黒煙に包まれ、沈黙している。行き足は、既に止まっているようだ。

「古鷹」の航進に伴い、「鬼怒」が左前方から近づいて来る。

丈高い三脚檣も、艦の中央部にそびえていた三本の煙突も、全て炎と煙の中だ。

「古鷹」の長一〇センチ砲と共に咆哮を上げていた一四センチ砲は、新たな射弾を放つことはない。

複数の駆逐艦による集中砲火が、「鬼怒」を叩きのめし、残骸に変えたのだ。

戦艦の巨弾は獅子や虎の一噛みであり、瞬時に相手の息の根を止める力を持つが、多数の駆逐艦による砲撃は、無数の鼠に全身を嚙み裂かれるようなものだ。犠牲者は、苦痛の多い死を強いられる。

「鬼怒」の惨状は、そのことを如実に物語っている。

それは同時に、「古鷹」や他の防空艦が、敵の巡洋艦や駆逐艦に与えて来た打撃でもあった。

「敵四番艦沈黙！　五番艦、前に出ます。敵駆逐艦の残存六隻！」

影山測的長が報告した。

南は、右前方に双眼鏡を向けた。

敵四番艦が、炎と黒煙を噴き上げながら隊列より落伍し、五番艦が先頭に立っている。

その後方にも、敵駆逐艦が展開し、艦上に発射炎を閃かせている。

「目標、敵五番艦！」

「目標、敵五番艦。宜候！」

荘司艦長の命令に、南は復唱を返す。

（まずいぞ、こいつは）

第一、第三分隊に、新目標への指示を伝えながら、南は第三艦隊が危機に陥っていることを悟った。

反航戦の形になっているため、彼我の距離はどんどん詰まっている。

「古鷹」と敵五番艦の距離は、五〇（五〇〇〇メートル）と見積もられる。

敵が、いつ雷撃に踏み切ってもおかしくない。

といって、残り六隻の駆逐艦全てを「古鷹」一隻で撃退するのは、まず不可能だ。

南の危機感を知らぬげに、

「目標、敵五番艦。測的よし！」

「方位盤よし！」

「高角砲、射撃準備よし！」

の報告が届く。

「撃ち方始め！」

撃ち続けるしかない。南はそう考え、大音声で下令した。

「古鷹」の長一〇センチ砲が、新目標への第一射を放った直後、巨弾の飛翔音が通過した。

「何だ……？」

状況が呑み込めず、南が呟いたとき、敵五番艦の正面で、海面が大きく盛り上がり、弾けた。

白い海水の柱が凄まじい勢いで突き上がり、五番艦のみならず、敵駆逐艦全てが見えなくなった。

「砲術長、『大雪』です！『大雪』が駆逐艦を撃っています！」

掌砲長の平哲三少尉が叫んだ。

水柱が崩れ、敵五番艦が姿を現す。動きを見る限り、「大雪」の三八センチ砲で撃たれたことに動じている様子はない。

「大雪」の土手っ腹に魚雷を叩き込むべく、海面を白く切り裂きながら突き進んで来る。

その敵艦目がけ、「古鷹」が射弾を浴びせる。

一発が前部に命中し、艦上に爆炎が躍る。

後方に新たな砲声が轟き、再び巨弾の飛翔音が通過した。

敵五番艦の艦上に、これまで見たことのない強烈な閃光が走った。一瞬、艦がこれまでの倍以上に膨れ上がったように見えた。

次の瞬間、敵の艦影が消滅し、巨大な火焰が海面に湧き出した。おどろおどろしい炸裂音が、夜の海面に殷々と轟いた。

炎は、出現したときと同様、急速に消えた。敵艦が沈むと同時に、炎も海面下に吸い込まれる形になったのだ。

「やった……『大雪』がやった……」

南は、呆けたような声で呟いた。

眼前で展開された光景は、しばし思考を停止させるほど凄まじいものだったのだ。

「大雪」の三八センチ主砲は、「長門」「陸奥」の四〇センチ主砲よりは威力が劣るものの、「霧島」「比叡」などが装備する三六センチ主砲よりも破壊力が大きい。

それが、基準排水量たかだか二〇〇〇トンの駆逐艦に、至近距離から叩き込まれたのだ。

駆逐艦は、あたかも神隠しにあったように消失していた。

「大雪」が、新たな射弾を放つ。

今度は敵六番艦――五番艦の轟沈によって、先頭に立った艦が標的だ。

敵艦の右舷付近に弾着の水柱が奔騰する。

束の間、敵艦が左舷側に大きく傾いたように見える。至近弾の爆圧が、右舷艦底部を突き上げたのかもしれない。

敵駆逐艦の隊列が、大きく乱れた。

六番艦が取舵を切り、後続艦も次々と反転した。

「大雪」が三八センチ主砲を放ったことで、肉薄雷撃は不可能と判断したのだろう。

「大雪」は、容赦しなかった。

反転し、右舷側を見せた敵六番艦目がけて、新たな射弾が飛んだ。

今度は舷側に爆発光が閃き、再び強烈な閃光が湧き出した。

光も、炸裂音も、先に敵五番艦が轟沈したときよりも大きい。三八センチ砲弾は、魚雷発射管を直撃し、誘爆を引き起こしたのかもしれない。

光が弾け、無数の火の粉が八方に飛び散る。

爆発が収まった後、鎮火は早い。湧き出した大量の炎は、水蒸気に呑み込まれるように消える。

「流石は砲術長」

南は、賛嘆の言葉を呟いた。

「大雪」の射撃指揮所に陣取るのは桂木光中佐。「古鷹」の前砲術長だ。

対空戦闘の任務をこなしながらも、戦艦の砲術長となることを念願しており、「大雪」への異動によって夢がかなった。

「大雪」は巡洋戦艦といいながらも、艦隊防空を主任務としており、桂木中佐は腐っているのではないか、と気になっていたが、この海戦で巡戦に相応しい働きを見せた。

桂木は口径三八センチの巨砲によって、駆逐艦二隻を瞬時に粉砕して見せたのだ。

（念願通りですね、砲術長）

南が、「大雪」の射撃指揮所にいる桂木にその言葉を投げかけたとき、新たな炸裂音が届いた。

「大雪」の砲声ではない。敵弾――それも、多数の中口径砲弾の炸裂音だ。

後部指揮所から、緊張した声で報告が上げられた。

「敵軽巡、『大雪』に連続斉射！」

5

「大雪」に対する連続斉射を開始したのは、TG38・4旗艦「マイアミ」とCD22の二番艦「マーブルヘッド」だった。

「マーブルヘッド」は、サン・フェルナンド沖海戦（ルソン島沖海戦の米側公称）で沈んだオマハ級軽巡の名を継いだ艦だ。

先代が沈んだのはルソン島の西側だが、その名を継承した艦が、今度はルソン島の東方海上で戦っている。

「第一斉射、命中弾一。第二斉射、命中弾一！」

「マイアミ」のＣＩＣに、報告が上げられる。

クリーブランド級軽巡は対空戦闘に重きを置いた艦だが、主砲火力も優れている。

毎分一〇発の発射速度を持つ一五・二センチ砲の三連装砲塔を、前部と後部に二基ずつ装備する。一発当たりの破壊力よりも、速射性能による敵の制圧を目指した砲だ。

ボクシングに喩(たと)えるなら、強烈なストレートを身上とするハードパンチャーよりも、ジャブの連打を得意とするタイプに近い。

同航戦に入ってから間もなく、「マイアミ」と「マーブルヘッド」は一五・二センチ砲弾による「ジャブの連打」によって、敵の四、五番艦――最上型(モガミ・タイプ)と思われる巡洋艦二隻を叩きのめし、沈黙に追い込んだ。

現在、両艦は三秒の時間差を置いて、目標――日本軍の巡洋戦艦に、連続斉射を浴びせている。

三秒置きに、一二発ずつの一五・二センチ砲弾を叩きつける格好だ。

軽巡の一五・二センチ砲弾では、主要防御区画の装甲鈑を貫通する力はないが、上部構造物を破壊し、戦闘不能に追い込むことは可能だと、ジョージ・Ａ・ルード司令官は睨んでいた。

敵巡戦の巨弾が、轟音を上げて飛来する。

全弾が「マイアミ」の頭上を飛び越えて、右舷側海面に落下し、艦底部を突き上げる爆圧がＣＩＣに伝わる。

直径三八センチの巨弾は、至近弾となっただけでも、一万トンの基準排水量を持つ「マイアミ」の艦体を揺るがす力を持つが、直撃しなければ致命傷を受けることはない。

「マイアミ」は「マーブルヘッド」と共に、六秒置きの斉射を続けている。

「駆逐艦に気を取られたのが失敗だったな」

ルードは、敵の指揮官に呼びかけた。

重巡「ウィチタ」と「アストリア」を撃破した手際は、敵ながら天晴れという他はない。

だがその後、第一〇五、一〇九駆逐隊に三八センチ主砲を向け、二隻を吹き飛ばしたのが、致命的な失敗となった。

その間に、「マイアミ」と「マーブルヘッド」は弾着修正を行い、連続斉射に踏み切ったのだから。

もっとも、敵艦が駆逐艦に主砲を向けなければ、DDG105、109の生き残りは肉薄雷撃を敢行していたはずだ。

そうなれば、敵巡戦はその時点で沈んでいたかもしれない。

「駆逐艦を撃たねば雷撃。撃てばクリーブランド級の連続斉射。詰みだったというわけだ、『リパルス』」

ルードは、敵の巡戦を旧名で呼んだ。

日本海軍は、勝手に「ダイセツ」などという艦名を与えたそうだが、フィリピン遠征とイギリス東洋艦隊との協同作戦に参加した経験を持つルードにとり、あの艦はあくまでイギリス海軍の巡洋戦艦「リパルス」だった。

その「リパルス」の新たな射弾が、「マイアミ」に飛来する。

今度は左舷至近に二発が落下する。

弾着の瞬間、爆圧が左舷艦底部を突き上げ、束の間艦が右に傾斜した。

艦が揺り戻され、今度は左舷側に傾斜する。

砲術長が、咄嗟に「射撃中止！」を命じたのだろう、一二門の一五・二センチ主砲はしばし沈黙する。

「四番缶室に浸水。航行に支障なし！」

機関長と艦内電話で話していたジョン・G・クロフォード艦長が、ルードに報告する。

「まずいな。直撃弾を受けたら、こっちは一発KOだ」

ルードは、背筋に冷たいものを感じた。

多数の一五・二センチ砲弾を命中させたはずだが、

アメリカ海軍 クリーブランド級軽巡洋艦「マイアミ」

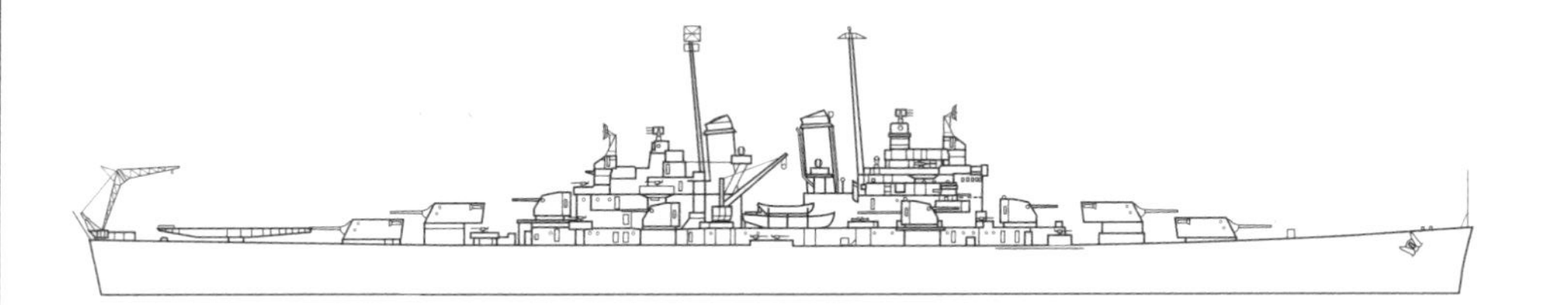

全長	185.9m
最大幅	20.3m
基準排水量	10,000トン
主機	ギヤードタービン　4基／4軸
出力	100,000馬力
速力	33.0ノット
兵装	47口径 15.2cm 3連装砲 4基 12門 38口径 12.7cm 連装両用砲 6基 12門 40mm 4連装機銃 4基 40mm 連装機銃 6基 20mm 単装機銃 10丁
航空兵装	水上機 4機／射出機 2基
乗員数	992名
同型艦	クリーブランド、コロラド、モントピリア、デンバー、サンタフェ、バーミングハムほか多数

アメリカ海軍の新型軽巡洋艦。当初はアトランタ級軽巡の拡大発展版として計画されたが、備砲として予定されていた15.2センチ両用砲の開発が間に合わず、セント・ルイス級軽巡と同じく、47口径15.2センチ砲を３連装砲塔に収めて搭載した。砲門数はセント・ルイス級が15門だったのに対し、12門に削減されたが、その一方で12.7センチ連装両用砲を12門に増やしたほか、40ミリ機銃を合計28丁搭載するなど、対空火力は著しく増強されている。

1940年度建艦計画として4隻、その後、1941年度に32隻、1942年度で16隻という大量建造が予定されていたが、一部は軽空母（インデペンデンス級）に改装されている。一番艦クリーブランドは1942年６月に就役し、今次大戦勃発後に就役した初の新型艦艇となる。本艦マイアミは18番艦であり、1943年12月28日に竣工した。

敵は弱った様子を見せない。

逆に主砲の砲撃は、一射毎に精度が上がる。いつ「マイアミ」が直撃弾を受けてもおかしくない状況だ。

「『ビロクシー』か『デンバー』は、敵巡戦を砲撃できんか？」

ルードは、ビリー・ハローラン参謀長に聞いた。

ＣＤ22の三、四番艦「ビロクシー」「デンバー」は、敵の六、七番艦が目標だ。

六番艦は二〇センチ砲装備の重巡と思われるが、クリーブランド級なら、主砲の速射性能を活かして戦闘力を奪えるはずだ。

「『デンバー』は被弾により戦闘不能。『ビロクシー』は、敵の六、七番艦から砲火を浴びています！」

「『デンバー』が戦闘不能だと？」

「艦橋と後部指揮所を、共にやられたようです。呼びかけても、応答がありません」

「止むを得ぬか」

ルードはかぶりを振った。

「ビロクシー」「デンバー」をあてにできない以上、「リパルス」は「マイアミ」と「マーブルヘッド」で仕留めるのみだ。

この間にも、「マイアミ」「マーブルヘッド」は、六秒置きの斉射を繰り返している。

砲弾の散布界が大きいため、一度に多数の射弾がまとまって命中することはないが、斉射一回ごとに、最低一発は命中している。

敵の艦上には、複数の火災が発生しているため、「マイアミ」も「マーブルヘッド」も、既にレーダー照準射撃を止め、光学照準射撃に切り替えている。

「リパルス」は、なお口径三八センチの巨砲六門を振り立て、巨弾を撃ち込んでくるが、いずれその主砲も沈黙するはずだ。

ルードは、半ば勝利を確信していたが――。

「敵小型艦、約一〇隻。方位四〇度。距離一万一〇〇〇ヤード。敵針路一八〇度！」

「司令官、敵の駆逐艦です！」

レーダーマンの新たな報告を受け、ハローランが叫んだ。

日本艦隊の水雷戦隊は、ここを勝負どころと見たのだろう、ＣＤ22に雷撃戦を挑んで来たのだ。

敵は左前方から、針路を塞ぐ形で突っ込んで来る。距離を詰めたところで反航戦に転じ、投雷するつもりであろう。

「駆逐艦は、両用砲にて迎撃。今、連続斉射を打ち切るわけにはいかん」

ルードが命じたとき、通信室から新たな報告が上げられた。

「第一一四、一一六駆逐隊より通信。『我、敵水雷戦隊を迎撃す』であります！」

「全艦に信号。『雷撃距離四〇（四〇〇〇メートル）。我ニ続ケ』」


「最大戦速！」

軽巡洋艦「長良」艦長中原義一郎大佐は、戦闘艦橋の中央に仁王立ちとなり、大音声で叫んだ。

右前方から正横にかけて、多数の発射炎が見えている。

敵の軽巡洋艦が、「大雪」や七戦隊の「熊野」に射弾を浴びせているのだ。

「大雪」は、致命傷こそ受けていないものの、多数の中口径砲弾が命中し、艦上の複数箇所で火災を起こしている。

一秒でも早く投雷し、「大雪」を援護しなければならない。

「水雷より艦長。雷撃の機会は一度きりです」

「分かっている」

水雷長北本直治少佐の具申に、中原は即答した。

「長良」が率いているのは、正規の水雷戦隊ではない。

第一〇戦隊と第一二戦隊に所属していた駆逐艦を

集めて、臨時に編成した部隊だ。

　昼間の航空戦で沈没艦が出るたび、第一〇、一二両戦隊隷下の駆逐艦は、乗員救助のために残され、次第に戦力を減じていった。

　日没後、残存空母五隻と被弾損傷によって戦闘不能となった重巡「鈴谷」を後送するため、第六一駆逐隊の秋月型駆逐艦四隻が護衛に付き、本隊には駆逐艦八隻が残された。

　第一五駆逐隊の「陽炎」「黒潮（くろしお）」、第一〇駆逐隊の「朝潮（あさしお）」「大潮（おおしお）」「朝雲（あさぐも）」「山雲（やまぐも）」、第六二駆逐隊の「初月」「冬月」だ。

　三艦隊司令部は、この八隻を臨時の水雷戦隊として編成し、「長良」を旗艦に定めたのだ。

　共に訓練を行った経験はあるものの、寄せ集めの部隊に近い。複雑な編隊航行は望めない。

　できることはただ一つ。一撃離脱だ。

　敵艦隊にまっすぐ突っ込み、「長良」に合わせて投雷し、すぐに避退するのだ。

成否（せいひ）は、中原の投雷時機判断にかかっていた。

「左四五度より敵駆逐艦！」

　艦橋見張員が叫ぶと同時に、左前方に発射炎がほとばしり、敵の艦影が瞬間的に浮かび上がった。

　一隻だけではない。ざっと見たところ、一〇隻前後の敵駆逐艦が、発砲しながら向かって来る。

「長良」以下の九隻と敵巡洋艦の間に立ち塞がるつもりであろう。

「艦長より砲術。目標、左前方の敵駆逐艦。砲撃始め！」

　中原は、艦橋トップの射撃指揮所に命じた。

　既に照準を終えていたのか、左舷前方に指向可能な主砲四門が咆哮した。

「長良」の主砲は、一四センチ単装砲七基。大正年間に制式化された古い砲だが、一発当たりの破壊力は、駆逐艦の一二・七センチ砲より大きい。

　敵駆逐艦との距離が、急速に縮まる。

　発射炎の中に浮かび上がる敵の艦影が、一射毎に拡大し、艦橋の形状や砲の配置までもが分かるようになる。

角張った形状の艦橋だ。トップには、小さな帽子のような突起が見える。

おそらくフレッチャー級。開戦後に大量建造が始まった駆逐艦であろう。

最初の直撃弾を得たのは、敵側だった。

「長良」の前甲板に閃光が走り、二番主砲が轟音と共に爆砕された。

衝撃は艦橋にまで伝わり、中原や航海長楠本次郎少佐がよろめく。

その衝撃が収まらぬうちに、二発目が艦首甲板に命中する。炸裂音と共に、右舷側の揚錨機と周囲の板材が吹き飛ばされる。

三発目の直撃弾は、再び艦首に命中し、甲板が大きく断ち割られる。被害は兵員居住区にまで及んだのか、黒煙が這い出し、後方へとなびく。

「艦長より副長。艦首に被弾。消火急げ！」

応急指揮官を務める副長青木幸四郎中佐に中原が命じる間にも、「長良」への直撃弾は相次いでいる。

艦橋の左脇にある四番主砲に一発が命中し、艦橋が激しく震えたかと思うと、艦橋の後方からも炸裂音と衝撃が伝わる。

続いて、砲撃を続けていた一番主砲の正面防巡に閃光が走る。

被弾の瞬間、爆発光に目を灼かれ、中原は小さな叫び声を上げた。

「艦長！」

よろめいた中原の肉体を、艦長付水兵の氷室司上等水兵が支える。

視力の回復を待つ間にも、被弾が相次ぐ。

炸裂音と伝わって来る衝撃が、「長良」が残骸に変わりつつあることを、中原に伝える。

視力が回復したとき、決定的な一撃が「長良」を見舞った。

頭上から、強烈な炸裂音と、鉄槌を下されるような衝撃が襲いかかり、艦橋が大地震のように揺れたのだ。

若干の間を置いて、金属的な破壊音が響き、何かが落下するような衝撃が襲って来る。

「射撃指揮所をやられました。砲撃不能です！」

若干の間を置いて、青木副長が報告する。

「駄目か……！」

中原は、「長良」が限界を迎えつつあることを悟った。

いや、自分が視力を一時的に失っている間に、艦はとうに戦闘不能に陥り、限界を迎えていたのだ。

一番主砲が破壊された後は、単に敵の的となっていただけに過ぎない。

いずれにせよ、雷撃の射点までは行き着けない。

「全艦に打電。『我ヲ省ミズ突撃シ、雷撃ヲ敢行セヨ』」

中原が命じ、通信室から命令電が打たれている間にも、「長良」には直撃弾が相次いでいる。

とうに戦闘力を失っている艦に、次々と一二・七センチ砲弾が叩き込まれる。

それでも、「長良」はなお水雷戦隊の先頭に立ったまま、前進を続けた。

戦闘力は失ったが、後続の駆逐艦に向けられる敵弾を少しでも吸収する。

そのためだけに、沈黙したまま突撃を続けた。

それは、敵弾が艦首水線下を抉り、艦首艦底部に大量の海水を呑み込むまで続いた。

「敵一番艦、停止。ＤＧ１１４、１１６は、二番艦に砲撃集中」

「敵二番艦に命中弾。火災発生を確認」

ＣＤ22旗艦「マイアミ」のＣＩＣに、ＤＧ１１４の司令駆逐艦「ポーター」と、艦橋見張員からの報告が上げられた。

「敵との距離は？」

「八〇〇〇ヤード。なお、接近中です」

ルード司令官の問いに、レーダーマンが報告を返した。

「回避行動を取りますか？」

「駄目だ」

ハローラン参謀長の具申を、ルードは即座に却下した。

雷撃回避のために回頭すれば、砲撃を中断せざるを得なくなる。

「マイアミ」も「マーブルヘッド」も、多数の一五・二センチ砲弾を敵巡戦に命中させている。

敵艦は三八センチ主砲を撃ち続けているが、艦の耐久力も限界に近づいているはずだ。

もう一押しすれば、息の根を止められる。今の時点で砲撃を中止するのは愚策だ。

「マイアミ」「マーブルヘッド」の一五・二センチ主砲各一二門は、連続斉射を続けている。

発射の度、砲声がＣＩＣにまで届き、鋼鉄製の艦体が震える。

一二発の一五・二センチ砲弾は、一万二〇〇〇ヤードの距離を一飛びし、「リパルス」の頭上から降り注ぎ、周囲に多数の水柱を噴き上げる。

射弾は広範囲に散らばるものの、最低一発は目標に命中し、上部構造物や甲板、舷側を傷つける。

その三秒後には、「マーブルヘッド」の一五・二センチ砲弾が落下し、更にその三秒後には、「マイアミ」の新たな斉射弾が、目標を囲むように着弾する。

「マイアミ」にも、二〇秒から二五秒置きに、三発ずつの三八センチ砲弾が飛来するが、直撃弾はない。

機関長ヘンリー・ホープウェル中佐は、缶室、機械室の複数箇所に浸水が発生した旨を報告しているが、今のところ停止したボイラーやタービンはない。

新鋭軽巡の艦体は、至近弾の爆圧による被害を最小限に食い止めているのだ。

「何発でも来い、ジャップ」

ルードは日本軍の巡戦に呼びかけた。

直撃ならともかく、至近弾程度で、合衆国の新型巡洋艦が戦闘力を失うことはない。

今年竣工した新鋭巡洋艦は、二八年も前、前大戦時に竣工した旧式の巡戦などより優れていることを、実戦の場で証明してやる。

「敵二番艦、停止。三番艦も火災を起こし、速力低下。残存駆逐艦は六隻」

艦橋見張員が、敵の状況を報告する。

「オーケイ！」

ルードは、ハローランと頷き合った。

敵の水雷戦隊から、戦力の三分の一をもぎ取った。

ＴＦ38は、昼間の機動部隊戦に続いて、夜間の水上砲戦にも勝ちつつあるのだ。

敵巡戦の撃沈に成功すれば、勝利は決定的なものとなる。

「敵水雷戦隊、面舵。二七〇度に変針。当隊との距離、六五〇〇ヤード（約六〇〇〇メートル）！」

唐突に、レーダーマンが敵情の変化を報告した。

「司令官、敵は雷撃に踏み切ったと判断します。回避すべきです」

ハローランが、緊張した声で報告した。

敵の水雷戦隊はＣＤ22に対し、肉薄雷撃戦を挑んで来た。

だが、ＤＤＧ１１４、１１６の駆逐艦一〇隻が敵の前に立ち塞がり、ＣＤ22への接近を阻んだ。

敵の指揮官は、距離を詰めての雷撃戦は不可能と判断し、六五〇〇ヤードで投雷したのだ。

数は六隻と少なく、距離も少し遠いが、被雷する危険はゼロではない。艦の安全を優先し、回避運動を行うべきだ。

はっきり口に出して言われずとも、ハローランの考えは、ルードには分かったが――。

「回避の要なし。砲撃続行」

ルードは、躊躇することなく下令した。

「危険です、司令官！」

「危険はゼロではないが、被雷する確率は僅少だ。切り抜けられる可能性に懸ける」

　異議を唱えたハローランに、ルードは断固たる口調で応えた。

　日本軍の魚雷は、雷速、射程距離、隠密性、炸薬量の全てに優れている。性能だけなら、世界一と言っていい。

　だが、命中率はさほど高いものではない。雷撃距離六五〇〇ヤードなら、命中率はせいぜい一パーセント、多めに見積もっても二パーセントというところだ。

　敵駆逐艦から放たれた魚雷は、一艦当たり八本として、六艦合計四八本。命中雷数は一本か、多くて二本。

　その程度の危険なら、敢えて無視し、「リパルス」に止めを刺すべきだ。

　だが、順序立てて説明する余裕はなかった。

　左舷側海面では、フレッチャー級駆逐艦が遁走する敵艦に射弾を浴びせている。

　その頭上を飛び越え、「マイアミ」「マーブルヘッド」の一五・二センチ砲弾と敵巡戦の三八センチ砲弾が飛び交う。

　敵巡戦の、何度目かの射弾が落下したとき、突然これまでに感じたことのない、異様な衝撃が走った。

　ＣＩＣには、飛翔音は届かなかったが、水中爆発の炸裂音ははっきりと伝わり、爆圧が艦底部を突き上げた。

　ＣＩＣの照明が明滅し、立っている者は、全員が前に大きくのめった。

「マイアミ」は、決して小さな艦ではない。

　全長一八五・九メートル、最大幅二〇・三メートルのサイズを持つ艦体はブルックリン級を凌ぎ、基準排水量は一万トンに達する。

　その巨体が、軽々と持ち上げられたように感じられた。

「二番缶室、四番機械室に浸水。左舷側の推進軸停止！」

ホープウェル機関長の報告を受けたジョン・G・クロフォード艦長が、顔色を変えて報告した。

「しまった……！」

ルードは、「マイアミ」が重大な危機に陥ったことを悟った。

敵巡戦の巨弾は、至近弾の爆圧によって、繰り返し「マイアミ」の艦底部を痛めつけた。

その打撃が積み重なり、機関部周辺の水線下が破られ、大量の浸水が発生したのだ。

「艦長、出し得る速力は？」

「機関長からの報告はありませんが、一四、五ノットと推測します」

ルードの問いに、クロフォードは青ざめた表情で報告した。

「『マーブルヘッド』に送信。『我に替わり、CD22の指揮を執れ』」

缶室、機械室をやられ、速力が大幅に低下した「マイアミ」には、もはや指揮は執れない。

そのことを、ルードははっきり認識した。

通信室に命令が伝えられたとき、

「新たな敵弾、着弾します！」

悲鳴じみた報告が、艦橋から飛び込んだ。

その報告が終わらないうちに、「マイアミ」は、至近弾落下の比ではない、凄まじい衝撃に見舞われた。

6

「大雪」の桂木光砲術長は、敵三番艦に直撃弾が炸裂した瞬間をはっきりと見た。

発射炎とは明らかに異なる光が艦の中央に湧き出した直後、真っ赤な炎の柱がそそり立ち、空中高く突き上がった。

敵艦の姿は、夜の海上にくっきりと浮かび上がり、炎は巨大な松明のように激しく燃えさかっている。

火災炎が、風に吹かれて唸る音が、一万メートル以上を隔てた「大雪」の艦上に届くような気がした。

敵三番艦は、被弾と同時に沈黙している。

その艦上に、新たな発射炎が閃くことはない。

「大雪」を苦しめた敵巡洋艦二隻のうち、一隻が戦闘力を喪失したのだ。

「艦長より砲術。目標、敵四番艦！」

「目標、敵四番艦。宜候！」

「目標、敵四番艦。測的始め！」

沢正雄艦長の指示に、桂木は即座に復唱を返し、次いで発令所の国友高志第七分隊長に下令した。

三番艦の脅威は消滅したが、四番艦はなお「大雪」に砲撃を続けている。

被害が累積している以上、一秒でも早くこの敵を仕留めなくてはならない。

「舐めてかかれる相手ではなかった」

桂木はひとりごちた。

戦闘の序盤では、「大雪」は順当に戦いを進めていたと言っていい。

敵一番艦に対しては、何度も空振りを繰り返した末にようやく直撃弾を得たものの、二番艦と二隻の駆逐艦に対しては、一、二回の弾着修正を行っただけで直撃弾を得た。

現海面では、最大の破壊力を持つ三八センチ主砲を振り立て、巡洋艦二隻を叩き潰し、駆逐艦二隻を吹き飛ばしたのだ。

だが、敵駆逐艦を撃退した直後から、「大雪」は思いがけない苦戦を強いられた。

敵三、四番艦が、「最上」「三隈」を沈黙させた後、「大雪」に砲門を向けて来たのだ。

米軽巡の一五・二センチ主砲は、一発当たりの破壊力は小さいものの、発射間隔が短く、短時間で圧倒的な弾量を叩き込んで来る。

「大雪」は防戦一方に追い込まれ、多数の直撃弾を浴びた。

右舷側の高角砲、機銃はことごとく爆砕されただけではなく、射出機、揚収機を吹き飛ばされ、上甲板に無数の破孔を穿たれた。

艦上では複数箇所で火災が発生し、消火班は対応に追われた。

「大雪」は、火災を起こしながらも砲撃を続けたが、火災煙が測的手の視界を遮ったため、命中率は著しく低下した。

一度に三発ずつを発射する三八センチ砲弾は空振りを繰り返し、敵艦の周囲に水柱を噴き上げるだけだった。

臨時編成の水雷戦隊が、敵巡洋艦に雷撃を見舞うべく突撃したが、敵駆逐艦の猛射に阻まれ、遠距離から投雷しただけで、後退せざるを得なかった。

桂木が敗北を覚悟したとき、至近弾炸裂の効果が出、敵三番艦の速力が急減した。

「大雪」はこの機を逃さず、敵三番艦を一撃で叩きのめしたのだ。

土俵際まで追い込まれた力士が、土壇場のはたき込みによって、相手を土俵に這わせたようなものだった。

「目標、敵四番艦。測的よし！」

「方位盤よし！」

「主砲、射撃準備よし！」

射撃指揮所に報告が上げられる。

「大雪」の火災は鎮火せず、敵四番艦の射弾はなお襲って来る。状況は、予断を許さない。

それでも、測的長や旋回手、動揺手、方位盤射手といった要員たちに動揺はない。

何があろうと、最後まで「大雪」砲術科員の本分を尽くすのみ。

その明確な意志を感じさせた。

「撃ち方始め！」

願わくば、初弾からの命中を——そう思いつつ、桂木は大音声で下令した。

右舷側に巨大な火焔がほとばしり、巨大な砲声が轟く。発射の反動を受けた艦体が左舷側に揺らぎ、前甲板の破孔から噴出している火災煙が、爆風に吹き飛ばされる。

　この間にも、なお敵四番艦の射弾は、六秒から七秒置きに、「大雪」に降り注いでいる。

　命中率は、これまでよりも低下したようだ。

　敵の斉射弾は、一発も「大雪」に命中することなく、海面に落下している。

「大雪」の火災煙は、敵の測的手の視界をも遮り、照準を困難にしているのかもしれない。

「用意……だんちゃーく！」

　ストップウォッチを睨んでいた太田実上等水兵が報告し、敵四番艦の手前に水柱が奔騰する。

　初弾からの命中はない。

　敵四番艦は健在であり、艦上に発射炎を閃かせている。

「大雪」の主砲が第二射を放った直後、村沢健二測的長が報告を上げた。

「敵四、五、六番艦面舵！　本艦より遠ざかります！」

　桂木は、敵四番艦を凝視した。

　敵艦は発砲を繰り返しているが、発射炎は次第に小さくなっている。

　その後方に位置する五、六番艦も同じだ。

「大雪」から、遠ざかりつつある。

　三番艦が一撃で戦闘不能となったのを見て、勝算なしと判断したのかもしれない。

「大雪」の第二射弾が、敵四番艦の手前に落下する。

　直撃弾はない。海水を大量に噴き上げただけだ。

「砲術より艦長。主砲、斉射に移行します！」

「一斉撃ち方！」

　桂木は沢艦長に報告し、次いで一、二、三分隊に命じた。

　斉射であれば、少しでも命中確率を高められる。

　敵四番艦を逃がすつもりはない。「大雪」をさんざん痛めつけてくれた返礼だ。

「主砲、射撃準備よし！」

「撃て！」

報告が上げられるや、桂木は大音声で下令した。

次の瞬間、右舷側に向けて、この日初めて見る巨大な火焔が噴出し、海面が炎の色を反射して真っ赤に染まった。

海そのものが裂けたかと錯覚するほどの大音響が轟き、「大雪」の巨体が、左舷側に仰け反った。射撃指揮所は、雷に打たれたかのように激しく震え、金属的な叫喚を発した。

この日初めての、「大雪」の斉射だ。

この艦が帝国海軍の軍籍に編入されて以来、初めて放った斉射でもあった。

避退する敵四番艦に、六発の巨弾が、大気を激しくどよもしながら追いすがる。

目標の周囲に巨大な水柱が奔騰し、しばし艦の姿を隠す。

水柱を見た見張員が、「轟沈！」と早合点した報告を送ることがあるが、これが本物の轟沈であってくれれば——と、桂木は願った。

「目標、健在です！」

水柱が崩れると同時に、村沢が報告を上げる。

目標との距離は大きく開き、照準も困難になっている。

「撃て！」

これが、最後の機会だ——その思いを込め、桂木は下令した。

再び、右舷側に向けて火焔がほとばしり、三八センチ砲六門の咆哮が夜の海面を揺るがす。

「大雪」の鋼鉄製の艦体は、自ら放った斉射の反動に驚いているかのように仰け反り、射撃指揮所も震える。

再び、敵四番艦を多数の水柱が包み、その姿を隠した。

奔騰する水柱が赤く染まる光景を、桂木ははっきりと見た。

「やったか！」

「命中です、砲術長。命中しました！」

桂木の叫び声に、村沢の歓声が重なった。

水柱が崩れ、炎上する敵艦の姿が露わになる。

距離があるため、艦上の様子まではっきり分からないが、その場に停止しているようだ。

「大雪」の二度目の斉射弾は、弾火薬庫を直撃して誘爆を引き起こすか、艦底部までを刺し貫いて機関部を破壊したのかもしれない。

「信じられん……」

桂木はかぶりを振った。

第一斉射が空振りに終わった時点で、敵四番艦を仕留めることは、ほとんど諦めていたが、二度目の斉射が遁走する敵艦を仕留めたのだ。

こんなにうまい話があるものだろうか、と思わずにはいられなかった。

「現実ですよ、砲術長」

愛川悟掌砲長が、笑いながら言った。

「確率は低かったかもしれませんが、本艦は第二斉射で直撃弾を得たんです。それでいいじゃありませんか」

桂木が言葉を返そうとしたとき、沢からの命令が届いた。

「艦長より砲術。敵四番艦に止めを刺せ！」

敵四番艦は、火災を起こしていると分かっているだけで、沈むかどうか分からない。

撃沈を確実なものとせよ、という艦長の命令だ。

「撃て！」

桂木は、第三斉射の命令を放った。

「大雪」の三八センチ主砲六門が咆哮し、六発の巨弾を放った。桂木の耳には、艦が上げる勝利の雄叫びのように聞こえた。

「たいした艦だよ、お前は」

弾着を待つ間、桂木はその言葉を艦に投げかけた。

「古鷹」から「大雪」に異動したときは、「念願の戦艦に乗れた」という喜びと、「また防空艦か」という失望を同時に味わった。

だがこの日、「大雪」は本来の巡戦として、三八センチ主砲の威力を存分に振るった。

敵弾多数の被弾に耐え、英国で製造された巨砲を振り立て、敵の水上砲戦部隊を叩きのめしたのだ。

桂木自身も、砲術長として面目を施したと言える。「大雪」に配属されたことは幸運だった。巡戦の砲術長らしい戦いができただけではなく、他艦ではできない希有(けう)な経験をさせて貰った。

その満足感を、桂木は覚えていた。

「だんちゃーく！」

の報告がほどなく上がり、敵四番艦の火災炎が、奔騰する水柱に隠れた。

それが崩れたとき、敵艦は火災炎もろとも、海上から姿を消していた。

「溺者救助を開始する。潜水艦の存在なども考えられるため、救助作業は二一〇〇(フタヒトマルマル)（現地時間二〇時）までとする。その後は北上し、内地に帰還する。直ちに、作業を始めてくれ」

第三艦隊旗艦「大雪」の戦闘艦橋で、山口多聞司令長官ははっきりした声で命じた。

米艦隊との戦闘は、既に終息している。

敵艦のほとんどは、戦場海域から逃げ去るか、沈むかだ。

沈みきっていない敵巡洋艦が二隻あり、炎が赤々と海面を照らしているが、どちらも明日の夜明けまでには姿を消すものと考えられていた。

「大雪」の通信室から命令電が飛び、各艦が動き出す。

「大雪」は自艦の消火作業と、負傷者の救助に追われているため、他艦の救助を行う余裕はないが、比較的被害の小さい防巡「古鷹」「大淀」と駆逐艦六隻が、溺者救助に向かっていた。

「『鬼怒』『長良』『陽炎』『黒潮』が沈没。『最上』『三隈』は戦闘不能。本艦と『熊野』が損傷大か。『阿武隈』と救助された『瑞鶴』の乗員を逃がすことには成功したが、犠牲が大き過ぎたな」

「犠牲に見合うだけの戦果は上げました」

山口の言葉を受け、大前敏一首席参謀がきっぱりとした口調で言った。

「戦果は、巡洋艦四隻、駆逐艦六隻撃沈、巡洋艦二隻撃破です。しかも敵巡洋艦は、全て一万トン級の大型艦です。敵に甚大な打撃を与え、撃退に成功したのですから、大勝利と言えます」

「首席参謀に賛成です。昼間の航空戦では一方的に叩かれましたが、夜戦の勝利で埋め合わせができたと考えます」

大林末雄参謀長も、意気込んだ様子で言った。

山口は、ゆっくりとかぶりを振った。

「そのために、多くの部下を死なせてしまった。四隻の沈没艦だけでも、一〇〇〇名を超える乗員が失われている。損傷艦での戦死者を含めれば、その数は更に膨れ上がる。いずれも、一騎当千の海軍軍人だ。それほど多数の将兵を失うだけの意義が、この戦いにあったのか……」

もともと、第三艦隊本隊が反転、南下した目的は、沈没艦の乗員救助に当たっていた艦と救助された将兵を、無事に避退させることにあった。

多くの艦は、敵に捕捉されることなく離脱に成功し、ただ一隻、敵の砲撃にさらされていた「阿武隈」も、逃がすことができた。

だが、この戦闘で失った将兵の数は、救い得た将兵の数を上回る。

これだけの犠牲を払うなら、「阿武隈」を敢えて切り捨てるべきだったのではないか。

小の虫を助けようとして、大の虫を犠牲にした自分は、三艦隊の指揮官として相応しかったのか。

「艦と将兵を犠牲にはしましたが、将兵の信頼を勝ち得たのではないでしょうか？」

天谷孝久航空甲参謀が言った。

「阿武隈」と、同艦に救助された「瑞鶴」の乗員は、と見た。

救援のために駆けつけてくれた本隊の姿をはっきり

いや、この作戦に参加した艦艇の全乗員が、

「第三艦隊は、沈没艦の乗員も、危機に陥っている艦も見捨てない」

ということを、目の当たりにしたのだ。

将兵の多くは、「この長官のためなら」との思いを新たにしたと考えられる。

指揮官にとり、将兵の信頼はこの上ない財産になるはずです――と、天谷は力説した。

「そう言って貰えるのはありがたい」

山口は頷き、あらたまった口調で幕僚たちに言った。

「その将兵のため、もうひと踏ん張りしよう」

第六章　海峡の北と南

1

ルソン島エンガノ岬沖の北東海上で、ＴＦ38が日本軍の機動部隊に猛攻を加えている頃、第三艦隊司令長官ウィリアム・ハルゼー大将が直率するＴＦ34は、レイテ湾の南側に位置するスリガオ海峡の北側出口付近で待機していた。

艦隊の針路は二七〇度。

スリガオ海峡に蓋をする格好だ。

最前列に、二八隻の駆逐艦が各駆逐隊毎に分かれて待機し、その後方にニューオーリンズ級重巡洋艦二隻、クリーブランド級とブルックリン級の軽巡洋艦が各二隻、単縦陣を形成する。

最奥部に位置するのは、六隻の戦艦だ。

アイオワ級戦艦の三番艦「ミズーリ」が先頭に立ち、二番艦「ニュージャージー」、サウスダコタ級戦艦の「サウスダコタ」「インディアナ」「マサチューセッツ」「アラバマ」が後方に続いている。

ハルゼーの将旗は「ニュージャージー」に立ち翻っており、「ミズーリ」の檣頭には、ＴＦ34司令官ハワード・Ｈ・Ｊ・ベンソン少将の旗艦であることを示す少将旗が掲げられていた。

「ミズーリ」の正面には、レイテ島の稜線が見えている。

海岸までは、二万ヤード近くの距離があるためだろう、緑色の島影が見えるだけだ。

レイテ島の手前にも、サン・パブロ島、サン・ペドロ島という二つの小島があるが、島影に溶け込んでしまい、ほとんど視認できない。

左舷後方には、スリガオ海峡の東岸を形成する二つの島の一つ、ディナガット島が見える。

こちらも「ミズーリ」からは距離があるため、陸地の様子は、はっきりとは分からなかった。

「ジャップは、ルートの短い方を選んだか」

海図台上に置かれているフィリピン南部の地図を

見ながら、ベンソンは呟いた。

偵察機の報告によれば、「スネーク」の呼称を与えられた日本艦隊の現在位置はミンダナオ海。

ミンダナオ島とレイテ島、ボホール島、セブ島、ネグロス島に南北を挟まれた、フィリピン南部の内海だ。

潜水艦の報告によれば、「スネーク」はボルネオ島とパラワン島を分かつバラバク海峡を抜け、スル海に入った後、一旦針路を北西に取った。

TF34司令部では、「スネーク」は北回り航路、すなわちルソン島、ミンドロ島、パナイ島に囲われたシブヤン海からサン・ベルナルディノ海峡を抜け、サマール島の東岸沖を回ってレイテ湾を目指すと考え、部隊をサマール島に沿って北上させた。

だが、「スネーク」が北東から真東に変針したことから、敵の針路は偽装だと判断した。

彼らは南回り航路、すなわちスル海、ミンダナオ海、スリガオ海峡を経由して、レイテ湾に突入しようとしているのだ。

北に向かっていたTF34は、急遽反転、南下し、スリガオ海峡の出口に布陣したのだった。

このときベンソンは、「敵がどちらから来ても対応できるよう、レイテ湾口で待機してはいかがですか？」

と具申したが、ハルゼーは、

「海峡の出口で迎え撃つというのは、必勝の態勢だ。その態勢を崩すつもりはない」

と返答している。

本来、TF34の指揮権はベンソンにあるが、ハルゼーが自ら乗り出して来たため、指揮権を取り上げられた形になっていた。

「日本艦隊の指揮官は、TF38による空襲を恐れているのでしょう」

ベンソンの参謀長を務めるジョフリー・パイク大佐が言った。

マーク・ミッチャー中将のTF38は、日本軍の機動部隊――合衆国側の呼称「フロッグ」を追って、ルソン島の東方海上に進出しているが、日没後には反転し、レイテ湾口付近まで戻って来る。

日本艦隊としては、明日の夜明けまでにレイテ湾の上陸部隊を撃滅し、ＴＦ38の空襲圏外に離脱したいはずだ。

そのためには、航程の短い南回り航路を選ぶのが最善と判断したのではないか、とパイクは推測した。

「彼らは、スリガオ海峡の隘路で迎撃される危険は考えなかったのでしょうか？」

作戦参謀テレンス・ランドール中佐の疑問に、パイクは答えた。

「北と南、どちらの航路にも、隘路は存在する。危険が同じなら、短い方を選択するだろう」

「敵の指揮官がシブヤン海での邀撃を恐れた、という可能性も考えられるな」

ベンソンは意見を述べた。

フィリピン遠征の折り、太平洋艦隊の指揮権を引き継いだウィリアム・パイ中将は、日本艦隊をシブヤン海に誘い込む作戦を計画したことがある。

シブヤン海は小島が多く、駆逐艦のような小型艦艇であれば、島陰に隠れての奇襲を行える。

日本艦隊を多島海の迷路に誘い込み、奇襲の連続で戦力を減殺して撃滅しようと考えたのだ。

当時の連合艦隊司令長官だった山本五十六は、その策にはかからなかった。

逆に、太平洋艦隊がルソン島の西方海上に誘い出され、壊滅的な敗北を喫している。

戦艦「ワシントン」の艦長として同作戦に参加し、辛くも生還したベンソンにとり、終生忘れることのできない記憶だ。

「我が軍にとっては、シブヤン海以上に戦い易い海面です。スリガオ海峡の出口で待ち構え、出て来る敵艦隊を順繰りに叩けばいいだけですから」

パイクが微笑した。

ＴＦ34の完勝は疑いない。対馬沖で、ロシア・バルチック艦隊を撃滅したトーゴー以上の完勝を収められる、と確信している様子だった。

「それほど楽な戦いにはならぬかもしれんぞ」

楽観は禁物だ――その意を込め、ベンソンは言った。

「大和型（ヤマト・タイプ）二隻のことですか？　だとすれば、御心配には及びません。並外れて大きく、防御力も高いと考えられますが、隘路の出口で戦艦六隻が砲火を集中すれば、ひとたまりもありませんよ」

砲術参謀ヘンリー・モートン中佐の言葉に、ベンソンはかぶりを振った。

「ヤマト・タイプのことを問題にしているのではない。日本艦隊も、海峡の出口で待ち伏せを受けることは想定しているはずだ。その上で、策を立てているのではないか、と私は考えているのだ」

「それは、どのような策でしょうか？」

「分からぬ」

パイクの問いを受け、ベンソンは艦の左舷側に視線を向けた。

レイテ島とディナガット島に挟まれたスリガオ海峡の海面が、彼方まで続いている。

「ただ、ヤマモト、古賀（コガ）の後を受けて連合艦隊の司令長官に就任した小沢（オザワ）という提督は、かなりの策士（さくし）だという話だ。その人物が、艦隊の指揮官に策を授けた可能性は否定できぬ」

このときベンソンは、スリガオ海峡の地図を思い浮かべている。

海峡の長さは四三浬、最狭部の幅は一六浬。

ハルゼー提督は、スリガオ海峡を「フィリピンのテルモピュレ」と考えているようだが、実際にはそれほど極端な隘路ではなく、ある程度の艦隊運動も可能なのだ。

日本艦隊はそのことを承知の上で、海峡突破の策を練っているかもしれない。

「敵が小細工（こざいく）を弄したとしても、我がＴＦ34の優位は動きません。我が方の戦艦は、六隻全てが一九四二年以降に竣工した新鋭艦です。一方日本艦隊の戦艦のうち、新鋭艦はヤマト・タイプの二隻だけで、他は全てワシントン条約以前に建造された旧式艦です。数はともかく、質の面では日本艦隊など寄せ付けはしません」

　司令官は、何を心配しているのか――そう言いたげな口調で、パイクは意見を述べた。

（この俺も三年前、当時の最新鋭戦艦だった『ワシントン』の艦長を務めていた）

　腹の底で、ベンソンは呟いている。

　日本艦隊との決戦となったサン・フェルナンド沖海戦で、太平洋艦隊は新鋭戦艦の「ノースカロライナ」「ワシントン」を擁していたが、日本艦隊はまだヤマト・タイプを実戦配備しておらず、長門型（ナガト・タイプ）以前の旧式戦艦で立ち向かって来た。

　艦艇、特に主力たる戦艦の性能では、合衆国側が優勢だったにも関わらず、太平洋艦隊は完敗を喫し、退却を余儀（よぎ）なくされたのだ。

　その戦訓を考えると、新鋭戦艦を配備しているからといって、安心はできなかった。

　ベンソンが言葉を返そうとしたとき、通信室から報告が上げられた。

「偵察機より受信。『敵艦隊、スリガオ海峡の南側出口付近にあり』」

「来ますぞ、司令官！」

　通信長の報告が届くや、パイクは興奮を抑え切れない表情で言った。

「慌てるな。すぐに砲戦が始まるわけではない」

　苦笑しながら、ベンソンは言った。

　戦艦同士、それも最新鋭戦艦同士の砲戦に、参謀長が心を躍らせる気持ちは理解できるが、司令部の幕僚たる者、状況を正確に把握するのが先だ。

　ベンソンは、時計を見上げた。

　時刻は、現地時間の一四時三六分。

　海峡の長さは四三浬だから、日本軍が一八ノットで海峡を通過する場合、出口付近に到達するのは一六時半から一七時の間だ。

　気象班は、日没を一七時二九分と報告しているから、戦闘の開始は日没間際となる。

　視界が悪い薄暮時の戦闘となれば、優れた対水上レーダーを持つ合衆国側が有利だが、予断は許さなかった。

　ベンソンは、パイク以下の幕僚に命じた。

「今のうちに、ＣＩＣに移動しておこう」

2

　米軍の偵察機が上空に飛来したとき、第二艦隊はスリガオ海峡への進入を前に、陣形を対潜警戒用の第一航行序列に変更していた。

　駆逐艦が傘型の陣形を作って前衛を務め、後方に巡洋艦、戦艦が占位する。

　駆逐艦の傘で、艦隊戦時の主力を守る陣形だった。

「ここまでは、無事に来られたな」

　第六戦隊旗艦「青葉」の艦橋で、高間完司令官が、安堵したような口調と表情で言った。

「マリアナ沖海戦のような大空襲を覚悟していたが、主力を失わずに済んだのは幸いだった」

「三艦隊による牽制が、うまく運んだおかげです。敵が機動部隊を二分するか、我が方の目論見を見抜いていれば、こうはいかなかったかもしれません」

　桃園幹夫首席参謀が言った。

　ボルネオ島北部のブルネイを出港して以来、第二艦隊は順調に進撃して来たと言ってよい。

　途中、敵潜水艦のものとおぼしき通信波が何度か受信され、回避運動を余儀なくされたが、被雷は免れた。

　スル海を東進中に二度、ミンダナオ海に入ってから一度、空襲を受けたものの、いずれも小規模なものであり、戦艦「伊勢」「日向」に直撃弾一発ずつが命中し、副砲、高角砲、機銃座に若干の被害が生じた程度で済んだ。

第一部隊には、被害はない。

「第二部隊を第一部隊の楯とすることで、『大和』『武蔵』を決戦場に到達させる」

という宇垣纏第二戦隊司令官の考えが、奏功（そうこう）したのだ。

もっとも、来襲した敵機の数は、多いときでも二〇機程度であり、「第二部隊を楯とする」ほどのことはなかったかもしれないが。

進撃中、第二艦隊の各艦は、第三艦隊からの報告電を受信している。

「空襲終了。敵ノ攻撃ハ熾烈執拗ヲ極メルモ全機ノ撃退ニ成功セリ。一〇五六（ヒトマルゴロク）」

「敵機来襲。機数約一五〇。『蒼龍』『衣笠』被弾ニヨリ大火災。作戦ヲ続行ス。一二二三（ヒトフタフタサン）」

「敵機来襲。機数約一五〇。『瑞鶴』被弾多数。航行不能。作戦ヲ続行ス。一四五九（ヒトヨンゴキュウ）」

といったものがほとんどで、第三艦隊が連続して大規模な空襲を受けていることを伝えている。

電文から分かることは明らかだ。

第三艦隊は、敵機動部隊を牽制し、レイテ湾から引き離すことに成功したのだ。

第二艦隊を空襲した敵機は、おそらく上陸部隊に付き従っている護衛空母から発艦したものであり、攻撃力はさほど高くない。

被害が僅少なものに留まったのは、そのためだ。

第二艦隊は進撃を続行し、日本時間の一五時三六分、スリガオ海峡の入り口を北に望む海域に到達したのだった。

艦隊は、ミンダナオ島の北西岸に沿って北上している。

島の海岸が間近に見え、左前方には、レイテ島の南側に位置するパナオン島の姿が見えている。

海峡の内部は広々としているように感じられるが、最狭部は約一六浬。

艦隊の動きは、大きく制限される。

そのような海面に、第二艦隊は進入しようとしているのだ。

「何としても、成功させなくてはならんな。我々が失敗すれば、三艦隊の犠牲が無駄になる」

「おっしゃる通りです」

　高間の言葉に、桃園は頷いた。

　我が六戦隊も「衣笠」を失ったのです――と、口中で呟いた。

　開戦以来、常に第一線に立ちながら、喪失艦を一隻も出さなかった第六戦隊だが、今回の作戦で、初めて僚艦を失ったのだ。

　六戦隊の参謀に赴任して以来、四隻の乗員、特に砲術科員には顔馴染みが多い。

　艦と人を共に失ったことに、桃園はこれまでにない喪失感を覚えている。

「衣笠」乗員の犠牲と献身に報いるためにも、レイテ湾突入は成功させなくてはならない。

「よろしいでしょうか、首席参謀」

　穴水豊砲術参謀の問いに、桃園は答えた。

「疑問点があるなら、明らかにしておけ。戦闘が始まったら、答えていられなくなる」

「海峡の中で、第一警戒航行序列を取る必要があるのでしょうか？　この陣形で敵艦隊と戦うのは、不利と考えますが」

「第一警戒航行序列のまま、海峡から飛び出すわけではあるまい。海峡の中央あたりで、再度陣形を組み直すはずだ」

「第一警戒航行序列を取ったのは、雷撃戦のためだ。駆逐艦を前面に立てておけば、すぐに雷撃戦に移行できる」

　高間が言った。

「五藤長官らしいお考えですね」

　桃園は頷いた。

　開戦前、砲術参謀として第六戦隊に着任したとき、五藤は桃園に、

「言っておくが、俺の専門は水雷だ」

　と挨拶している。

水雷こそ我が道と決め、艦船勤務で腕を磨いて来たことに、誇りと自信を持っている指揮官だ。

五藤としては、帝国海軍が世界に誇る九三式六一センチ魚雷の威力を十二分に活かした戦術を考えているはずだ。

そのときには「青葉」と「加古」も、米艦隊に対して、雷撃を敢行することになるだろう。

（本艦と『加古』が本領を発揮するのは帰路だ）

腹の底で、桃園は先の見通しを呟いた。

第三艦隊の牽制が効果を発揮するのは、今日一日だけだ。

明日の夜明け頃には、敵機動部隊はレイテ湾に引き返して来る。

第二艦隊が、レイテの敵上陸部隊を撃滅し、スリガオ海峡から脱出を図っても、帰路は敵艦上機の空襲にさらされる。

そのとき、「青葉」「加古」は防空艦として、本来の威力を発揮するはずだ。

もっとも、この先待っているのは水上砲戦の連続だ。

スリガオ海峡の突破に成功しても、レイテ湾突入は日没後になる。

夜の乱戦の中、「青葉」「加古」が生き延びられるとは限らない。

（今回は戦艦部隊を敵機から守ることが六戦隊の役目だ。そのためにも、生き残らなくては）

桃園は、顎を引き締めた。

ほどなく、陣形の変更が終わった。

先行する第二部隊――「長門」「陸奥」「伊勢」「日向」を中心とした部隊の前面には、第二水雷戦隊旗艦「矢矧」と一四隻の駆逐艦が、傘型の陣形を作っている。

その後方には、六戦隊の「青葉」「加古」、九戦隊の「北上」「大井」、五戦隊の「羽黒」「妙高」「那智」「足柄」が複縦陣を作り、最後尾に第二戦隊の「長門」「陸奥」「伊勢」「日向」が位置している。

る格好だ。

「青葉」「加古」は、九戦隊の「北上」「大井」を守
　第二部隊の左後方には、第一部隊――「大和」「武蔵」「霧島」「比叡」を中心とした部隊が、第一部隊と同様の陣形を組んでいるはずだが、「青葉」の艦橋からは死角になるため、視認できない。

　周囲の海面は明るいものの、太陽は西に大きく傾いている。

　米艦隊との決戦は、日没間際になると予想された。

「旗艦より受信。『速力二〇ノット』」

「艦長より機関長、速力二〇ノット」

　山澄忠三郎「青葉」艦長が、機関長高村正夫中佐に命じた。

　第二艦隊全艦が二〇ノットに増速し、多数の白い航跡を引きながら、スリガオ海峡に進入を開始した。


【第六巻に続く】

ご感想・ご意見は
下記中央公論新社住所、または
e-mail：cnovels@chuko.co.jpまで
お送りください。

C★NOVELS

荒海の槍騎兵5
——奮迅の鹵獲戦艦

2021年4月25日　初版発行

著　者　横山信義
発行者　松田陽三
発行所　中央公論新社
〒100-8152　東京都千代田区大手町1-7-1
電話　販売　03-5299-1730　編集　03-5299-1930
URL http://www.chuko.co.jp/

DTP　平面惑星
印　刷　三晃印刷（本文）
大熊整美堂（カバー・表紙）
製　本　小泉製本

Published by CHUOKORON-SHINSHA, INC.
Printed in Japan　ISBN978-4-12-501431-9 C0293

荒海の槍騎兵 1
連合艦隊分断

横山信義

昭和一六年、日米両国の関係はもはや戦争を回避できぬところまで悪化。連合艦隊は開戦に向けて主砲すべてを高角砲に換装した防空巡洋艦「青葉」「加古」を前線に送り出す。新シリーズ開幕！

ISBN978-4-12-501419-7 C0293　1000円

カバーイラスト　高荷義之

荒海の槍騎兵 2
激闘南シナ海

横山信義

「プリンス・オブ・ウェールズ」に攻撃される南遣艦隊。連合艦隊主力は機動部隊と合流し急ぎ南下。敵味方ともに空母を擁する艦隊同士――史上初・空母対空母の大海戦が南シナ海で始まった！

ISBN978-4-12-501421-0 C0293　1000円

カバーイラスト　高荷義之

荒海の槍騎兵 3
中部太平洋急襲

横山信義

集結した連合艦隊の猛反撃により米英主力は撃破された。太平洋艦隊新司令長官ニミッツは大西洋から回航された空母群を真珠湾から呼び寄せ、連合艦隊の戦力を叩く作戦を打ち出した！

ISBN978-4-12-501423-4 C0293　1000円

カバーイラスト　高荷義之

荒海の槍騎兵 4
試練の機動部隊

横山信義

機動部隊をおびき出す米海軍の作戦は失敗。だが日米両軍ともに損害は大きかった。一年半余、ついに米太平洋艦隊は再建。新鋭空母エセックス級の群れが新型艦上機隊を搭載し出撃！

ISBN978-4-12-501428-9 C0293　1000円

カバーイラスト　高荷義之

表示価格には税を含みません

蒼洋の城塞 1
ドゥリットル邀撃

横山信義

演習中の潜水艦がドゥリットル空襲を阻止。これを受け大本営は大きく戦略方針を転換し、MO作戦の完遂を急ぐのだが……。鉄壁の護りで敵国を迎え撃つ新シリーズ！

ISBN978-4-12-501402-9 C0293 980円　カバーイラスト　高荷義之

蒼洋の城塞 2
豪州本土強襲

横山信義

ＭＯ作戦完遂の大戦果を上げた日本軍。これを受け山本五十六はＭＩ作戦中止を決定。標的をガダルカナルとソロモン諸島に変更するが……。鉄壁の護りを誇る皇国を描くシリーズ第二弾。

ISBN978-4-12-501404-3 C0293 980円　カバーイラスト　高荷義之

蒼洋の城塞 3
英国艦隊参陣

横山信義

ポート・モレスビーを攻略した日本に対し、ついに英国が参戦を決定。「キング・ジョージ五世」と「大和」。巨大戦艦同士の決戦が幕を開ける！

ISBN978-4-12-501408-1 C0293 980円

カバーイラスト　高荷義之

蒼洋の城塞 4
ソロモンの堅陣

横山信義

珊瑚海に現れた米国の四隻の新型空母。空では、敵機の背後を取るはずが逆に距離を詰められていく零戦機。珊瑚海にて四たび激突する日米艦隊。戦いは新たな局面へ――

ISBN978-4-12-501410-4 C0293 980円　カバーイラスト　高荷義之

蒼洋の城塞 5
マーシャル機動戦

横山信義

新型戦闘機の登場によって零戦は苦戦を強いられ、米軍はその国力に物を言わせて艦隊を増強。日本はこのまま米国の巨大な物量に押し切られてしまうのか⁉

ISBN978-4-12-501415-9 C0293 980円　カバーイラスト　高荷義之

蒼洋の城塞 6
城塞燃ゆ

横山信義

敵機は「大和」「武蔵」だけを狙ってきた。この二戦艦さえ仕留めれば艦隊戦に勝利する。米軍はそれを熟知するがゆえに、大攻勢をかけてくる。大和型×アイオワ級の最終決戦の行方は？

ISBN978-4-12-501418-0 C0293 980円　カバーイラスト　高荷義之

旭日、遥かなり 1

横山信義

来るべき日米決戦を前に、真珠湾攻撃の図上演習を実施した日本海軍。だが、結果は日本の大敗に終わってしまう——。奇襲を諦めた日本が取った戦略とは⁉　著者渾身の戦記巨篇。

ISBN978-4-12-501367-1 C0293 900円　カバーイラスト　高荷義之

旭日、遥かなり 2

横山信義

ウェーク島沖にて連合艦隊の空母「蒼龍」「飛龍」が、米巨大空母「サラトガ」と激突！　史上初の空母戦の行方は——。真珠湾攻撃が無かった世界を描く、待望のシリーズ第二巻。

ISBN978-4-12-501369-5 C0293 900円　カバーイラスト　高荷義之

表示価格には税を含みません

旭日、遥かなり３

横山信義

中部太平洋をめぐる海戦に、決着の時が迫る。「ノース・カロライナ」をはじめ巨大戦艦が勢揃いする米国を相手に、「大和」不参加の連合艦隊はどう挑むのか！

ISBN978-4-12-501373-2 C0293　900円

カバーイラスト　高荷義之

旭日、遥かなり４

横山信義

日本軍はマーシャル沖海戦に勝利し、南方作戦を完了した。さらに戦艦「大和」の慣熟訓練も終了。連合艦隊長官・山本五十六は、強大な戦力を背景に米国との早期講和を図るが……。

ISBN978-4-12-501375-6 C0293　900円

カバーイラスト　高荷義之

旭日、遥かなり５

横山信義

連合艦隊は米国に奪われたギルバート諸島の奪回作戦を始動。メジュロ環礁沖に進撃する「大和」「武蔵」の前に、米新鋭戦艦「サウス・ダコタ」「インディアナ」が立ちはだかる！

ISBN978-4-12-501380-0 C0293　900円

カバーイラスト　高荷義之

旭日、遥かなり６

横山信義

米軍新型戦闘機Ｆ６Ｆ“ヘルキャット”がマーシャル諸島を蹂躙。空中における零戦優位の時代が終わる中、日本軍が取った奇策とは？

ISBN978-4-12-501381-7 C0293　900円

カバーイラスト　高荷義之